強欲の魔将
マモ代
ぜひ小官にご下命ください。
……お腹空いた。
元高校生の最強魔王
ケンゴー
う、うむ。大義である。
暴食の魔将
ベル乃
怠惰の魔将
ベル原
吾輩に妙案あり!

ささ、主殿。
こちらへおいでなされ。

ちょ、そんな見んなっ！
美女も権力も持て余す!?
ベッドの上でも魔王らしくあれ！

余はケンゴー。
魔王ケンゴーである。
イケイケ！イケイケ陛下！
魔将たち大興奮！
本気の魔王様、最っ高です！

イッケー、
イッケー
イケイケイケイケ
陛下!!

CONTENTS

The Great Miscalculation of THE DEVIL.

転生魔王の大誤算
～有能魔王軍の世界征服最短ルート～

あわむら赤光

GA文庫

登場人物紹介
CHARACTER
[イラスト]kakao
ケンゴー
『歴代最高の魔王』と称される魔界最強の男。だが、その中身は人畜無害の高校生で怖そうな魔将たちに日々怯えている。せめて魔王らしくいようと心掛けた結果、勘違いや深読みが重なって臣下から絶大な忠誠を集めることに。
傲慢《ごうまん》の魔将 ルシ子
当代の『ルシフェル』を司る七大魔将の一人。ケンゴーとは乳兄弟の関係にある幼馴染。彼が「別世界の人族だった」という前世の記憶を持っていることを知っているが、それは二人だけの秘密。

憤怒《ふんぬ》の魔将　サ藤

当代の『サタン』を司る、怒らせてはいけない魔将。もう一つの顔を魔王は知らない。

強欲《ごうよく》の魔将　マモ代

当代の『マモン』を司る、独占欲が強い魔将。
作戦会議でも司会進行役は自分のもの。

嫉妬《しっと》の魔将　レヴィ山

『レヴィアタン』を司る、良いとこ探しの魔将。
魔王の一挙手一投足を好意的に解釈する。

色欲《しきよく》の魔将　アス美

『アスモデウス』を司る、あどけなくも艶めいた魔将。魔王の初々しさがお気に入り。

暴食《ぼうしょく》の魔将　ベル乃

『ベルゼブブ』を司る、いつもお腹を空かせた魔将。
彼女に食べることを禁じてはならない。

怠惰《たいだ》の魔将　ベル原

『ベルフェゴール』を司る、深読みに長けた魔将。
頭が回りすぎて魔王を拡大解釈しがち。

プロローグ

(俺《おれ》ほど人畜無害な高校生、日本中探したっていないんじゃね？)

乾健剛《いぬいけんごう》は、常々そう思っていた。

ごく人並みにマンガやゲームを嗜《たしな》み、アウトドアの趣味は一切《いっさい》持たず、恐いことや痛いことが大嫌いなヘタレチキン。正月にはちゃんと初詣《はつもうで》をして、神様に「世界平和」を願う――

自分はそんな少年だ。

(ホント……なんであんな一家に、俺みたいなのが生まれてきたんだろう……)

健剛は常々、不思議に思っていた。

父親は関東一円に強大な勢力を持つ反社会組織《ヤクザ》の若頭《わかがしら》だし、兄は近隣一帯の不良学生《DQN》から絶大に崇拝《すうはい》されるエリートヤンキーであった。

(特にクソ兄貴……マジ頭痛の種だよ……)

健剛は常々、頭を抱えさせられていた。

なにしろ性格こそ真反対なものの、顔は瓜《うり》二つという双子の兄なのだ。

しかも不良学生《DQN》なら不良学生《DQN》らしく、髪をマッキンキンに染めるなり、制服を末世的に着崩すなわりしてくれれば自分と見分けがつくものを、兄は一見して真面目《まじめ》学生そのものなのだ。

どうしてマッキンキンのイケイケにしないのか？

訊《たず》ねること数度、答えはいつも一緒だった。

「警察の取り締まりが厳しいこんな世の中じゃ、オレも親父のようなインテリヤクザになるしかない。カタギに擬態して裏じゃメチャクチャやる。それがオレの理想だ」

などと洒落臭《しゃらくさ》いことを、兄は嘯《うそぶ》いてはばからなかった。

おかげで健剛は幾度となく兄に間違われ、トラブルに見舞われた。

例えば——

「最近、イキがってるイヌイってのはおめーかアアン？」

「ちょっとツラ貸せやアアン？」

「ボッコボコにしてやんよーアアン？」

——てな具合だ。

特に中学時代がひどかった。高校生の不良学生《DQN》どもに目をつけられまくった。

自分たちが高校進学してからは、近隣の不良学生《DQN》は全部、同年代の兄の信奉者たちという構図になって、健剛がからまれる回数も減った。

しかし、ゼロにはならなかった。不良学生界《DQN》における兄のネームバリューは冗談のように凄《すさ》まじく、遠方からわざわざシメにくるアホが後を絶たなかったからだ。

本当に迷惑な話である！

おかげで兄と間違われるたびに、口八丁を駆使して逃げねばならなかったのだ。

例えば——

「こんなトコで俺を闇討《やみう》ちして、おまえらの名が上がると思ってんのか？ あ？」

「祭り《マツリ》と洒落《しゃれ》込もうや？ 今夜八時、■■××まで来い。数、集めてこいよ？ あ？」

「わかんだろ？ 俺も、おまえらも、伝説に残るようなド派手な夜にしようぜ？ あ？」

——てな具合だ。

もし口八丁が通用しなかったら、待っているのは悲惨《ひさん》な末路だから、それはもう必死。表情筋まで総動員して、凄味《すごみ》を効かせてメンチを切る。

おかげでくだらない技術ばかり、得意になってしまった。

無論のこと、その場を凌《しの》いだら後は野となれ山となれ。ヘタレチキンの健剛は、逃げて逃げて逃げまくった。このまま高校卒業し、遠くの大学へ入って、極道を進む兄とは別れ別れになる。完全な逃げきりを決める。それが健剛のライフプランだった。

そんな風に人生設計していたのだ——今日この日までは。


——ヴォンボボ！ ヴォンボボ！ ヴォンボボ！ ヴォヴォヴォヴォヴォヴォ！

改造マフラーを空吹かしする、ヤンチャなバイクの群れがいる。

――オンドゥラァシャァッスゾォギルルマッテオゴロスゴロスカムチィ！

もはや人語の体をなしていない威嚇《いかく》を、猿のようにわめき散らす不良学生《DQN》どもがいる。

頭が痛くなるような騒音に囲まれ、健剛は実際に頭を抱え、うめいた。

（神様……俺、何か悪いことしましたか……？）

しかし嘆いても、天を呪《のろ》っても、もちろん助けを求めても、事態は好転しない。

普段はのどかな河川敷に、異様な、険悪な空気が満ち満ちていた。

五百人は下るまい、大量の不良学生《DQN》どもが集結していた。

東西のグループにわかれて対峙《たいじ》し、互いに激しく威嚇し合っていた。


そして、その東のグループの中心にいたのが健剛だった。


「イヌイさん、オレっちもうカンドーっす！」

健剛の隣にいる「一の舎弟《しゃてい》」ヅラした不良学生《DQN》が、しきりに感激を訴える。

シンナーの吸いすぎだろう、歯の抜けた口からツバを飛ばして、わめき続ける。

「オレっちら〝関東乾会〟が、ついに〝関西暴帝国〟をぶっ潰《つぶ》す日が来たんす！　ヤンキー界は西高東低！　長らく〝西〟の風下に立たされていたオレっちらが、天下獲る日が来たんすよ！　オレっちら生ける伝説《リアル・レジェンド》になるんすよ！」

（こいつ、今もラリってんのかな？）

健剛は危うくその言葉を呑《の》み込む。

「す、すまんな、いきなり引っ張ってこられて、状況が上手《うま》く理解できてないのだが？」

精一杯虚勢を張り（兄の真似《まね》をし）、腰巾着に確認する。

「〝西の暴帝〟は、イヌイさんとのタイマンで決着つけるって言ってるっす！　だから、オレっちらは邪魔しないっす！　イヌイさんが伝説になる瞬間を目に焼きつけ、生き証人になるっす！　あいつらにも絶対乱入はさせないっす！　全てはイヌイさんの双肩《そうけん》にかかってるっす！」

「に、〝西の暴帝〟……？」

普段だったら失笑していただろうが、今はそんな心理的余裕はない。

対峙するグループの中心らしき人物を、恐る恐るチラ見する健剛。


身長は二メートルを超えていた。

筋肉は荒縄のように太く、学ランでは収まりきらない。ところどころ内側から押し破る有様。

背中を見たらそこに鬼の貌《かお》が浮かんでいそうだった。

（あれが高校生エエエエ!?　嘘《うそ》だろッ!?　範[redacted]勇[redacted]郎の間違いだろ!?）

健剛は焦《あせ》りまくる。
■馬■次郎とのタイマンなんて、自殺行為の同義語だ。マジ冗談じゃなかった。
「な、なあ、聞いてくれ――」

健剛は歯抜け男はじめ、周りにいる側近格っぽい不良学生《DQN》どもに訴える。

「――今から俺が言うことは、にわかに理解できないかもしれない。信じられないかもしれない。だが全くの事実で、この事実を知らずにいれば、間違いなくおまえらに不利益が発生する」

「はいっす、イヌイさん！　心して聞くっす！」

「オレらあ神様の言葉は信じなくても、イヌイさんの言葉は疑わないっす！」

力強い返答に、健剛は胸を撫《な》で下ろす。

「じゃあ、聞いてくれ――俺、実は双子の弟の、健剛の方なんだ。兄貴とは人違いなんだ」

「ギャハハハ冗談キツいっすよーイヌイさーん」

「あれだべ？　決戦の前にオレらあのキンチョーをほぐそうっちゅう、小粋《こいき》な計らいだべ？」

「ぱないわ。さすがイヌイさん、まじぱないわ」

「俺の言葉を疑わないんじゃなかったんかよおおおおおおっ」

健剛はもう全力でツッコむも、不良学生《DQN》どもはゲタゲタ笑うばかりで取り合わない。

それどころか五人、十人がかりで、いきなりつかみかかってくるではないか。

「な、なんだ⁉　コレなんの真似だよ⁉」

多勢に無勢では抵抗もできず、健剛はもう真《ま》っ青《さお》になって問い質《ただ》す。

「いつもの景気付けっすよ、イヌイさん！」

「オレらあ全力で送り出しますよ、イヌイさん！」

「おう、オマエラ気合入れっぺえ！」

「「「ロケットダーイブ!!」」」

胡乱《うろん》なことを言いながら、ワッショイワッショイ胴上げを始める不良学生《DQN》ども。

しかもそのまま〝西の暴帝〟の方へと移動を開始。

（ロ、ロケットダイヴだ⁉　まさか――）

嫌な予感しかしない。為《な》す術《すべ》もなく胴上げされながら、健剛はますます蒼褪《あおざ》める。

そして、そのまさかが的中した。

「「「ロケットダーイブ!!」」」

まさしくお祭り騒ぎでもう一度叫びながら、不良学生《DQN》が放り投げたのだ。

胴上げしていた健剛を。
■馬勇次■こと〝西の暴帝〟へと……。
（あ、詰んだ）

空中で両手両足をバタつかせながら、やけにスローモーションに感じられる意識の中、健剛は悟った。大悟に至った。

口八丁をどれだけ磨いたところで、所詮《しょせん》はハッタリ。

本当の窮地でクソの役にも立たない。

そのことを、心の底から痛感させられた。

そして、悔いたところでもう遅い。泣きたい。

空中でもがいて、あがいて、今更どんな努力をしてももはや虚《むな》しく、〝西の暴帝〟の方へと
ロケットの如《ごと》くダイヴしていく。

〝西の暴帝〟が凶悪な笑みとともに構えて、放ったカウンターパンチ――その巌《いわお》の如き拳《こぶし》へ
と、頭から突っ込んでいく。

メゴ――

と低く、鈍く、何かが砕け、潰れる音がした。

〝西の暴帝〟の一撃で、健剛の頭蓋骨《ずがいこつ》が砕ける音であった。

同時にその衝撃で、健剛の脳髄《のうずい》が潰れる音であった。

嗚呼《ああ》、悲劇。

ただただ、悲劇。

健剛はエリートヤンキーの兄に間違われたまま、ここに臨終《りんじゅう》を迎えたのである。

享年《きょうねん》、十六歳。

†

「神様あああああ、俺、何か悪いことしましたかああああああああ⁉」

絶叫とともにはね起きた。

全身は脂汗《あぶらあせ》まみれ、心臓は早鐘《はやがね》のように鳴りっ放し。まさに春麗《はるうらら》の、一面のお花畑というのどかなロケーションで、自分だけが場違いなほど蒼褪めている。

ゼイゼイと肩で息をしていると――

「ナニ？　まーたいつもの夢でも見てたの、ケンゴー？」

上体だけ起こした格好の自分の、すぐ後ろで声がした。

振り返ると、とんでもないレベルの美少女が、花の絨毯《じゅうたん》に座っている。

目つきはキツいし、口元はこちらを小馬鹿《こばか》にしたように歪《ゆが》んでいる。

服装も派手で、スカート丈が短くて太ももを惜しげもなくさらしているし、上なんかほとんどブラジャー。胸元《むなもと》の深い深い谷間も、形の良いおヘソも丸出し。

にもかかわらず、一目で恋に落ちてしまいそうなほどの、可憐《かれん》な美貌《びぼう》の持ち主なのだ！

絹糸のようにサラサラの髪は、思わず触れて、手で梳《す》いてみたくなる。

スタイルが反則的によくて、出るべきところはちゃんとそれなりに出ているのに、体つきは抱きしめたくなるほど華奢《きやしや》そのもの（いや、ヘタレだからできないけど！）。

お尻《しり》なんて特にキュートで、悪魔っぽい先端逆ハート型の尻尾が、ぴこぴこ揺れ動いている。

「ルシ子《こ》か……。いたのか……」

「いたわよ。悪い？　アンタの間抜けな寝顔を眺めて、笑ってたの」

そう言って彼女は、実際に意地の悪い笑みを浮かべてみせた。

（人の寝顔を盗み見るとか、相変わらず悪趣味な奴《やつ》！）

内心で毒づきながら、ふと気づく。

自分と彼女の位置関係を見て、これはもしや――

「あれ？　膝枕《ひざまくら》してくれてた？」

「ハァ⁉　ハァアアアアアアア⁉」

確認すると、たちまち彼女は素《す》っ頓狂《とんきよう》な声で叫んだ。

「なんでアタシがあんたなんかに膝枕してあげないといけないわけ⁉　『あら、こんなところにケンゴーが』『お花畑でお昼寝？　気持ちよさそうね』『でも、枕がないのは可哀想《かわいそう》よね』『だったらアタシが膝枕してあげましょ♥』『ケンゴーの可愛《かわい》い寝顔を見られるなら、ずっと、ずーっとこのままでもいいわね♥♥♥』――なんてアタシがやってたとでも言うわけ⁉　バーカ！

カァアアア

バアアアアアカ！」

「いや、そこまでは思ってないけど……」

「妄想は頭の中だけにしときなさいよ！」

とかなんとか言いつつ、彼女は耳たぶまで真っ赤《まか》になっている。

「素直じゃないやっちゃなー。してくれてたならそう言えよ、ルシ子。そしたら俺だって素直にありがとうって言えるのに」

「あ、ありがと……って。……エヘヘ」

彼女の口元がニマニマと歪んだ。

さっきまで浮かべていた冷笑と違って、心底うれしげだった。

かと思えば、

「――って、してないって言ってるでしょ！　だから、あんたにお礼なんて言われる筋合いはないし、そもそもあんたなんかにお礼を言われても、ちっともうれしくないんだからね！」

と、また天邪鬼《あまのじゃく》なことを言い出す。

（プライドたっけー）

と、呆《あき》れてしまうレベルだが、それもこれも致し方ないこと。

「ルシ子」というのは、遠い昔に自分がつけた愛称。

本名はルシフェル・ルシ・ルシファラ・ルシフ・ルーラ・ルンルルー・ルッキ・ルシファー八世という。

すなわち、「傲慢」を司る七大魔将の一角なのである。

「そんなことよりあんたの話よ！　まーた例の悪夢見てたんでしょ？　笑えるくらい、うなされてたんデスケドー。ダッサー」

「そうだよ。まーた前世の夢を見てたよ。悪いかよ」

額《ひたい》の汗を拭《ぬぐ》いながら、むくれる。

するとルシ子は胡乱げな表情になって、

「前世ねえ……。あんたがこことは違う世界で、人族として生まれて、学生やってたって話だっけ？　本当にそんな荒唐無稽《こうとうむけい》なことあるのかしら？」

「俺には実際、前世の記憶があるんだから、疑いようがないだろ？」

「ソレただの思い込みじゃないのー？」

ルシ子はあくまで取り合わず、屈託《くったく》ない顔で笑い飛ばした。

（よりにもよってファンタジー世界のファンタジー生物に、荒唐無稽って言われたくねえ……）

半眼にさせられつつ、また上体を後ろに倒してゴロリと寝転がる。

するとやっぱり頭が、ちょうどルシ子の膝《ひざ》の位置にすぽっと載っかる。

後頭部が少女の太もも――幸せな感触に受け止められる。

「ちょっと！　アタシの膝を枕にしないでよ、すけべ！」

「すけべ⁉　こ、これくらい、幼馴染《おさななじみ》ならフツーだろっ。すけべって思う方がすけべだろっ」

「幼馴染じゃないわよ！　乳兄妹《ちきょうだい》よ！」

「どっちも似たようなもんだろ⁉」

ギャアギャア言いつつも結局、膝枕してくれるルシ子。

そんな彼女と口論しながら、魔力を操る。

右の人差し指をクルリと振る簡単な動作で、複雑な術式を一瞬で完成させると、魔法と呼ばれる奇跡の力を行使する。

宙空の一点で光を屈折させて、魔力の鏡を作り出し、己《おのれ》の顔を映し出したのだ。


生前の――乾健剛の面影《おもかげ》がありつつも、全体にブラッシュアップされた秀麗な顔貌《かおかたち》。

青く輝く炎の如き、強い魔力を帯びた瞳《ひとみ》。

肌の色も日本人のそれと比べれば、いっそ青白く見えるほどに透き通っている。

これが、今の自分の顔だった。

未《いま》だに見慣れない、自分のものとは思えない、違和感しか覚えない容貌《ようぼう》だった。

「フォーミラマ」と呼ばれる異世界の、常人ならざる魔族として生まれ変わって、早や十六年が経とうといいいうのにだ。

「忠告しといてあげるけどね、ケンゴー！　あんたの前世がどうだかいう妄想話、アタシ以外にしたら、あんた一巻の終わりだからね？」

膝枕はしてくれながら、まだ口論を続けるルシ子が啖呵《たんか》を切った。

「あんたの中身が元人族のヘタレチキンだってバレたら、アタシ以外の七大魔将《れんちゅう》が絶対に、あいいいいい、あんたの魔王の座を狙《ねら》ってクーデター起こすんだから。このアタシだから見過ごしてやってんだから、感謝しなさいよね？」

「へーへー感謝してまーす」

「ナニその態度！　アタシの口からあいつらにバラすわよ？」

「ご忠告ありがとうございます！　秘密にしてくださってありがとうございます！　優しい乳兄妹を持てて俺は幸せです!!」

「わかればいいのよ」

ルシ子は澄まし顔になってそう言うと、膝に載せたケンゴーの額をペシペシはたく。

かと思えば、また口元がニマニマと緩みだす。

本当に表情がくるくるとよく変わる少女（魔族）なのだ。

可憐な容姿でそれをされると、ズルいくらい可愛い。

魔力の鏡を消して、しばしルシ子の顔に見惚《みと》れさせられる。

でも残念ながら、ほんのしばしの間だけだ。

「さって——そろそろ行くか。会議の時間だ」

「ええ。他《ほか》の七大魔将《れんちゅう》に舐《な》められないよう、気合入れなさいよ？　いつもいつもアタシがフォローしてあげると思ったら、大間違いなんだからねっ」

先に立ち上がると、ルシ子が当然のように右手を突きつけてくる。

ルシファー家のお姫様の、引っ張り起こせという要求だ。

そんな傲慢《ごうまん》な態度も、美少女がすると可愛げたっぷりで、思わず苦笑を誘われる。

彼女の手をしっかりとにぎって、立たせてやる。


そして、二人並んでお花畑を歩いていった。

空には春の太陽と、繁殖期《はんしょく》で騒々しい天馬《ペガサス》の群れ。

二人の行く手、どこまでも続く色とりどりの絨毯の先には——

い、い、い、い、い、い、い、い、い、い、いかにもドス黒い魔王城が、不気味に鎮座していた。

今や「乾健剛」ならぬ「魔王ケンゴー」と転生した彼が、莫大《ばくだい》な魔力と儀式魔法を用いて空間を歪め、この高原に城一個を丸ごと召喚したものであった。

第一章　これが俺たちの御前会議

現魔王城は四千年の歴史を持つ、格式高い建造物である。

五代前の魔王が普請《ふしん》を命じ、四代前の魔王の御代《みよ》に完成した。

以来、曾祖父魔王《ひいじーちゃん》、祖父魔王《じーちゃん》、父魔王《パッパ》――そして、ケンゴーへと受け継がれている。

魔王の古城というくらいだから、屋内は薄暗く、古黴《ふるかび》ているかというと、決してそんなことはなかった。

大昔の魔族たちはそういう住環境を好んだというが、もはや時代遅れ。

ここ千年くらいの現代っ子たちは、とにかく垢《あか》抜けていて清潔な居住空間を求めるのだ。

城内は魔法の灯りに満ちており、新鮮な空気が常に風魔法で運ばれ、清掃も行き届いている。

良家の子女から集めたメイド魔族たちが、せっせと管理してくれている。

「御前会議の間」は、そんな魔王城の最上階に設《しつら》えられていた。

魔王が七大魔将らと謁見《えっけん》し、重要な会議を行うための、専用の部屋だ。

広さは二十畳《にじゅうじょう》くらいと、意外と小ぢんまりとしているのは、「重臣《じゅうしん》たちとの距離感を、空間的にも詰めたい」という曾祖父魔王《ひいじーちゃん》の御意《ぎょい》が反映された結果。

真ん中にデンと置かれた会議机は逆に、無駄にデカくて頑丈で真っ黒で精緻《せいち》な透かし彫りが施された匠《たくみ》の品なのは、祖父魔王《じーちゃん》の好みが反映された結果。

そして、上座に置かれた魔王のための椅子《いす》は、父魔王《パッパ》が仕留めたという古竜の小骨を組んで作らせた、自慢の一品であった。

座り心地は悪いわ、気味が悪いわで、ケンゴーにとっては最悪な代物《しろもの》。

いつものように、おっかなびっくり着席する。

もちろん、そんな内心はおくびにも出さない。

出したらルシ子《こ》の言う通り、臣下《しんか》たちに舐《な》められる。

威風堂々、魔王然、ケンゴーは精一杯の虚勢を張って入室し、椅子に腰を下ろすのだ。

前世では窮地のたびにエリートヤンキーだった兄のふりをして、その場を凌《しの》いだ。

今世では会議のたびに立派な魔族たちの王として振る舞って、やり過ごさねばならない。

(神様……。俺《おれ》、何か悪いことしましたか……？)

己《おのれ》の数奇な運命を、何度呪《のろ》ったことだろうか。


「遅れてすまぬな。許せ」

ケンゴーは肘《ひじ》かけに頰杖《ほおづえ》をつくと、口先だけの許しを求め、横柄な態度で言う。

一緒に入室したルシ子を除いて、七大魔将全員が先に着席していた。

本当はケンゴーも十分前に近くまで来ていたのだが、これもまた自分をエラく見せるため、臣下たちとの格付けをアピールするための、さもしい演出だ。

ルシ子も自分の席に腰を下ろし、ケンゴーは改めて七人の重臣たちに相対する。

努めて上座でふんぞり返り、睥睨《へいげい》するように全員を眺め見る。

――七大魔将。

全員が広大な領地を有する大公で、一軍を率いる将でもある。

その血を遡《さかのぼ》れば、歴代の魔王の誰かに行きつくという名門揃《ぞろ》い。

無論、個としての強大さも折り紙つきだ。

身体能力や魔力の高さ等は言うに及ばず、それぞれが家門に伝わる魔法の秘奥を極めている。

この中の誰かがいつ反旗を翻《ひるがえ》し、魔王の座を奪取したとしても不思議ではない――そう周囲に目されているほどの、錚々《そうそう》たる顔ぶれなのである。

ただ、乳兄妹《ちきょうだい》のルシ子を除くと、各自の性格や能力など、まだまだつかみきれていないというのが実情だった。

ケンゴーが魔王として正式に戴冠《たいかん》したのが、わずか半年前。

以来、月に一、二度のペースで、七大魔将たちとこうして会議机を囲んできたのだが、つまりはその程度の浅い面識しかないというわけだ。

その一角であるイケメンの青年（といっても百歳超えの大魔族）が、

「ルシ子と同伴出勤たあ、さすがは魔王陛下《へいか》だ、お安くないですね。オレちゃん妬《や》けますよ」

などとチャラい口調で言って、愛敬たっぷりにウインクしてきた。

こいつは「嫉妬《しっと》」を司る魔将で、愛称はレヴィ山《やま》。

ルシ子同様、本名はナンタラカンタラと呪文《じゅもん》のように長いレヴィアタン六世で、ケンゴーが到底憶えきれないため、こいつにも愛称をつけたのだ。

そのレヴィ山が軽口を続ける。

「魔界広しといえど、ルシ子ほど美少女且《か》つお高く留まった奴《やつ》は、そうはいませんからね。それを気軽に連れ回すんだから、陛下は男振りも魔界随一《ずいいち》でいらっしゃる。いやあ、妬けるなあ」

「ファファファ」

どう反応するのが魔王として正解か迷った末、ケンゴーは鷹揚《おうよう》に笑う演技で流す。

一方、スルーできない奴がいた。

そのプライドの高さゆえに、いちいち嚙《か》みつかずにいられない「傲慢《ごうまん》」の魔将ルシ子さんだ。

「どどどどど同伴出勤ちゃうわ！」と顔面真《ま》っ赤《か》でレヴィ山に怒鳴る。

するとレヴィ山は心外みたいで、

「否定しなくてもいいだろ、ルシ子？　我らがケンゴー陛下に親しく側仕《そばづか》えできるなんて、名誉なことじゃん。光栄の極みじゃん。きっと魔界中の女が羨《うらや》むだろうぜ？　いや、男のオレちゃんだって嫉妬を禁じ得ないね」

「べべべべべ別にアタシはこんな奴の近くにいたって、名誉でも光栄でもないし、まして全然うれしくなんかないんだからね！」

「陛下にそんな暴言を吐いて、笑って赦《ゆる》してもらえる時点で特権だってーの。ハァ、乳兄妹かあ。いいなあ。オレちゃんももっと遅く生まれたら、陛下やルシ子と親しくなれたのかなあ」

ギャースカ言い合い続ける二人（なお魔族とは、厳密には「魔人族」であり、だから数え方も「一人」「二人」で合っている）。

そこへ——鞭《むち》のように鋭い叱咤《しった》が飛んだ。

「ルシ子！　レヴィ山！　貴様ら、いい加減にしろ」

声の主は、すこぶるつきの美女だ。

むちむち垂涎《すいぜん》ボディを女物の軍服でラッピングし、短い指揮鞭《しきべん》を癇性《かんしょう》そうに振っている。

彼女は「強欲」を司る魔将で、愛称をマモ代《よ》という。

例によって本名はナンタラカンタラウンタラ飛んでマモン六世なのだが、ケンゴーが記憶できないために（以下略）。

というか、他《ほか》の魔将たちも全員漏《も》れなく長ったらしい名前を持っていて、仕方がないのでケンゴーは、全員分の愛称をつけていた。

もちろん尽《ことごと》く手抜きも甚《はなは》だしい仇名《あだな》である。

我ながら、ひっでーと思う。

さすがにフザケンナと怒られるかと覚悟したが――魔王の権威が一応は保てているのか
――全員、特に文句を言ってこなかったので、そのままにしてあるといういきさつだった。

マモ代が指揮鞭をビシビシと、ルシ子とレヴィ山へ交互につきつける。

「貴様らのせいで、御前会議が始められぬだろうが。陛下をお待たせするなど不敬千万！　せめてサル程度の知能が備わっているのならば、その証明に猛省し、ただちに静粛《せいしゅく》にしろ」

「出たわね、仕切り屋。あんた、このアタシにまで指図する気⁉」

と全方位ケンカ買うマシーンのルシ子が、今度はマモ代に矛先《ほこさき》を向けた。

「愚問《ぐもん》だな。会議の主導権《イニシアティブ》を己がモノにせねば、気が済まないのがこの『強欲』よ。仕切り屋呼ばわり、誠に結構」

とマモ代はしかし、せせら笑うばかりで取り合わなかった。精神的にオトナだった。

「そういうわけで我が陛下《マインカイザー》、会議を始めさせていただきますが、よろしゅうございますね？」

マモ代が司会然と場を仕切って、じろりと許可を求めてくる。

「う、うむ。苦しゅうない」

ケンゴーは内心怯《ひる》みつつも、会議の開始を許可。

この軍服をまとった美女は常に剣呑《けんのん》な物腰をしており、眼光も鋭い。油断すると気圧《けお》される。

そのマモ代が起立すると、上座のケンゴーに向かって慇懃《いんぎん》に一礼した。

「まずは我が陛下《マインカイザー》に謹んでお慶《よろこ》び申し上げます。本日は、先帝陛下の御代より一時中断されておりました世界征服の覇業を、いよいよケンゴー様がご継承なされる誠にめでたき日でございまする。もちろんのこと小官以下、七大魔将が御身《おんみ》の手となり足となり、我が陛下《マインカイザー》の記念すべき初陣《ういじん》を栄えある勝利――否《いな》、大勝利を以《も》って飾らんと粉骨砕身《ふんこつさいしん》仕えさせていただきます」

「う、うむ。頼りにしておるぞ」

「恐悦至極《きょうえつしごく》に存じます！」

マモ代がもう一度、深々と腰を折る。

そして上体を起こすと、指揮鞭を振りながら状況説明を開始。

この鞭の動作は、魔力で机の上に立体映像を作り出す術式も兼ねていた。

花に覆われた高原に建つ魔王城と、隣り合う盆地を扼《やく》する砦《とりで》という、細部まで作り込まれた精巧《せいこう》な映像が出現する。

説明の補助に使うだけなら、簡略化した図面でもよいのに。

マモ代の凝《こ》り性《しょう》な性格と、さりげなく魔法技術の高さを表す、一例といえた。

「我が魔王軍の作戦目標は目下、人族（厳密には常人族）連合軍の最前線拠点である『クラール砦』を陥落させることにあります。砦とともに『リットラン盆地』を占拠、掌握《しょうあく》することで、次なる『魔王城転移ノ儀』の準備を整えるわけです。我らが魔界の領土はさらに拡大し、世界征服への新たな一歩を刻むことになるでしょう」

耳慣れない用語の羅列《られつ》を、めっちゃ早口で言うマモ代。

ケンゴーは必死についていきながら、諮問《しもん》する。

「う、うむ……。しかし、マモ代よ。そのクラ……ナントカ砦を、どうしても陥《お》とさねばならぬだろうか？」

「我が陛下《マインカイザー》……これは異なことを。陥とさずして、どうやって人界（人族の全領土）を侵略できましょうか」

マモ代に逆に問われたケンゴーは、今度は居並ぶ全員へ諮《はか》るように、

「た、例えば講和とか……？」

「あり得ません、陛下」

「ナイです、陛下」

「言語道断にございまする、陛下」

即却下だった。却下の集中砲火だった。

ケンゴーは「うぐぅっ」と息を呑《の》まされる。

一方、マモ代はしたり顔で、

「言うまでもなく、世界征服は我ら魔族にとっての悲願であります」

「う、うむ、そうだな。言うまでもないなっ」

「今上《きんじょう》であらせられるケンゴー様は、歴代陛下のご意志を継ぎ、また全国民の想《おも》いを背負い、我ら七大魔将を指揮統率して、人族どもの領土を尽く平らげなければなりません。それが魔王の魔王たる尊き義務というものでございます」

「う、うむ、そうだな。余に課された使命であるなっ」

ケンゴーは顔面を引きつらせながらも、鷹揚な態度を装って首肯をくり返す。

（そんなの絶対やりたくねー）

などと、口が裂けても言えない。ましてやここで、

「ええーい、いいから黙って余の勅命《いうこと》を聞けーい！」

と強行できるほど、ケンゴーの心臓は強靭《きょうじん》ではなかった。

むしろ、そんな横暴を通そうとしたが最後、臣下たちによってたかって、

「テメー何様だよ、アアン？」

「いくら魔王でもチョーシ乗りすぎじゃねえか、アアン？」

「上等だ。クーデターだ。アアン？」

とかなんとかスゴまれて、反逆されるのではないかと危惧《きぐ》するヘタレチキンだった。

ただでさえバケモノ揃いの魔将たちに、七人がかりで襲いかかられたら――

（想像しただけでもう生きた心地がしない！）

呼吸と動悸《どうき》が苦しくなる。

いや、もしかしたら乳兄妹《おさななじみ》のルシ子は味方してくれるかもしれないが、それでも二対六。無理無理。

内心ションボリしていると、

「憚《はばか》りながら申し上げまするが、よりにもよって講和とは……いささか耳と我が君のご見識を、疑わざるを得ないお言葉かと」

じろりと、マモ代にまたにらまれる。

ケンゴーは「ぎくぅっ」と息を吞まされる。

さらには他の魔将たちまでマモ代に同調し、「うぬ、然《しか》りよな」「これはどういうことだ？」「魔王陛下のお言葉とは思えぬ」と声をひそめて相談し合ったり、怪訝《けげん》そうにしている。

針の筵《むしろ》とはこのことだ。こちらを見る魔将たちの視線がケンゴーには痛い、痛い。

掌《てのひら》にじっとりと嫌な汗をかきながら、必死に弁明の言葉を考える。

「じょ――――」

「「「じょ？」」」

「冗談に決まっておろう！　余の初陣よ、必勝よと意気込むゆえか、マモ代も皆も硬くなっておるように見えたのでな。一発、魔王ジョークをカマして、和ませてやろうと思ったまでよ。ファッ、ファファファァ、ファファファファファァ……ファァ」

我ながら苦しい。

前世では口八丁を鍛えたケンゴーだが、最期《さいご》は通用せずに撲殺された。

やはり、ハッタリだけではどうにもならない。その拭《ぬぐ》い去りがたい不信感が、魔王に転生したケンゴーの口八丁からキレまでも失わせていた。

これは万事休すか。クーデター不可避か。二対六か。

内心ビックビクのドッキドキになるヘタレチキン。

魔将たちの反応は、果たして――

「バッカおまえ、言われるまでもなくこんなんケンゴー様一流のジョークに決まってるだろ?」

「な、なるほど道理ですっ。腑《ふ》に落ちましたっ」

「いきなり我が陛下《マインカイザー》が世迷言をのたまうゆえ、小官もおかしいと思っていたのだ」

「おかしいはおかしいでも、ここは笑うところってことよ!」

「嫉妬するほど洗練されたギャグセンスだっつーの。オレちゃんは最初からわかってたぜ?」

「ギャハハハハハハハハ腹いてー!」

「ううむ、妾《わらわ》らも知らず知らず、緊張しておったようじゃな。それを看破し、しかし叱責なさるではなく諧謔《かいぎゃく》にて諭《さと》そうとは……。さすがは主殿《あるじどの》じゃ。粋《いき》な計らいじゃ」

「とても初陣とは思えない落ち着きぶりです！　カッコイイです!」

「本来であれば、小官らこそがしっかりせねばならぬのに。この『強欲』、感服仕《つかまつ》りました」

「……お腹空《なかす》いた」

――と、やんややんやの大盛り上がりだった。

（セ、セーーーーーーーーーフ！）

九死に一生を得たケンゴーは、こっそり胸を撫《な》で下ろす。

「皆の緊張もほぐれたところで会議を続けよ。許す」

これ以上、藪蛇《やぶへび》にならないよう急いで話題を変える。すると、

「このベル原《はら》に秘策アリ！」

着席したまま、気取った格好で一礼してみせる配下がいた。

やけにクドい顔をした中年で、やけに主張の強いM字型の口髭《くちひげ》を生やしている。

ハンサムといえばハンサムかもしれないが、美的感覚が日本人並なケンゴーからすると、やっぱりクドい。「欧米人《おーべー》にはモテるかも」とか思ってしまう。

彼は「怠惰《たいだ》」を司る魔将で、ナンタラカンタラ……ベルフェゴール七世で、愛称ベル原。

ケンゴーが顎《あご》をしゃくって発言を促すと、滔々《とうとう》と献策を始めた。

「クラール砦に立て籠《こ》もる人族連合軍に対し、まずは使者交換を要求するのです。そうしてこちらに話し合いの用意があるように見せかけ――あちらがよこした使者の首を刎《は》ねます！その首を砦前に掲げてやれば、それを見た臆病な人族どもは震え上がり、『やはり魔王軍を相手に死以外の選択肢はないのか』と慨嘆《がいたん》すること間違いなしかと。希望から絶望のドン底へと叩《たた》き落とす、これが第一の策でございます」

「……そんな外道な真似《まね》したら、こちらの使者も殺されぬか……？」

「勝利《コラテラル・ダメージ》のために不可避の損害でございますよ、陛下。そして、こちらが送りつける使者は、疫病の魔族家《マルバス》の者です。無知な人族どもは我らの使者を斬ることで一旦《いったん》は溜飲《りゅういん》を下げるでしょうが、むしろそこからが奴らの悪夢の始まり！　マルバスの死体からは疫病が蔓延《まんえん》し、砦内は地獄絵図となることでしょう。これが第二の策でございます」

「ひ、ひでぇ……」

ベル原が提案した作戦の、あまりの悪辣《あくらつ》さにケンゴーは絶句させられる。

（こいつ鬼や……マジ悪魔や……）

と、内心ドン引きである。いや実際、相手は魔族なのだが。

一方、ベル原はむしろ褒《ほ》め言葉と受け取ったようで、

「お褒めに与《あずか》り恐悦至極！」

と、子どものように目を輝かせる。クドいオッサンの顔で。

また他の配下たちも感心頻《しき》りで、

「なるほど、二段構えの作戦か……」

「さすがは魔界にその人ありと謳《うた》われた智将ベル原だな。妬けるぜっ」

「な、なかなかイイ作戦じゃない、なかなかっ。ほ、褒めてあげるわ！」

「……お腹空いた」

という具合に大評判だった。

「神算鬼謀《しんさんきぼう》を以って労せずして勝つ――それが『怠惰』の魔将たる吾輩《わがはい》の真骨頂であるからな」

と、ベル原もますます得意絶頂、M字髭をしごき立てる。

しかし、ケンゴーとしては堪《たま》らない！　精一杯の虚勢を張って、ベル原の献策を突っぱねた。

「きゃ、却下であるっっっ」

「わ、吾輩の策に何か落ち度がございましたでしょうか？」

ベル原が一転、泣き出しそうな表情をする。

なまじダンディが板についた人相だから、よけいに情けなさが際立《きわだ》つ。

ケンゴーは率直に答えた。

「貴様のやり方では砦の兵がどれだけ死ぬか、わかったものではないわ。話にならん」

「で、ですがっ、人族風情《ふぜい》が何万人死のうとも、勝てばよろしいではございませんか……」

「うむ。ベル原の言う通りじゃ」

「陛下はいったい何を問題となさっているのだ？」

「わからぬ……。謎《なぞ》すぎる……」

ケンゴーの言葉に、臣下たちが戸惑い混じりにざわつく。

はっきりと不満を顔に出す者こそいないが、またも不穏な空気に会議の場が覆われる。

続くケンゴーの返答次第では、大荒れになってもおかしくないだろう。ゆえに、

（虐殺《ぎゃくさつ》とか冗談じゃねーーーーよ！　夢に見て魘《うな》されるよ！）

などとという本音を、ケンゴーも口走るわけにはいかない。

そんなことをすれば魔王の権威が失墜《しっつい》し、クーデター（以下略）。

強烈な緊張で、ケンゴーの額《ひたい》を一筋の汗が流れ落ちる。

すると、それに気づいたルシ子が、一同に向かって提案した。

「まあまあ、さっきと一緒でケンゴーも何か考えがあるんでしょ。最後まで聞きましょうよ」

それで他の魔将たちも「確かに」と、水を打ったように静かになった。

まずは虚心に、耳を貸してくれる雰囲気になった。

（ナイスフォローでしょう、ケンゴー？　この乳兄妹《アタシ》に感謝しなさいよ？）

とばかり、今世紀最高の得意顔《ドヤガオ》を見せてくれる、傲慢《プライド》の魔将さん。

（……どうせフォローしてくれるなら、こいつらの説得までやってくれよ）

ケンゴーは半眼にさせられる。

が、美少女無罪というか、可愛《かわい》いは正義というか、ルシ子のドヤ顔は可愛いので許してしまう。こういうのはトキめいた方が負け。ゆえに、

（結局、俺が自力でこいつらを丸め込むしかない……！）

実際のところ何もかもルシ子に頼りきりでは、それはそれで権威失墜（以下略）。

口八丁で場をやりすごすのは懲り懲りだが、今は藁《わら》にもすがる想いで駆使することに。

「──そも、我らはなんのために人界を侵略するのだ？」

ケンゴーは一生懸命重厚な声音を作って、一同に問いかける。

そして、誰かが返答する隙《すき》を与えず、自答する。

「決まっている。数多《あまた》の人族どもを奴隷《どれい》・家畜とし、生ける財産を手に入れるためであろう？

無人の荒野を征服して悦に浸るだけならば、海の向こうに新天地でも探しに行けばよい。だが、そんな不毛は貴様らも本意ではあるまい？」

「お、仰《おお》せの通りにございまする……」

「改めて言明しておくぞ？　人族どもは、やがて余のものとなる財産だ。それを妄《みだ》りに傷つけ、死なせることは、翻って余の権勢に弓引くことと同義である！」

「ぎょ、御意にございまする……」

ケンゴーの口から出まかせに承服して、ベル原はすごすごと意見を引っ込めた。

「他の者もよいな？　余の言葉、その肝《きも》に銘じたな？」

「はい、陛下！　いと穹《たか》きケンゴー魔王陛下！」

「魔界の大公たるこの我らが頭《こうべ》を垂れる、唯一無二の絶対支配者！」

「我ら皆、必ず陛下のご下命の通りにいたしまする！」

「……お腹空いた」

（セ、セーーーフ！　またもセーーーーーーーーフ！）

説き伏せることに成功し、ケンゴーはこっそり胸を撫で下ろした。

「なるほど、さすがは陛下だ」「ご思慮が〝深い〟」「人族なんかいっぱいぶっ殺せばぶっ殺すだけ偉いって思ってたなー」

などと物騒な言葉が聞こえてくるのを、全力で聞こえないことにした。

「さて――ベル原の智謀は見事なものであったが、前提条件の点で齟齬《そご》があった。そこで余の言葉を踏まえた上で、誰ぞ新しい案がないか?」

さっさと話題を変えるためにも、積極的に一同へ諮る。

あと、ベル原が鬱憤《ヘイト》を溜《た》め込まないように、フォローも忘れないヘタレチキン。

「ならば妾の腹案を聞いてたも、陛下」

また別の配下が、なんとも嫋《たお》やかな挙措《きょそ》で挙手をした。

見た目は十歳前後の、愛くるしい童女だ。

しかし、この中で最も年長である二百余歳。魔族というのは十五歳で一人前とされ、実際にその年齢を境に外見の変化が止まるという性質がある。ベル原は十五歳の時にはもうクドいオッサン顔になっていて、この童女は何歳になろうとも死ぬまで童女の見目のままということだ。

「陛下の御心《みこころ》に従い、一兵も殺《あや》めずにあの砦を陥としてみせようぞ」

クスクス、クスクス、幼い顔に魔性の笑みを浮かべる彼女。

遊女のように大きく胸元《むなもと》の開いた、煽情的《せんじょうてき》なドレスをまとっており、肩口にギリギリ引っかかっているその襟《えり》が、いつずり落ちてはだけてしまうかと見てるこっちをハラハラとさせる。

彼女は「色欲」の魔将のアスモデウス七世で、愛称はアス美《み》という。

「ほ、ほほう。ぜひ聞かせてもらおうかな？」

「御意に」

ケンゴーが訊《たず》ねると、アス美は邪《よこ》しまな笑みを湛《たた》えたまま、得意げに語った。

「兵隊などという連中は、妻や恋人を残して故郷を離れ、前線で常に女日照りと相場が決まっておるものじゃ。ゆえに妾の子飼いの淫魔《サキュバス》どもを砦前に並べて、尻《しり》を振って誘惑してやればよい。兵隊《オトコ》どもの方から門を開いて、むしゃぶりつくこと間違いなし。そうして生かさず殺さず骨抜きにしてやれば、砦一つ陥落させることくらい造作もないというわけじゃ」

「ほ、ほほう！　なるほどな！」

前世でも今世でも**童貞**のケンゴーは、アス美の唱えたお色気大作戦にドギマギ、思わず頬《ほお》と股間を熱くしながらも、その内容には一考の余地を覚えた。

実際、魔将たちの評判も良さげだった。

「こりゃ妬けるほど名案だ。アス美の策なら人死にも出ず、陛下の御意に沿うじゃんか」

「兵士どももサキュバスと懇《ねんご》ろになれるのなら、本音のところ大歓迎ではないのか？」

「まさにWIN-WINだな。隙がない」

（よし、採用しよう）

臣下たちの反応も見て、ケンゴーは腹を決める。

ところが、その矢先のことだった。

「ま、待ってください、皆さん。アス美さんの策には、致命的な落とし穴がありますっ」

アス美の隣に座る魔将が、おずおずと手を挙げた。

見た目だけなら中学生くらいの、紅顔《こうがん》の美少年だ。

実年齢もこの中ではケンゴーとルシ子に次いで若い（といっても四十代だが）。

彼自身、若輩者という引け目があるのか常にキョドった態度で、周囲に迎合するように柔弱《にゆうじやく》な愛想《あいそ》笑いをへらへら浮かべ、意見するのもごく控え目。

今日もこれが初めての発言で、「このままアス美案が採用されたら大変なことになるから」とばかりに、堪らず手を挙げたという様子だった。

しかし、おかげでアス美の不興を買い、

「なんじゃ、なんじゃ。若僧の分際で、妾の妙案にケチつけようてか？」

彼女がブカブカの胸元から取り出した扇子で、ペシペシと頭を叩かれている。

「痛っ、痛いっ。や、やめてくださいよ、アス美さんっ。僕、怒りますよ？　いい加減にしないと、本気で怒っちゃうんですからねっ？」

などと言いつつその少年魔将（四十代）は、涙目になるばかりでされるがまま。

弱々しいなんてものじゃない。本当にやり返すところなど到底、想像がつかない。

この彼、「憤怒《ふんぬ》」を司る魔将のサタン九世で、愛称をサ藤《とう》という。

「まあまあ待ちなさい、アス美。サ藤の言い分も聞いてやりなさい」

ケンゴーはどこか兄貴風を吹かせながら、そう仲裁した。

七大魔将の中でも、気心の知れたルシ子と並んで、このサ藤のことは恐くない。

むしろ今みたいな状況だと、自分が率先して他の魔将から守ってやらねばならないとさえ思っていた。つき合いはまだ浅いが、サ藤のことは弟分のように感じていた。

「フン！　命拾いしたの、サ藤」

「あ、ありがとうございます、ケンゴー様っ」

アス美が扇子を引っ込め、サ藤が感激で潤《うる》んだ瞳《ひとみ》でケンゴーのことを見つめてくる。

「よいよい。さあ、話してみなさい」

「は、はいっ。えっとですねっ、あのですねっ、人族の男は、サキュバスと一度交わってしまったら、もう人族の女じゃ満足できない体になってしまうんですっ」

「……まぢ？」

「まぢなんですっ」

「フフン、それがどうしたというのじゃ？　まさか人族の兵隊どもが憐《あわ》れだとでも申すか、サ藤？　存外にお優しいことよのう？」

「痛たたっ、痛いっ。だから扇子はやめてくださいよ、アス美さんっ。あまり僕を怒らせないでくださいっ。というか、ケンゴー様のお話を聞いてたんですか？　兵隊さんたちだってケンゴー様の財産になるんですからっ。事実上の去勢をされた家畜に価値はありますかっ？」

「むっ。むむっ。それが妾の案の落とし穴か」

「ケンゴー様はどう思われますか？」

「却下！　ハイきゃーーーーっか！　よく指摘してくれた、サ藤！」

「は、はいっ。ケンゴー様のためですからっ」

褒められて喜色満面になるサ藤。

一方、ケンゴーは「あ、危なかった……」と冷や汗まみれ。

もう一生「♥♥♥」できなくなるなどと、男にとっては生き地獄に違いない（十六年プラス十六年間、童貞並の感想）し、そんな惨《むご》い仕打ちをしでかしたらきっと後悔で悪夢に見て魘される。

（七大魔将、ホンマ鬼《こいつら》だわ……。悪魔だわ……）

呼吸をするように邪悪なことをやってのけようとする。

まったく油断も隙もあったものじゃない。

（ど、どうしよう……。このまま誰の案を採用したって、ひっでー結果になるんじゃないか？）

すっかり疑心暗鬼に囚《とら》われるケンゴー。

しかし、その間にも――

「魔王陛下！　このベル原に今度こそ妙案アリ！」

「サ藤ばかりが褒められるのも妬けるんで、ここはオレちゃんに任せてもらえませんか？」

「いいえ、我が陛下《マインカイザー》。こいつらがまるで頼りにならぬのは、もうおわかりでしょう。ぜひ、小官にご用命を。あなた様のご寵愛《ちょうあい》を、『強欲』なるこの小官に独占させていただきたい！」

「ダメじゃ、ダメじゃ。妾が活躍して褒美に陛下に一夜のお情けをいただくんじゃっ」

「あんたがどうしてもってお願いするなら、このアタシが行ってあげてもいいケドォ？」

「……お腹空いた」

――と、七大魔将たちが次から次へと手を挙げる。

俺にやらせて！　私にやらせて！

お役に立ちたい！　お役にたちたい！

もうホンット子犬みたいにキラキラした目で、訴えてくる。

（クッ……。こういうところが、こいつら憎めないんだよなあ……）

ケンゴーは顔を引きつらせた。

つい情にほだされそうになるが、そこはグッと我慢の一手だ。

迂闊《うかつ》に指名したが最後、先のベル原案やアス美案も真《ま》っ青《さお》の地獄絵図を、クラール砦に出現させかねないのが、こいつら七大魔将だ。

（誰を選ぶか、それが問題だ……）

七将の顔ぶれの間を、ケンゴーの視線が彷徨《さまよ》う。

いっそ誰も指名したくはないけど、誰かを指名しなければ収まりがつかない。

(どいつだ……？　どいつなら穏当に砦を陥としてくれる……？)

苦悩と熟考。

その果てに、ケンゴーの目は一人に留まった。

やかましいくらいアピールを続ける他の者たちに隠れて、おずおずと中途半端《はんぱ》に挙手をしていた——サ藤に。

「おまえに決めた！」

「え、僕でいいんですかっ」

まさか選ばれると思っていなかったのか、サ藤はあどけない顔に驚きの色を浮かべる。

「ああ、おまえなら適任だ！　むしろ、おまえしかおらぬ‼」

ケンゴーは確信を持って断言する。先ほどのアス美案の欠陥を指摘してみせるなど、サ藤ならこちらの意図をよく理解しているはずだった。

(そもそもこいつ、虫も殺せなそうな奴だし)

必ずや犠牲を出さず、穏当に、穏健に砦を征服してくれることだろう。

うん、考えれば考えるほど、素晴らしい決定に思えてくる。鼻歌まで歌いたくなってくる。

席を立つと、両手を広げて宣言。

バイ
バイ
ハイ
バイ
バイ
ハイ
ハイ
圧がすごい。

「サ藤よ！　犠牲者を最小限に抑え、且つ砦を陥とす至難、見事成し遂げて参るがよい！」

「はいっ。ケンゴー様の御意のままにっ」

アサインされたのがよほどうれしいのか、サ藤は屈託《くったく》のない笑顔を浮かべた。

「サ藤の奴、まったく妬けるぜっ」

「ぐぬぬ若輩者の分際で……」

「やむをえぬ。きっとこのベル原も及びつかぬ、陛下の深謀遠慮の結果であろうや」

「だが悔しいものは悔しいッ」

「アタシの方が絶対上手《うま》くやれるのにっ。ケンゴーのバカっ」

「……お腹空いた」

と、他の魔将たちが羨望《せんぼう》の視線を向ける中、

「すぐに吉報をお持ちしますので、それまでどうぞお寛《くつろ》ぎください！」

サ藤は喜び勇んで出陣していった。

ウキウキとしたその小さな背中を、ケンゴーもまた相好を崩して見送る。

(フフッ。まるで弟みたいに思っていたけどな……。いつの間にか、すっかり頼もしくなったじゃないかよ)

まさに大船に乗った気分だった。

この時はまだ……。

第二章　クラール砦攻略戦のような何か

「御前会議の間」を辞すと、サ藤は足早に廊下を進む。

石畳を叩《たた》くその足音が、一歩ごとに変化していく。

トテトテとしたどこかひ弱な足取りから、カッ、カッ、と鋭く鳴り響く闊歩《かっぽ》へと。

同様にサ藤の表情も、「御前会議の間」から離れるにつれ変化していた。媚び諂《へつら》うような柔弱《にゅうじゃく》な愛想《あいそ》笑いが、まるで剝《は》がれ落ちるように消え去り、その下から冷酷無情の恐ろしい顔が覗《のぞ》く。なまじ愛らしい少年の容姿をしているからこそ、いっそう酷薄さが際立《きわだ》つ。

「誰ぞある」

問いかけるその声音と口調もまた、冷え冷えとしたものだった。

ケンゴーたちに向けていたものとは、まるで別の代物だった。

「お傍《そば》に。閣下」

廊下を闊歩するサ藤の影の中から、スーッと側近が浮かび上がってくる。

人型だが頭部は黒山羊《くろやぎ》で、背中には一対の黒翼を持つ、両性具有の大魔族だ。

「出陣の用意だ。急げ」

サ藤はそちらを振り返りもせず、歩みも止めぬまま、冷酷に命じる。

「既に軍の編成は完了し、城の前に布陣させております。後は閣下のご下命を待つのみです」

側近は滑るように後をついてきながら、恭《うやうや》しく応答した。

「ほう？　手際《てぎわ》が良いことだな」

「畏《おそ》れ入ります。魔王陛下のご信頼とご寵愛《ちょうあい》厚き閣下のことですゆえ、必ずやお役を賜《たまわ》るものと存じ、僭越《せんえつ》ながら準備をすませておきました」

「ケンゴー様のご信頼とご寵愛、か……。フフ、そう見えるか？」

「畏れながら、魔王陛下が閣下へとお向けになる目は、あたかも弟に対する兄の如《ごと》しかと」

「フフフ。そうか……そうか……」

配下の前では滅多に見せぬ笑みをサ藤は浮かべ、嚙《か》みしめるように「そうか」と繰り返す。

「ケンゴー様に、そんなに大切に想《おも》っていただけるとは！　僕はなんと果報者だ！」

あまつさえ恍惚《こうこつ》と奮《ふる》える!!

「嗚呼《ああ》、ケンゴー様っ。この僕をして、逆立ちしても抗《こう》しえない魔王陛下！　『絶対』という言葉はまさに、あなた様のためにありましょう！　あなた様がその身にまとう魔力の片鱗《へんりん》——その量！　強さ！　美しさ！　目にするたびに、僕は昂揚《こうよう》を禁じ得ない!!　眼福ッ、眼福ッツ、眼福ッッッ」

心酔しきった顔つきで、ケンゴーを讃《たた》えに讃えまくるサ藤。

それを聞く側近もまたドン引きするでもなく、真面目《まじめ》腐って相槌《あいづち》を打つばかり。

サ藤は一頻《ひとしき》り熱狂に酔いしれた後、またスッと表情を消した。

酷薄で、冷徹な、魔将の顔となった。

「わかっているだろうな？　そのケンゴー様のご信頼を、裏切るわけにはゆかぬぞ」

「肝《きも》に銘じてございます、閣下。我らの命に代えましても、閣下」

「よかろう。では跳ぶ。ついてこい」

廊下を闊歩していたサ藤の姿が、唐突に掻《か》き消えた。

一瞬後にはもう、魔王城の外へと転移している。

「瞬間移動」の類《たぐい》は極めて高位の魔法だが、サ藤ほどの使い手となれば、呪文《じゅもん》の詠唱や魔力の練り上げなど、そういった魔導の手順がほとんど必要ない。

側近もまたわずかに遅れて瞬間移動を完了させ、後をついてくる。

そして、二人の眼前にはサタン軍六万六千六百が、整然と方陣を組んで並んでいた。

しわぶき一つ立てず、サ藤の閲兵《えっぺい》を待っていた。

まさしく壮観たる眺めであった。

号令係の上級魔族が、主君の来臨を全軍に知らしめるため、声を嗄《か》らして叫ぶ。

「サタルニア大公国支配者にして将軍閣下、〝悪魔の中の悪魔〟〝天帝の敵対者〟〝赤竜王〟、サーラ・サターナ・サディスト・サッチィ・サン・ササン・サトゥーダ・サンサン・サタン九世様、御成《おな》〜〜〜〜〜〜〜〜〜〜〜〜〜り〜〜〜〜〜〜〜〜〜〜〜〜〜〜〜〜〜〜〜〜！」

受けて、サ藤は酷薄に首肯すると、

「死《い》ね」

と一言、号令係に命じた。

ただの命令ではない。サ藤の莫大《ばくだい》な魔力を込めた、一種の呪詛《じゅそ》だ。

号令係の額《ひたい》に、たちまち「６６６」の瘴気《しょうき》文字が顕《あらわ》れる。

かと思えば、

「ヨロコンデー！」

号令係は麻薬中毒患者のような法悦の顔で、自刃《じじん》して果てた。

ゾッ――と蒼褪《あおざ》めるような空気が、六万六千六百の兵たちの間に広がる。

痛いほどの静寂が満ちる。

だが、サ藤は号令係の死体も、すっかり畏縮《いしゅく》しきった麾下兵《きかへい》たちも顧みず、冷酷な口調で誰にともなく問いかけた。

「僕の名前を言ってみろ？」

「はい、閣下。我らがご主君――〝サ藤〟様にございまする」

すかさず慇懃《いんぎん》に答えたのは、黒山羊の頭を持つ側近だった。

「そうだ、サ藤だ。それがいと穹《たか》きケンゴー様が、直々に――直々にだぞ？　僕のために下さった、誇り高き愛称だ。それ以外の名で僕を呼ぶことは許さん」

「再度徹底するよう、全公国民に通達いたしまする」

「ぬかるなよ」

サ藤は血の通わぬ声で命じると、無遠慮な闊歩を始める。

六万六千六百の兵らへ向けて、無人の野を行くが如く進む。

実際、兵たちは畏れ敬い、我先に逃げ出すように左右へと別れ、サ藤の前に道を開ける。

サ藤はそんな忠実な兵らをやはり一顧《いっこ》だにもせず、ただ当然の奉仕だと受け止める。

そして、方陣の中心部に張られていた大天幕に、側近とともに入る。

ここが帷幕《いばく》――すなわち軍の司令部だ。

軍高官たちが直立不動で居並ぶ中、サ藤は一人、軍議机の上座に腰を下ろす。

挨拶《あいさつ》も前置きもなく、幕僚たちへ一方的に告げる。

「天帝の加護なく、人族風情《ふぜい》が立て籠《こ》もる砦《とりで》など、本来なら貴様らだけで造作もなく陥《お》とせる」

「「はい、閣下ッ。その通りにございます、サ藤閣下ッ」」

「だが今回は、ケンゴー様の勅命《ちょくめい》だ。この僕がいいところをお見せせねばならぬ」

「「はい、閣下ッ。そうなされますよう、サ藤閣下ッ」」

「貴様らは砦を囲むだけでいい。後は僕がやるから、手出しするな。ただし、蟻《あり》も漏《も》らすな」

「「はい、閣下ッ。ご下命賜りました、サ藤閣下ッ」」

サ藤の命令を、重臣たちがオウム返しにするだけ。軍議でもなんでもない。

（だが、僕の軍はこれでよいのだ）

椅子《いす》の肘《ひじ》かけに頬杖《ほおづえ》つき、冷然とそう断ずるサ藤の瞳《ひとみ》に、重臣一人一人の顔などまるで映っていない。路傍《ろぼう》の石も同じ。

主命を全軍に下達《かたつ》するため、上級魔族たちが帷幕を出ていく様を、空虚に眺める。

すると、入れ替わりに料理係の魔族が二人、姿を見せた。

「包囲が完了するまで、どうぞお召し上がりくださいませ、サ藤様」

「粗餐《そさん》でございまするが、陣中のことゆえどうかご容赦《ようしゃ》くださいませ、サ藤様」

机の前にテキパキと皿を並べ、給仕する。

サ藤はねぎらいも言わず、無造作にスープを匙《さじ》ですくって、口へ運ぶ。途端――

「温《ぬる》い」

絶対零度《れいど》もかくやの声音で、サ藤は吐き捨てた。

皿ごとスープを机の外へはね除けた。

「はっ⁉　えっ⁉　しかし閣下のお好み通り、温めで仕上げたものでございますが……」

「お気に召さなかったでしょうか⁉」

「召さん。いつもより〇・〇四度温いわ。これでは温すぎる」

「そ、それは誤差の範囲では……」

「黙れ。死ね」

「「ヨロコンデー！」」

サ藤の呪詛を浴びて、料理係たちは額に「６６６」の数字を浮かべ、自刃した。

ゾッ――と蒼褪めるような空気が、大天幕のうちに漂う。

居並ぶ高官、名の知れた大魔族たちが、冷や汗をかいて見て見ぬふりをする。

そんな一同をサ藤はジロリとにらみ据え、

「緊張感が足りぬ。僕がしばらくケンゴー様のところへ遊びに行っている間に、貴様らすっかり弛《たる》んでいるのではないか？」

「「はい、閣下ッ。いいえ、そのようなことは決してございませぬ、サ藤閣下ッ」」

「ふん、ならばよいがな」

サ藤は興醒《きょうざ》めしたように、皿をかたづけるよう手を振って合図すると――

冷厳と一同に告げた。

「あまり僕を怒らせるなよ？」

「憤怒」の魔将はキレやすく、ささいなことですぐ臣下を手打ちにする。

そのことを知らぬ者は、魔界広しといえどいなかった。

そう、呑気《のんき》な魔王ただ一人を除いて。

†

「おおっ、始まったぞ」

魔王ケンゴーはウキウキと呑気に、竜骨でできた椅子から身を乗り出す。

他《ほか》の六将とともに残った「御前会議の間」。

皆でサ藤の手並みを観覧しているところだった。

すこぶるつきの女体を軍服でラッピングした「強欲《マモ》」の魔将《よ》が、指揮鞭《しきべん》を軽く振って魔法を行使。探知魔法と幻影魔法を精緻《せいち》に組み合わせ、戦場の様子を俯瞰《ふかん》映像として、会議机いっぱいに映し出していた。

（いつ見てもテレビ中継みたいだな）

とケンゴーなどは思うが、もちろん人間時代《ぜんせ》の話を迂闊《うかつ》に漏らしたりはしない。

七対の目が向けられる映像の中――サタン軍六万六千六百が一斉に動き出す。

「おお、見事なまでに足並みがそろっておるのう」

「統率力、組織力、まざまざと見せつけてくれるではないか。サ藤め、陛下がご覧になっているから、はりきりおって」

「しかし、さすがはサ藤の薫陶《くんとう》が行き届いた軍じゃないか。オレちゃん妬《や》けちゃうよ」

「むう。あの兵ども、我がマモン軍に欲しい」

「まあまあね、まあまあ！　アタシのルシファー軍の方がスゴいし！」

「……お腹空《なかす》いた」

わいわいがやがや、魔将たちが好き勝手言ってる間にも、サタン軍はクラール砦を包囲する。

「おお、見事な包囲網じゃ。蟻一匹漏らさぬとはこのことよ」

「でも全然、攻撃を始めないじゃないの、情けない！　やっぱりルシファー軍の方が上ね！」

「カカ。サ藤の奴《やつ》のことだ、きっとエゲつない手を企《たくら》んでいることだろうさ」

「そして、陛下の恩賞を独り占めか！　妬けるぜ」

わいわいがやがや、魔将たちが好き勝手言ってる横で、ケンゴーは期待の視線を戦場に注《そそ》ぐ。

実際、サタン軍が敷いた包囲陣は、並大抵じゃないプレッシャーをかけているはずであった。

何しろ兵の一人一人が魔族である。

強面《こわもて》どころの話じゃなく、獅子の頭を持っている奴、首から上が毒蛇になっている奴、そんな恐ろしげな連中がゴロゴロいる。

筋骨隆々どころの話じゃなく、身長が三メートル、五メートル超えてる奴らもゴロゴロいる。

(仮に俺《おれ》が人族側だったら、秒で白旗上げるんだが……)

そうなってくれないかな〜、せめて講和を打診してくれないかな〜、と会議机に映る人族連合軍の様子を観察する。

が、

『魔王を殺っっっっっすぇぇぇぇぇぇぇぇぇぇぇぇぇぇ！』
『我ら将兵の意地を、人族の威厳を、見せつけてやろうぞッ!!』
『一人一殺、百人百殺の気構えじゃあああああああ』
『今、命を捨てずして、いつ捨てるというのか！』
『コロセコロセコロセコロセコロセコロセコロセコロセコロセ――』

人族連合軍の意気軒昂《けんこう》なこと、ヤバい邪教《カルト》にハマった狂信者もかくやである。
ケンゴーもドン引きだ。
（この世界《フォーミラマ》じゃ魔族も人族も、どっちもどっちかよ……）
これではたとえ臣下たちを説き伏せられたとしても、講和どころの話じゃない。
フォーミラマは末期です。
（こうなったらサ藤、おまえだけが頼みだ。せめて穏便に……穏便に……っ）
祈るような気持ちで、ケンゴーは現地映像を見守る。
そして、ついにサ藤が戦場に姿を現す。
飛翔《ひしょう》魔法を用い、あたかも真打の如く単身、雲間から降臨し、砦の上空に滞空。

そこから立て籠もった人族軍に向かい、布告したのだ。

『愚かで憐れな人族どもよ。地虫にも変わらぬ矮小《わいしょう》な者どもよ。我が名はサ藤。魔王ケンゴー陛下の、一の臣下である』

少年の姿をした大魔族は、砦内にいる人族連合軍を本当に虫けらのように見下していた。

その声音と口調は、酷薄にして非情そのものだった。

（んんんっ？）

ケンゴーが知るサ藤とのあまりのギャップに、「こいつ誰？」と首をひねる。

こっちの気も知らず、映像の中でサ藤は続けた。

『人族どもよ。一度しか言わぬゆえ、心して聞け！　慈悲深きケンゴー様は、貴様らに奴隷として飼われる栄誉をお恵みくださるとの仰《おお》せだ。本来は死すべき定めの貴様らが、家畜のように可愛《かわい》がっていただけるのだから、これ幸いというしかない。泣いて喜べ！　ありがたがれ！　ケンゴー様への感謝の声で、この空を埋め尽くしてみせよ！』

（んんんんんっ？）

何やら雲行きおかしくない？　とケンゴーはますます首をひねる。

『さあ、選ぶがよい――家畜か！　死か！　ただし、僕はあまり気が長くないと言っておく』

サ藤は宣言するなり、呪文を唱え始めた。

「おお……！」『サ藤め、本気を出したなっ』「最初から全力かよ！」

と、他の魔将たちも騒然だ。

彼らクラスともなれば本来、魔法を行使するのにいちいちそんな、大それた準備は必要ない。

つまりは、サ藤をして呪文詠唱が必要なほどの、極大魔法を用意しているのだ。

実際、サ藤の周囲を膨大な魔力がにわかに吹き荒れ、まるで瘴気や怨霊《おんりょう》めいた黒々とした様子で漂い、さらに後から後から湧《わ》き出てくる。その余波が映像を介してさえ「御前会議の間」に届き、ケンゴーの肌をチリチリさせるほどであった。

（んんんんんんんんんんんんんんんんんんんんんんっ？？？）

ケンゴーはもう首をひねりすぎて痛くなってきた。

「こ、これは本当に現地映像か……？　マモ代《よ》が何かいじって加工修正しておらぬか？」

「心外です、我が陛下《マインカイザー》！　そんな偽りの映像を御覧に入れるなど、万死に値します！　このマモ代、誓ってそのような不敬はいたしませぬ！」

「そうよね。というかそんな細工をして、アタシたち全員を誤魔化《ごまか》せるわけないしね」

「うむ。妾《わらわ》らの『眼』は節穴ではない」

「……お腹空いた」

魔将たちに総否定されて、ケンゴーは内心たじろぐ。

（ま、まあ事実、俺の「眼」で見ても、おかしなところないんだけど……）

ただ目を疑うような光景が、映っているだけで。

「し、しかしであるな、このサ藤はおかしくないか？　いつものサ藤と違いすぎではないか？」

「ハハハ。御戯《おたわむ》れを、ケンゴー陛下」

「どこからどう見ても、いつも通りのサ藤でございますぞ」

「な。相変わらず嫉妬《しっと》するほどキレッキレだよな」

「あんたの戯れ面白《ジョークおもしろ》くないんだけど、どこが笑いどころ？」

　またも魔将たちに総否定されて、ケンゴーは内心おたつく。

（これのどこが俺の可愛い弟《おとうと》サ藤だってんだああああああああ!?）

　もう両目をかっ広げて映像を、詠唱を続けるサ藤の冷酷非情な横顔を凝視する。

　そして――サ藤の極大魔法は完成した。

　闇《やみ》でできたような半球状の帳《ドーム》が突如として顕現し、砦を覆い隠したのだ。

　数万人が籠城《ろうじょう》できる大砦を上から包むのだから、その魔法範囲は途方もない。

　マモ代がよく言うところの「戦術級魔法」に分類されるだろう。

（何が起こってる!?　中はどうなってる!?）

　ケンゴーは「眼」を凝らし、闇のドームを貫通させた視線で砦内の様子を調べる。

　そして、唖然《あぜん》とさせられた。

　突如として出現した漆黒《しっこく》のドームに、人族軍の兵士たちもまた右往左往している。

　彼らからすれば、いきなり太陽が隠れ、光明なき世界に囚《とら》われ、まるで終末が訪れたかのような錯覚に陥《おちい》っているだろう。灯りを求め、あちこちで躓《つまず》き、辺りの物を蹴散《けち》らしながら、手探りで燈火《とうか》を用意する。それらの恐慌《きょうこう》状態が——まるで超々早送り映像の如く、目まぐるしい速さで繰り広げられていたのだ。

同じく「眼」を凝らして観覧していた魔将たちが、一斉に沸き立つ。

「なるほど、サタン家の秘術か！」

「サ藤の奴め、砦内部の時間を操《あやつ》って、何万倍も加速しているのか！」

「具体的にはどういうことだ⁉　余にもわかるように説明いたせっ」

「はい、陛下。あのドームの中はサ藤の秘術によって、時間の流れが恐ろしく速く進む状態になっておるのです。概算では吾輩《わがはい》たちが十を数える間にも、およそ一日が経過するかと」

「するとどうなる⁉」

「砦内部のみ、あれよあれよというちにも何か月、何年という歳月が過ぎ去るでしょう」

「するとそれで⁉」

「飢えます」

M字髭《ひげ》のダンディ中年「怠惰《ベル》」の魔将《はら》が、その立派なものをしごきながら断言した。

サ藤の悪辣な作戦に、惜しみない賛辞を送るように、

「あの砦には現在、数万の兵が籠城しております。その状態で一年も二年も経《た》てば、どれだけ食糧を備蓄していたとして、足りるはずがございません。つまりはこれは『兵糧攻め』な

のです。あるいは『超高速兵糧攻め』とでも名付けましょうかな。ほどなく人族軍は、降伏を余儀なくされましょう。本来は白旗を揚げさせるまで月単位、年単位でかかる策を、サ藤は時間を操る秘術を用いて短縮しておるのですよ」

「ひでえ……」

ケンゴーは声を失った。まさに「ひでえ」としか言いようがない、鬼畜な作戦だった。

ところが、魔将たちにはこれが大ウケ。

「なるほどのう！　サ藤め、考えたものじゃ」

「この方法ならば一兵の流血もなく、人族どもに城下の盟を誓わせることができるわけか」

「チックショウ！　あいつ、クレバーなやっちゃなあ！」

「妬くな妬くな、レヴィ山《やま》」

「そうよ！　所詮《しょせん》は陰険な浅知恵よ！　アタシだったらもっとスマートにやったわ！」

「涙拭《ふ》けよ、ルシ子《こ》」

「……お腹空いた」

わいわいがやがや、もうすっかり勝ち戦ムードで魔将たちが騒ぐ。

ケンゴーはそれどころじゃない。

「あああぁ……」

眼前の机いっぱいに広がる現地映像——砦内の惨状《さんじょう》を目の当《ま》たり《あ》にさせられて、頭を抱える。

その間にも砦内では恐ろしい速さで月日が過ぎ去り、兵士たちが見る見る痩せ衰えていく。鍛え抜かれた屈強な男たちの肉体が、骨と皮だけの無残な姿に変貌《へんぼう》していく。眼窩《がんか》は落ち窪《くぼ》み、ギョロギョロとした異様な眼差《まなざ》しが、彼らの気力と精神が飢餓《きが》で蝕《むしば》まれていることを、如実《にょじつ》に物語っている。もう立っていられる体力もなく、槍《やり》を投げ出し、砦のあちこちで座り込んでいる様は、見ているケンゴーをいたたまれなくさせるほど荒廃した景色だった。

にもかかわらず、人族連合軍は白旗を揚げない。

揚げてくれない。

あるいは既に、正常な判断力を喪《うしな》っているのかもしれない……。

（マズい……。これはマズい……）

頭を抱えたままケンゴーは唸《うな》った。

前世の記憶が蘇《よみがえ》る。

極度の空腹は、人間からまともな思考を奪うという。とあるマンガで描かれ、ケンゴーも興味がわいて、図書館で「鳥取の飢《かつ》え殺し」や「レニングラード攻防戦」について調べた。

このまま傍観していれば――いずれ砦内は、餓死者の死体で山ができる。あるいは、人が人を食う惨劇《さんげき》が起こる。サ藤の目論見通り、そうなる前にはさすがに白旗を揚げてくれるか、否《いな》か。正直もう見ていられない！

「おおおおおお……」

ケンゴーは唸る。会議机に突っ伏し、頭を抱えたまま唸り続ける。

魔王然と振る舞うことをすっかり忘れて、素に戻ってしまっている。


その素を目の当たりにした、魔将たちは——


「お、おい……」

「何やらひどく怒っておられる様子だぞ、魔王陛下は」

「いったい何がお気に召さないというのだ……?」

「サ藤が何かやらかしたのか?」

「いや、嫉妬するほど見事な手腕だと思うが……」

「……お腹空いた」

などと一同、気が気でない様子で相談し合っていた。

机に突っ伏したケンゴーに、畏怖の眼差しを向けていた。

頭を抱え、体を縮め、弱りきったように「うーん、うーん」と唸り続ける彼の姿は、とても魔王とは思えない情けなさだ。まるで無力な人族のようだ。

しかし、魔将たちの「眼」にははっきりと映っていた。一見、小鹿のように震えるだけのケンゴーの全身から、その実、夥《おびただ》しいまでの魔力が溢《あふ》れ出している様が。

魔王の玉体から放たれるオーラは、まさに青く輝く炎もかくやに燦然《さんぜん》と燃え盛り、天を衝《つ》く火柱の如く噴いてやまず、烈《はげ》しく猛々《たけだけ》しく暴れ狂っていた。

魔将たちをして、戦慄《せんりつ》を覚えずにはいられない光景であった。

「き、今上陛下《きんじょう》の魔力が、こうも荒ぶるのを見たのは、初めてだ……」

「そもそもの話、これほど巨大でこれほど凶々《まがまが》しい魔力を見ること自体、小官は初めてだ……」

「ま、まるで主殿《あるじどの》の魔力の片鱗《オーラ》に、肌を炙《あぶ》られるようじゃ……」

「嫉妬を覚えるとか禁じ得ないとか、そんなチャチな次元じゃねえよ……」

「あな恐ろしや……」

と、皆すっかり怯《おび》えきっている。

例外は一人、乳兄妹のルシ子だけだった。

(確かにケンゴーの本性がヘタレチキンだって知らなきゃ、気圧《けお》される魔力の量と質よね)

強大な魔力を有する者は、肉体からその片鱗《オーラ》を漏らしてしまうのが普通。

ケンゴーがそうだし、七大魔将たち全員もそう。

ゆえに「眼」を凝らし、その片鱗《オーラ》を観察することで、相手の魔力がどれほどのものかと垣間見《かいまみ》ることは可能だし、実力者同士なら自然と値踏みし合うのが常といえた。

ケンゴーはさすが魔王だけあって、凄《すさ》まじい魔力を生まれ持っている。

しかも肉体から漏れ出るその片鱗《オーラ》は――魔王然と振る舞うための、涙ぐましい努力の一環で――素晴らしく制御されている。一部の隙《すき》も乱れもなくケンゴーの全身をコーティングし、神々しいまでの美しさで彩《いろど》っている。

ルシ子以外の魔将たちが、まだ浅いつき合いにもかかわらず、ケンゴーに対して強い敬意を払っているのも、その尋常ならざる魔力《オーラ》の片鱗を「眼」にしているからである。

魔力も努力も才能《さいのう》も技術《ぎじゅつ》も桁《けた》外れだと目しているからである。

そして、今――

魔王然と振る舞う余裕のなくなったケンゴーは、魔力《オーラ》の片鱗の制御もまたできなくなっていた。彼の精神状態を表すように暴走させてしまっていた。

彼がヘタレチキンだと知っているルシ子からすれば、青き火柱の如きその魔力《オーラ》の片鱗が左右に激しく揺れ動くたびに、まるでケンゴー本人が抱えた頭をグイングイン振って悶《もだ》えているようだと見えてしまう。

しかし、今上魔王の本性を知らない僚将たちからすれば、もはや片鱗といわずだだ漏れになったケンゴーの魔力量に「これほどか……」と圧倒され、暴れ躍るその様が憤怒の表れに見えてしまっても、さもありなんだった。

「へ、陛下のお怒りが一向に収まらぬぞ……」

「このままじゃマジでサ藤の奴、粛清不可避なんじゃねえか？」

「甘いぞ、レヴィ山。主殿のお怒りが、どうして妾らに向かぬと断言できよう」

「御前会議の間に血の雨が降ってしまう！」

「……お腹空いた」

「ど、どうかお怒りを鎮め給う、我が君……」

「せめて理由をお聞かせください……」

「我ら一同、陛下の御心《みこころ》を安んじるため、才知を振り絞る所存です……」

マモ代たちは狼狽《うろた》えながら、魔王陛下の顔色を窺《うかが》った。

果たしてケンゴーは頭を抱えたまま、

「……誰でもいいから今すぐサ藤のアレ解呪してきて」

蚊の鳴くような声で、魔王然とした口調も忘れてお願いする。

ルシ子を除いた魔将たちは、一斉に顔を見合わせた。

「き、聞いたか……？」

「お怒りが強すぎるあまりか、お声まで震えておられるご様子じゃ……」

「淡々とした口調がいっそ怖ろしい！」

「早く御意《ぎょい》の通りにしないとマジで血の雨降るぞこれェ」

実は素の口調に戻っただけとも知らず、ますますおののいていた。

困惑をいっぱいに浮かべた表情で、再びケンゴーに向き直ると、

「も、申し訳ございません、陛下……」

「御意の通りにいたしたいのは、我らもやまやまなのですが……」

「サ藤は妾ら七将の中でも一番の術巧者《じゅつこうしゃ》」

「加えて、あの戦術級魔法はサタン家の秘術なのです」

「絶対に解呪できぬとは申し上げませんが、それにはひどく歳月を要するかと……」

「……そっか。……無理か」

ケンゴーは突っ伏したまま顔も上げず、ため息をついた。

深く長い、落胆の嘆息だ。

だがレヴィ山たちは、失望の嘆息と受けとったのだろう。サーッと顔から血の気を失う。

「オレちゃん、今からサ藤のトコ行って急いで解呪するよう言ってきますよ!」

「術者本人ならば、十五分もあれば可能なはずじゃ」

「……え? ……そんなにかかるの?」

「死ぬ気になって十分でやれと命じて参ります!」

「……それでも十分?」

「あ、あの戦術級魔法を完成させるのに、サ藤をして入念な魔導を必要としたのは、我が陛下《マインカイザー》もご覧になったでありましょう」

「ならば解呪にも同じだけかかるのが普通じゃ」

「……普通か。……それが普通か。……デスヨネー」

ケンゴーとて魔王として生を享《う》け、十六年。講釈《こうしゃく》されるまでもなく、魔法のイロハや常識くらい知っている。ただ七大魔将ほどの者たちならばと、ケンゴーの知らぬ解呪の秘術の使い手がいるのではないかと、そう一縷《いちる》の望みに賭《か》けて諮《はか》ったのだろう。

その期待も儚《はかな》く消えて。

果たして。

ケンゴーは――


「……じゅあ、俺が自分でやるしかないかあ」


蚊の鳴くような声のまま言い出した。

ようやく机から上げた顔は、半泣きになっていた。

椅子から腰を浮かせ、ふらふらと立ち上がる様子は、幽霊のように頼りなかった。

ルシ子のよく知る、ヘタレチキンらしさ全開の態度だ。

でも、その本性を知らないマモ代たちは、いきなり立ち上がったケンゴーの魔王らしからぬ不気味な所作と、未《いま》だ暴走止まらぬ魔力《オーラ》の片鱗を見て、

「ヒッ……」

「む、無力な吾輩たちをお許しください、陛下！」

「粛清だけは堪忍じゃ！」

「血の雨だけはどうか……っ」

と、魔将ともあろう者たちが腰を抜かし、あるいは椅子ごと後ろへひっくり返る有様だった。

一人、ルシ子だけが不敵な微笑を乳兄妹へ向けて、

「解呪できる自信はあるわけ？」

「……さっぱりない。……サ藤があんな凄《すご》い術者だって思わなかった」

「あっそ。じゃあ、気合入れなさいよね。このアタシと違って、あんたはヘタレなんだから！」

ちっとも素直じゃない言い方で激励した。

その想いが伝わったか伝わらずか——ケンゴーはくしゃっと泣き笑いの顔になると、

「跳躍《リープ》」

瞬間移動魔法の呪文を唱え、その情けない姿を「御前会議の間」から消した。

（でも、それでこそケンゴーだわ）

ルシ子は不敵な微笑を浮かべたまま、乳兄妹を見送った。

どこまでも自信のないケンゴーの代わりに、自信たっぷりの態度をとっていた。

ヘタレチキンにはヘタレチキンなりの美点がある。そのことをルシ子は、ケンゴー本人以上に知悉《ちしつ》している。ずっと隣で、乳兄妹のことを見てきたのだ。その美点を憎からず想っているからこそ、今もずっとケンゴーの隣にいるのだ。

一方でレヴィ山たちは、荒ぶる王の魔力のプレッシャーから解放されて、胸を撫《な》で下ろす。

さらには皆で顔を突き合わせ、

「だ、だけどよ、いくら陛下が嫉妬するほどスゲエ御方だっていっても……」

「あのサタン家の秘術を解呪するなど、本当に可能なことなのか？」

「口の端《は》に上らせるのも畏れ多きことだが、歴代魔王のどなたであらせようと不可能な話であろうよ。小官はそう判断する」

「うむ、マモ代の言う通りじゃな」

「……お腹空いた」

などなど、口々に不安を唱えながら、会議机に映る現地映像へ注目する。

サ藤の傍に瞬間移動した、ケンゴーの姿に困惑の「眼」を向ける。

ルシ子のみがやはり、大船に乗った気分でいた。

（あんたらも存分に見てなさいよ。アタシの魔王サマの実力を、、、、、♪）

†

（……神様……俺、何か悪いことしましたか……？）

ケンゴーは己《おのれ》が運命を、非業を、天を恨まずにいられなかった。

魔王などというふざけたものに転生して十六年、もう何度嘆いたかも憶えていないない、同じフレーズを胸中でくり返さずにいられなかった。

だが同時に、こうも考えた。

（……『何か悪いことしましたか』だって……？　してる。……してるよなあ、今回は。しでかしたのはサ藤でも、サ藤を指名したのは俺だもんなあ）

その尻拭《しりぬぐ》いはしなくちゃいけない。

他の誰も頼れないというのなら、自分の手で。

どれだけ困難でも、自信がなくても、やり遂げねばならないのだ。

……できればケツをまくりたいよ？　……見て見ぬふりを決め込みたいよ？

だがケンゴーは、己の責任に無頓着《むとんちゃく》でいられるほど、愚鈍《ぐどん》でも無神経でもなかった。

むしろ、いつまでもイジイジと思い悩むタイプだった。

もしこのまま人族軍を見殺しにすれば、きっと夢に見て魘《うな》される。

一生モノのトラウマになる。

（だって俺、ヘタレチキンだし……！）

そう。

行くは一時の苦難、退くは永遠の苦痛というならば。

行こう。震えながらも。

「跳躍《リープ》」

高難度に分類される瞬間移動魔法だが、ケンゴーはわずか短音節の呪文詠唱で完成させる。

一瞬後にはクラール砦の上空、サ藤の傍に転移する。

より難度の低い飛翔の魔法で滞空するくらい、殊更《ことさら》の詠唱その他は必要ない。

全てこの十六年間の努力の賜物だ。

「ケ、ケンゴー様⁉　どうしてこちらへ⁉　僕、何かミスりました⁉」

さっきまでの冷酷非情な横顔はどこへやら、サ藤は柔弱な物腰になって狼狽《ろうばい》した。

「ごめん。許して、サ藤。おまえは何も悪くない」

「やめてください！　僕なんかにいちいち許しをお求めになる必要なんてないんです！」

「そうか。ありがとう。じゃあ、あの戦術級魔法――俺が壊すな」

ケンゴーは己を追い込むように宣言した。

同時に「眼」をカッと見開いた。

ただの視線に非《あら》ず。観察対象の術式構造を調べ、真髄を暴き立てる、精査の魔眼だ。それ自体がいわば一つの原始的魔法だ。

まずは闇のドームの術的組成を把握するため、ケンゴーは漆黒の表面をつぶさに〝視る〟。

前世において、乾健剛《いぬいけんごう》は被害者として生まれた。

双子の兄がエリートヤンキーだったばかりに、幾度となく間違われ、トラブルに見舞われた。

今世においても、ケンゴーは被害者として生まれた。

しかも前世と異なりケンゴー自身が魔王であり、人違いだという逃げ場もない。

よりハードな生涯を、歩んでいかなければならないというわけだ。

加えて、理不尽な暴力の前に斃《たお》れるのは、前世で一回経験したらもう懲《こ》り懲《ご》りだ。

口八丁やハッタリだけで万事を凌《しの》ぐのには、限界があると痛感していた。

ゆえに身につけなければならなかった。ヘタレチキンが生き延びるための実力を。

ゆえにこの十六年、磨き抜いた。魔法の技術を。

例えば、防御魔法《プロテクション》。

ダメージをはね除ける力があれば、ヘタレチキンだって恐くない！

例えば、治癒魔法《ヒーリング》。

万が一に傷を負った時、自分で治すことができれば、ヘタレキチンだって生きていける！

そして、解呪魔法《ディスペル》だ。

どんな怖ろしい呪《のろ》いや魔法だって、それ自体を解除できれば、ヘタレチキンも安心！

その三種の魔法だけならば、誰よりも努力してきたと思っている。そう、誰よりもチキンだからこそ、まるで取り憑《つ》かれたように徹底的に修業してきた。

さらには魔王として持って生まれた莫大な魔力も、下支えになってくれる。

（その総《すべ》てを俺はぶつける！）

サ藤自身ですら即時解除はできぬというこの闇のドームを、己が力で解呪するのだ！

（よしっ……〝視えて〟きたぞっ）

集中と緊張で、額に浮かんだ汗を拭うケンゴー。

余人にはただの漆黒のドームにしか見えないそこに、彼の「眼」には複雑怪奇且《か》つ精緻玄妙《げんみよう》なる魔法術式が、青白い光の紋様として浮かび上がって〝視える〟。

しかし、これはまだ第一段階にすぎない。

ケンゴーはもっともっと「眼」を凝らし、集中力を高めていく。

意識を紙縒《こよ》り、針と成して穿《うが》つように、極限まで絞っていく。

ただ闇のドームを「眼」で観察し、そこに光文字を〝視る〟だけならば、大魔族とはいわず中級魔族たちにだって可能だろう。だがサ藤の術式を可視化できたとて、複雑怪奇極まるそれを解読するまで、百年どころじゃ足りないかもしれない。

しかも、そこに秘められた神秘の法則を分析できたらできたで、今度は超高額懸賞付きのパズルを解いていくように、術式の構造を一つ一つ解呪していかなくてはならない。

どちらも、およそ現実的な話ではない。七大魔将たちでさえ匙を投げた。

ならば自分はどうやってそれを現実にするのか？

解呪魔法を必死に修業する過程で、ケンゴーは悟った。

魔法の術式は、それ自体が一つの「小宇宙」のようなものだと。

「眼」を凝らして、凝らして、術式を「法則の羅列」ではなく「世界」として認識する。

いわば術式の抽象化。複雑怪奇なそれに、真正面から向き合わない。取り合わない。

しかもより自分に都合の良い形で、ざっくりと解釈する。ここが肝だ。

解呪のための第二段階だ。

そして、魔力という媒介を用い、意識を侵入させる。

これをケンゴーは「仮想領域《ゾーン》に入る」と表現している。


今――ケンゴーは極限の集中の果て、仮想領域《ゾーン》に入った。

自己と瓜《うり》二つの精神体となって、術式という小宇宙にひらりと降り立った。

四方八方、どこまでも果ての見えない、漆黒の大地。

神経質なほど真っ平らな地面スレスレに、ドス黒い瘴気でできた「6」という立体オブジェがたくさん、茫漠《ぼうばく》と漂うだけのひどく殺風景な世界。

これが極まった集中力で、サ藤の術式を抽象化し、可能な限り自己流に都合よく解釈した結果、ケンゴーの脳が認識した仮想の空間だった。

「呆《あき》れるほどクッソ広大な仮想領域《ゾーン》だな……」

サ藤の実力に改めて舌を巻きつつ、周囲をキョロキョロと見回す。

それから手近な「6」の一つを、恐々と殴りつける。

だが、ビビる必要はなかった。あっさりと粉砕し、消滅させることに成功。

「よし……行けるぞ、これなら」

この精神体が、ケンゴーの魔力を「自分の肉体」と脳内で認識した仮想の存在ならば、このオブジェも、サ藤の術式を「殴って破壊するモノ」と都合よく認識変換した仮想の存在である。

ここがケンゴー式解呪魔法の肝。修業の果てに開眼した極意。

解呪のための第三――最終段階だ。


「時間がない、どんどん行かなきゃ……」

ケンゴーは周囲に漂う「6」どもを、目についた端から叩き壊す。

くり返しになるが、ここはケンゴーの脳が認識した仮想世界で、今は解呪魔法《ディスペル》の工程を自分に都合よく解釈しているにすぎない状況だ。

ゆえに仮想領域《ゾーン》の中での時間の流れは、現実世界のそれとは違う。

仮にここで「体感」一日すごそうが、現実世界では〇・一秒も経過していないだろう。

とはいえ、本来は解呪に百年以上かかる膨大な作業なのだから、それを自己解釈で抽象化、簡略化するにも限度がある。

クラール砦内はまさに待ったなしのこの惨状、一分一秒だって惜しい。

「急げ、急げ、急げ、急げ――」

五十……八十……百……、可及的速やかに瘴気の立体オブジェを破壊していくケンゴー。

単純作業だ。しかしだからこそ、疲れる。精神にクるものがある。

しかも破壊すべき立体オブジェは、右を向いても左を向いても地平の果てまで埋め尽くして、い、い、い、い、い、いるのだから、壊しても壊しても壊してもキリがない。

いつかは終わりが見えると理屈でわかっていても、心は何度もくじけそうになる。

「気合入れろってルシ子が言ってくれたからなあ！　気合入れないとなあ！」

その激励が心の支えだった。

己のヘタレさをよく理解している彼は、自信なんてものはこれっぽっちも抱けはしない。

でも、気合さえ入れればできると保証してくれた、乳兄妹《おさななじみ》の言葉なら信じられる。

「しんどい！　これマジしんどいって！」

ヤケクソ気味に愚痴《ぐち》をこぼしながらも、やめない。やめられない。自分のやったことを、自分で責任とるために！　情けない半泣き顔にへっぴり腰、ぐるぐる振り回した両手（いわゆる駄々っ子パンチ）で立体オブジェの破壊作業を続ける。

「こんなに手の込んだ術式使いやがってサ藤のドチクショォォォォオオオオォォォォォォゥ!!」

†

――というケンゴーの涙ぐましい努力や、素のヘタレた姿と悲鳴は、全て彼の脳内《ゾーン》で処理されていることなので、余人には観測できない。

すぐ隣にいるサ藤から見える光景は、全く別のものだった。

ケンゴーは上空から、地上に広がる闇のドームへ両腕を向けて、類稀《たぐいまれ》なほどに力強い魔力を、ひたすら投射するのみ。

ただそれだけで、サ藤の造ったドームの表面が、恐るべき速さでひび割れ、壊れていく。

何も複雑な術式を用いているようには見えないのに。

といって、力技で漆黒のドームを破壊しているわけでは決していない。

いくら相手が魔王陛下におわそうと、単純な「魔力量の差」で解呪されてしまうほど、サ藤は己の魔力量も魔法技術も、低く見積もってはいない。

つまりは、ケンゴーは間違いなく「高度な魔法技術」を用いて、サ藤の戦術級魔法を、サ藤自身にも不可能な超スピードで解呪しているのだ。

（そう、この僕でさえ理解の及ばない、高度な魔法技術によって……！）

どれだけ「眼」を凝らして観察しても、ケンゴーが今どんな凄まじい術式を用いているのか、その尻尾《しっぽ》すら見えてこない。

それでもサ藤は主君の横顔を、食い入るように見つめる。やめられない。

ケンゴーは半ば忘我の境地に入っているのだろう、半眼となり、あたかも行者の如き透徹とした表情で、解呪作業を続けている。

（ああ、ケンゴー様！　いと穹《たか》き僕の魔王陛下！）

ぶるりと、サ藤は奮える。

「血の通わぬ」と評される冷血漢のこの自分が！

主君の凛々《りり》しい横顔と未知の魔法に！

すっかり興奮させられていた。

（このままずっと魅入られていたい）

サ藤は痛切に想った。

（ケンゴー様の術式の秘密を、解き明かしたい）

切実に願った。

しかし、叶《かな》わぬ想いと願いだった。

ケンゴーの解呪魔法はあまりにも速かったのだ。そう、あまりにも。

ほどなくサ藤の戦術級魔法は完全に解呪され、闇色のドームは完膚《かんぷ》なきまで粉砕された。

クラール砦は空の青さを取り戻し、へたり込んだ人族兵たちは安堵《あんど》の眼差しを頭上に向けた。

ケンゴーもまた我に返ると、どこか晴れ晴れとした――例えば、「本来は母娘三代に亘《わた》って織り上げる巨大な絨毯《じゅうたん》を、時間の止まった部屋で孤独に織り終えてしまった」かのような、やり遂げた顔つきになっていた。

しかし、解呪の開始から完了まで、終わってみればまさに「あっ」という間の早業。

記録《タイム》、一分三十七秒。

七大魔将たちでさえ百年以上かかるだろう大事業を、ケンゴーはその異次元のレコードで成し遂げてしまったのである。

「ケンゴー様……」

感極まったサ藤はもはや声まで震わせながら、偉大な主君の名を唱えた。

「ん？　お……おおっ、す、すまぬな、サ藤！　ひとたびおまえに任せておきながらな？　このような横槍を入れるような真似《まね》をしてな？　だが、おまえは決して悪くないのだ！　ただちょっと……その、なんだ……えっと、ええっと……」

ケンゴーは顔からダラダラ汗を流しながら、うろたえる。

どうやら「咄嗟《とっさ》に上手《うま》い言い訳が出てこない」という様子。

（きっと僕の魔法が、見ていられぬほどに拙劣《せつれつ》すぎたのだ。にもかかわらずケンゴー様は叱るどころか、僕が落ち込まぬようにとフォローしてくださっているのだな）

きっとそうに違いないし、他に理由は思いつかない。

サ藤は魔法で滞空したまま、ケンゴーに向かって跪《ひざまず》く姿勢をとる。

この破格にして心優しい魔王へ、頭を垂れる。

「改めまして、御身《おんみ》に忠誠を捧げます。この僕の命が尽きるまで。千年でも。二千年でも」

「お、おう……？」

この時、ケンゴーが浮かべた表情は「なんだこいつ急に」とばかりの、戸惑い以外の何ものでもなかったのだが、面《おもて》を伏せていたサ藤にはつゆわからなかったのである。

†

さて。

闇のドームも解呪できて、めでたしめでたし！

（――とはなりませんよねえええええええええええええっ。知ってたよっっっ）

ケンゴーは内心わめき散らしながら、飛翔の魔法でクラール砦へと向かうことに。

超高速兵糧攻めの進行こそ止めたものの、弱りきった人族兵が何万と残った状態なのだ。

直前、サ藤に言い渡しておく。

「余はこれからあの砦にて、工作活動を行う」

「えっ、ケンゴー様お手ずからですか⁉」

「そうだ。余、自らだ。ゆえに誰も邪魔せぬよう、おまえから皆に通達して欲しい」

「勅命、賜りました！　何者であろうとケンゴー様の邪魔はさせません！　汚名返上の機会を与えてくださり、感謝感激ですっ」

「だから別に、おまえに非や過失はないというに……」

ケンゴーはぶつぶつ言いつつ、今は押し問答している時間が惜しいので、砦へ。

正門のすぐ内側、万人単位での閲兵式が余裕でできそうな広場になっているそこへ、コソコソと降り立つ。この場だけで五千は下らぬだろう人族軍の将兵がいた。

「……おのれ……魔王め……」

「来るなら……来いっ……」

「……せめて……一太刀《ひとたち》……っ」

と、敵意を向けてくる者が大勢いた。

飢餓状態にあってさえ、彼らの目はまだ死んでいなかった。

「……オレは……もう嫌だ……死にたくない……」

「どうか……命ばかりは……どうか……」

「………………お母さんっ……………」

と、戦意を喪失している者も大勢いた。

飢《う》えに苦しみながら、内部時間で数か月をすごしたのだ。当然の反応だった。

だが、そのどちらもが地面にうずくまったまま、容易には立ち上がれない様子だった。

ましてケンゴーに刃を突き立ててくる者は、皆無《かいむ》だった。

そんな彼らをぐるり見回して、

「よ、余はケンゴー！　魔王ケンゴーである！」

少し声を震わせながら、精一杯の虚勢を張る。数千人の視線（しかも多分に殺気混じり）を一身に浴びているのだ、ヘタレチキンは緊張するし畏縮する！

「は、初めに明らかにしておこう！　余は無益な殺生を好まぬ！　貴様らが抵抗しないのならば、い、命までは奪わぬ！　むむ、むしろ助けてやろうぞよっ」

プレッシャーで最後、変な語尾になりながらも、言いたいことを告げ終える。

そして手近な兵に——それもなるべく強面じゃないのを選んで——内心ビクビク歩み寄る。

「貴様は助かりたいか……？」

「……故郷に……老いた……父と、母が……っ」

「あい、わかった」

ケンゴーは強面じゃない兵士の傍で膝《ひざ》をつくと、彼の腹部に右手をかざす。

掌《てのひら》から魔力を注ぎ込む。


これは前世においてケンゴーが興味本位で調べた、図書館の本の受け売りであるが——

兵糧攻めで勝利した時は、戦後処理が大事になる。

ただ飢えた兵らに飯を振る舞ってやれば、それでよいというものではないのだ。

人の体は飢餓状態から急激に栄養を補給すると、呼吸不全や意識障害、痙攣《けいれん》の発作等々、様々な合併症《がっぺいしょう》を引き起こすようになっている。

これをリフィーディング症候群という。

最悪、「鳥取の飢え殺し」のように、兵糧攻めが終わった後も死人が出まくる。

ゆえにまずはこの飢餓状態を、なんとかしてやらねばならないのだ。

そして、これは今世でちゃんと修業したケンゴーの、生きた知識であるが――

魔法学の世界においては、「空腹」や「飢餓」は状態異常《バッドステータス》の一種として定義される。

ゆえに治癒魔法を用いることで、回復できる。

そう、兵たちが普通に飯を食える状態にまで、ケンゴーの独力で介護してやれるのだ。


「しばし、じっとしておれよ」

ケンゴーは右手をかざしたまま、ごく初歩の治癒魔法を用いる。

およそ数秒。強面じゃない兵士の血色が、みるみるよくなっていく。

「え……っ。な……これは……？」

何も食べていないのに空腹感が満たされていき、全身が活力を取り戻すことに、その兵も驚きを隠せない様子だった。

「これでよい。後で食糧を運ばせるゆえ、以後はちゃんと食事を摂《と》るがよい」

「あっ……。……。……。……あ、ありがとう……ござい、ます……」

果たして礼を言ってよいのか、言ってよい相手なのか、散々に迷った後、兵士は述べた。

ケンゴーも救われた気持ちになった。

心が少し軽くなり、釣られて口も。

「これは我が軍が戦を望み、貴様らもまた望んだ、尋常の戦いの結果だ。ゆえに謝罪はせん。だが願わくば、これ以上の無益な戦争は避けたいものだな？」

しみじみと話しかける。

が、強面じゃないその兵士は困惑するばかりで、返事をしてくれなかった。

一兵卒に答えの出せる範疇《はんちゅう》を、超えてしまっていただろうか？

ケンゴーはごく個人的な想いを吐露し、彼にも同じものを求めただけなのだが。

やや残念に感じつつ、最後にもう一言だけかける。

「貴様はこの地獄を生き抜いた兵《つわもの》だ。胸を張って故郷に帰るがよい。そして、父母を大切にな」

彼の肩を叩くと、すぐに傍を離れる。

また困惑させるのが嫌で、返事を聞く前に立ち去る。

「他にも治癒魔法をかけて欲しい者はいるか？」

広く周囲に問いかけると、疎《まば》らだがあちこちから手が挙がった。

ケンゴーが一人救ったのを見て、安心したのだろう。

あるいは飢えに耐えかね、藁《わら》だろうが魔王だろうがすがりたい一心でのことだろう。

ケンゴーは彼ら一人一人の元へ赴き、順番に魔法で空腹を癒《いや》してやる。

それを見てますます安心したのか、救済を求めて素直になる兵が徐々に増えてくると、一所に集まってもらい、一気に魔力を照射する。


解呪魔法と違い、治癒魔法には何も複雑なところがない。

とにかく魔力《ちから》任せ。しかも、とにかく効率が悪い。

例えば「ＭＰ《マジックポイント》を一〇〇消費して、ＨＰ《ヒットポイント》を一〇〇回復させる」ような――ケンゴーはそう認識している。

無論、そこに巧拙《こうせつ》は存在するし、ケンゴーだって少しでも上手くなろうと修業に励んだ。

それでも例えば、魔界随一の名医として知られるブエル家の当主でやっと、「ＭＰを一〇〇消費して、ＨＰを一三〇回復させる」というレベル。

ケンゴーもまた同条件なら「ＨＰを一二〇回復させる」のが限度である。

そんな効率の悪い治癒魔法を、ケンゴーは砦内の全員にかけて回る覚悟だった。

（駐屯兵の数、何万って話だったよなあ……）

サ藤の戦術級魔法を解呪するのにも骨を折ったが、これまた相当の労力。

グループを作ってもらって一気に魔力を浴びせるやり方でも、どれだけ時間がかかることか。

しかも命に関わることなので、これ以上は雑にできない。

(いっそサ藤にも半分、手伝わせるか？　……いやいや)

一瞬、名案かと思ったが、まーた何か予想のナナメ下をやらかしそうで恐い。

筋を通すためにも、自分の魔力《ちから》で責任持ってやるべきだろう。

(ハァ……がんばろ……)

ケンゴーは肩を落としつつも一グループ一グループ、丁寧に治癒魔法をかけて回る。

ただし――

「治癒魔法×《かける》数万人、しんどいなあ」と内心ぼやいても、「魔力が足りるかなあ」とは全く懸念していなかった。

自信というほどのものではない。ケンゴーはヘタレチキンだからこそ、「自分にできそうじゃないこと」を過剰《かじょう》に恐れる悪癖《あくへき》があるが、逆に「自分でも絶対確実にできること」はしっかり把握しているというだけだ。

そして、がんばって治療活動を続けているうち、良い意味で覚悟が裏切られることとなる。

「助かりました！」

「……礼を言わせてもらう。……たとえ貴様が魔王でも」

「ありがとうございます！　ありがとうございます！」

と——魔法で快癒した兵たちが、ある者は喜色満面で、またある者は忸怩《じくじ》たる想いを堪《こら》えながらも、口々に感謝の言葉をかけてくれたのだ。

おかげでケンゴーも張り合いができた。同じ重労働でも、殺風景な仮想領域で独り、延々と立体オブジェをぶっ壊してた時のような虚《むな》しさとは無縁でいられた。

やはり人間は素晴らしい！　あの物言わぬ「6」どもとは違う！

ケンゴーはいつしか疲れを忘れ、笑みさえ浮かべて単調作業《ヒーリング》を続けた。

「敵対する私たちに、こんなに慈悲深く接してくださるなんて……」

「あなたは本当に魔王なのでしょうか？」

「正直、認識が改まる想いです……」

そんなうれしいことを言ってくれたのは、息を吹き返した衛生兵の一団だ。

この異世界の軍隊では、地球のそれよりずっと女性の割合が多いようなのだが、このグループはまさに全員女性だった。戦場に咲いた美しい花々だった。

ただ——理解を得られるのはうれしい一方、弱ったことも。

ケンゴーには女性への免疫《めんえき》というものがない。

感激で潤《うる》んだ彼女らの瞳に囲まれると、たじたじにさせられる。

幾人かの眼差しが妙に熱っぽかったりするのも、甚《はなは》だ困る。

普通の男ならデレデレと鼻の下を伸ばすシチュエーションだろうが、こっちは筋金入りの童貞《ヘタレチキン》なのだから！

「う、うむ、皆の気持ちは受けとった。よくわかった。では、他の者の治療をするゆえ……」

「あたしたちにも手伝わせてください！」

「衛生兵ですから」

「あなたのお傍にいたいんです……♥」

「う、うむ、そうか……。では、そう願おうか」

見知らぬ女性に囲まれていると正直、緊張して仕方ないのだが、さりとて手伝いは助かる。

実際、「魔王の情けなど受けん！」とばかりの頑《かたく》なノリの兵でも、彼女らが説得してくれれば胸襟《きょうきん》を開いてくれる公算が高い。

「ならば、次の治療希望者たちを――」

呼び集めてもらえるかと頼もうとした。

その時だった。

彼を囲むきゃいきゃいとした黄色い声が、ピタリと止まる。

何事かと訝《いぶか》しむ必要もなく、ケンゴーもまた気づく。

衛生兵たちが一斉に向いた方へと視線をやる。

クラール砦の中枢部、内壕《うちぼり》に囲われたそこには、堅牢な石城が建っている。

将軍や幕僚たちが起居し、強力な騎士団が詰める、司令部兼文字通りの最後の砦だ。

そこから、わずか三人の供を連れた美姫が現れ、こちらへ向かってきたのだ。

なんとも楚々《そそ》たる少女だった。

顔立ちも。立ち居振る舞いも。

歳《とし》のころは十六、七ほどか。日本ならば高校生くらい。

ため息が出そうなほど長く真《ま》っ直《す》ぐな黒髪《ブルネット》は、まるで光輝を放っているかのように艶《つや》がある。

兵糧攻めに遭った後だ。頬《ほお》はこけ、体はやつれているというのに、その美貌《びぼう》は全く損なわれていない。否、かえって少女の儚げな美しさを際立たせている。

まとうドレスもまた極限状態下ゆえにか、洗濯が行き届いていない様子。それでもこのむさ苦しい戦場においては、場違いなほど高貴に映った。

実際、すぐ後ろに将軍然とした老人と参謀然とした老人、司祭然とした老人を引き連れていることから、相当な地位の姫君だと推測できる。

「……どなたであろうか？」

まだ遠い姫君から、しかし目が離せず、ケンゴーは浮かされたように訊《たず》ねた。

すると、衛生兵たちが誇らしげに教えてくれた。

「あの御方こそ、マイカータ国第三王女――」

「全人族が戴《いただ》く希望の旗頭《はたがしら》にして、天より神託を授《さず》かりし聖女――」

「〝白の乙女《おとめ》〟〝平和を祈る戦姫〟〝小ラタル〟――」

「ヴァネッシア・サン＝ラタル・カレイデーザ姫その人でございますわ！」

それはもう熱狂的に、彼女らの主君を呼び讃えた。

「そ、そんなに偉い人物なのかね……？」

「ええ、それはもう！」

その勢いに半ば気圧されながら訊ねると、かいつまみつつもさらに詳しく教えてくれた。


衛生兵の彼女ら曰《いわ》く――

ヴァネッシア姫は（例えば、魔界における魔王や七大魔将たち同様に）、フォーミラマで最も著名な「人族」の一人であるという。

ありていに説明すれば、「誰からも愛される聖女」であり、「その為人《ひととなり》は高潔にして純粋無垢《むく》」、「その人望はどんな名君にも勝る超国家レベル」、ゆえに「全人族国家の連合軍を束《たば》ねる最高指導者」として推戴され、「弱き人族が強き魔族に立ち向かうための、勇気と希望の灯」として将兵たちからも崇拝《すうはい》される、ｅｔｃ、ｅｔｃ……要するに、スペック盛り盛りのチートお姫様なのだとか。


（兵たちが頭おかしいくらい士気が高かったのも、そういうことか……）

そんな超ＶＩＰが砦内にいたと知り、ケンゴーは腑《ふ》に落ちるものがあった。

ヴァネッシア姫に直接鼓舞《こぶ》される彼らが、「魔王を殺っっっっっすぇぇぇぇぇぇぇぇぇぇぇ！」とか叫んで回る狂信的な軍隊と化すのは、きっと当然のことなのだろう。

（お、俺、そんな凄いお姫様と、まともに話せるかな……魔王として）

緊張で生唾《なまつば》を飲み下すケンゴー。

魔王らしく堂々と待ち構えるふりをしながら、どうにか腹を括《くく》ろうとする。

飢餓で衰弱しているのだろう、ヴァネッシア姫たちの歩みは遅く、その時間は充分あった。

顔が強張らないよう気をつけながら、やってきた一行と対峙《たいじ》する。

「魔王ケンゴー陛下でいらっしゃいますね？」

鈴を鳴らすような声というのは、こういうものを指すのだろう。ヴァネッシア姫の声音は、その楚々たる美貌に似つかわしく可憐《かれん》だった。

「う、うむ。余が魔王ケンゴーである」

美少女に免疫のない童貞特有の緊張で声を震わせながら、ケンゴーはオウム返しに答えた。

すると、ヴァネッシア姫はいきなり傍まで寄ってきて、ひざまずいた。

何事かとケンゴーがびっくりしている間にも、悲愴《ひそう》な声で訴えてきた。

「魔王軍の恐ろしさ、痛感させられましたっ。この上は抵抗の虚しさを知り、降伏いたします。ですが、どうか将兵らには寛大な処遇を賜りたく……！　この身はどうなっても構いません！……ですから、どうか……どうか……魔王陛下のお慈悲を……っ」
涙ながら、文字通りに懸命の訴えだ。
「う、うむんっ……」
ケンゴーは咄嗟に生返事をしてしまう。
ヴァネッシア姫の覚悟と迫力に圧倒されただけではない。
至近距離で見る彼女の美貌は、本当に愛らしかった。
必死の形相がまた、それを際立たせた。保護欲をそそった。
同時に、手折《たお》られる寸前の花の如き儚さがあった。
まったくケンゴーの周囲には、いないタイプの美少女であった。
だから、思わず状況も忘れて見惚《みと》れてしまっていた。
ヘタレチキンじゃなかったら、そのままぎゅっと抱き寄せていたかもしれない。
（う……あ……）
魔王の心臓が、ドキドキとやかましいほど高鳴る。
胸が甘く切なく疼《うず》いて仕方ない。
（一目惚《ひとめぼ》れって、こういうものなのかもしれない）
前世と今世を通算し、ケンゴーは生まれて初めてそう思わされた。

第三章　聖女ヴァネッシアの告白

翌朝。ケンゴーは自室で気持ちよく目覚めた。

自室といっても魔王のことなので、それはもう立派な寝室である。

広さはプロレスできそうなレベルだし。部屋いっぱいに敷かれた絨毯《じゅうたん》は、踝《くるぶし》まで埋まるくらい柔らかいし、冬は温かいし。中央にドデンと置かれたベッドなんて、五人くらい一緒に寝てもまだ余りそう。しかも透かし彫り過多な柱と天蓋《てんがい》付！

「ふぁぁぁぁ……」

ケンゴーは寝転がったまま、大きく伸びをした。

採光用の窓々からは、優しい朝日が注《そそ》ぎ込まれていた。

「温ったけぇ……」と寝惚《ねぼ》け眼《まなこ》で呟《つぶや》くケンゴー。

まさに春爛漫《はるらんまん》、どこか空気も華やいでいる。

もちろん、いくら魔王城が現在花畑のど真ん中に建っているとはいえ、最上階にあるこの寝室まで、香りが届くはずもない。女官たちが毎日新しいのを摘んできてくれる、花瓶《かびん》から漂う香気である。前魔王《パッパ》の代にはなかった習慣だが、ケンゴーがそれを好むと知ると、気《き》を利かせて用意してくれるようになったのだ。

「ああ……いい朝だ……。至福だ……」

前世のひっでー記憶をしゅっちゅう夢で見ては魘《うな》される自分からしたら、信じられないほど気持ちの良い目覚めだった。

両手をバンザイしたまま、まだ半分寝惚けた頭で嘆息する。

まどろみとの境界線を行ったり来たりしつつ、思い返すはヴァネッシア姫の泣きすがる表情。

そして、たおやかな肢体。実際は抱擁まで至らなかったのに、想像で補いつつ反芻《はんすう》する。

「ああ……」

うっとりした気分に浸りつつ、鼻をヒクつかせる。

気分の問題なのか、今日は花の匂《にお》いがいつもより強く感じられた。

しかもどこか官能的な、得も言われぬ香《か》だ。

と――

「そうじゃろう、そうじゃろう。至福の時であろう、主殿《あるじどの》」

いきなり胸元《むなもと》から声が聞こえた。

声音は幼く、口調は妖艶《ようえん》、なんとも蠱惑的《こわくてき》な響きだった。

しかしこの不意打ちに、ケンゴーは仰天。

「な、なにぃっ⁉」

と目をやれば、かぶったベッドカバーが己《おのれ》の体積分以上に膨らんでいる。

慌《あわ》てて剝《は》ぎ取ると、下から出てきたのは――「色欲《しきよく》」の魔将アス美《み》だった。

しかも、いたいけな肢体を申し訳程度に隠す下着姿。幼女体型プラス総レース地のセクシーランジェリーという背徳的な組み合わせが、全裸などよりよほどにエッッッロ。

またベッドカバーを剝いだ勢いで、妖《あや》しい花の香りがシャンパンのように舞い散る。

アス美は香水などつけなくとも、獲物を誘う食虫花よろしく体臭自体が甘やかなのだ。

「くくく……」

その童女（二百歳超）があどけない容貌《ようぼう》に、人を食ったような笑みを浮かべる。

「淫靡《いんび》を生業《なりわい》とするアスモデウス家の姫たるこの妾《わらわ》が、わざわざ添い寝して差し上げておるのじゃ。そりゃあ至福の時じゃろうよ。魔界広しといえど、主殿だけに許された特権じゃぞ？　幸せであろ？　ん？　ん？」

からかうように枕語りでささやかれて、カーッと赤面させられる。

「いつの間にもぐり込んでたんだよ！　温ったけぇはずだよ！」

「フフン、かわゆい照れ隠しじゃの～。本当はうれしいんじゃろ～？　うりうり～」

ケンゴーはアス美をふりほどこうと、あるいは自分から逃げようとするが、アス美はますます蛇のようにからみついてきて離れない。こっちは全裸状態だったので、揉《も》み合うはずみで肌と肌が擦《こす》れ合い、すべすべ、やわやわ、もう堪《たま》らない！

「——って、なんで俺《おれ》パジャマ着てないの⁉　いつも通り着て寝たよねえ⁉」

「そりゃあもちろん、妾がこっそり脱がせたもの」

「寝てる奴《やつ》のパジャマどうやって脱がすんだよ⁉　こっそりってレベルじゃねえぞ⁉」

「そこがホレ、淫靡を生業とするアスモデウス家の申し子たる所以《ゆえん》じゃ」

「恐ろしい子ッッッ」

「そんなことないよー☆　アス美はとってもイイ子だよー☆」

まるで邪気のない、天使のようにいとけない笑顔になるアス美。

その一方で、彼女の手は別の生き物のようにケンゴーの股間に伸び、エゲつないほど淫猥《いんわい》な手つきで愛撫《あいぶ》してくる。

「何やってんのキミィィィィィ⁉」

「くく、今朝《けさ》の主殿はいつに増して滾《たぎ》っておるのう。妾が慰めてやろうか？　ヴァネッシア姫の代・わ・り・に」

ヴァネッシア姫の名前が出て、ギクッとさせられるケンゴー。

「いきなりベッドに忍び込んできた理由は、それか⁉」

「くくく、これぞ千載一遇《せんざいいちぐう》の好機と思うてな。存外に初心《うぶ》な主殿でも、昨日の今朝なら女の肌が恋しいのではないかと……図星じゃろ？」

アス美は一転、幼い容姿を「女」そのものの表情で彩《いろど》る。

「ほれほれ、主殿、目を閉じませい。そして、ヴァネッシア姫のことでも思い浮かべませい。後は妾がよろしくして差し上げるゆえ、良い夢でも見たと思って、気持ちよく果てませい」

「おまえはそれでいいわけ⁉」

「主殿は存じておらぬか。アスモデウス家の女はな、心ではなく子宮で思慕するのじゃ♥」

「下世話！　生き方が下世話‼」

ケンゴーはほとんど悲鳴になって叫ぶが、その間もアス美の「攻め」は緩まない。

「ほれほれ、これは一夜の夢じゃからン。遠慮は要らぬぞ、主殿」

「もう朝だろ⁉」

「清らかな心でいたい主殿に、言い訳まで用意して差し上げただけじゃろうに。野暮《い・け・ず》♪」

「アーーーーーーーーーーーーーーーーーーーーッ」

枕語りの最後、「野暮《い・け・ず》♪」のところで耳に強い吐息を吹きかけられ、ケンゴーは絶叫した。

理性の砦《とりで》が、男の生理的機能と女の性的技巧の挟撃に遭い、陥落した。

否《いな》、陥落する寸前――


「何が『アーーーーーーーーーーーーーーーーーーーッ』よボケエエエエエ」

何者かがミサイルのような勢いですっ飛んでくると、アス美だけを器用に蹴《け》り飛ばす精密射撃で、ドロップキックをぶちかました。

誰あろう、「傲慢《ごうまん》」の魔将ルシ子《こ》さんである。

それが今は「憤怒」の魔将顔負けに怒髪天を衝《つ》き、仁王《におう》立ちになって威風辺りを払う。

いつも通りブラジャー同然の肌出しルックに、超ミニスカの組み合わせなので、さっきの豪快なドロップキック中、大胆にパンツ丸出しだったのだが激情のあまり全く気にしていない。

うーん人外。

「痛いぞ、ルシ子」

一方、アス美は壁際《かべぎわ》まで吹き飛び、叩《たた》きつけられていたのだが、けろりとして起き上がる。

「罰よ！　朝っぱらから不埒《ふらち》な真似《まね》をしている、淫乱ロリへのね！」

ルシ子はふんぞり返ったまま、謝らないわよと居直る。

一方でアス美は人の悪い笑みをニンマリと浮かべ、

「ほう。不埒な真似とは『具体的に』なんじゃ？」

「バッッッ⁉　バカね、そんなこと口にできるわけないでしょっ！」

「主殿の○○○を妾が○○○していたことか？」

「アバババババババっ」

純情な乙女《おとめ》をここぞとばかりにからかうアス美と、目を白黒させる煽《あお》り耐性ゼロのルシ子。

さらにアス美は追い打ちをかけて、

「そもそも、主殿の寝室で妾が淫《みだ》らな行為に耽《ふけ》っていたとて、何故《なぜ》ぬしに成敗されねばならぬ？　嫉妬《しっと》か～？　主殿を盗られたくない一心か～？」

「バッッッ⁉　バカね、そんなわけないでしょう！」

「おやおや、動揺でさっきから弁明が雑になっておるのう。ぬし、もう嫉妬《レヴィ》の魔将《やま》さんちのレヴィ子に改名したらどうじゃ？」

「殺すわよっっっ」

顔面真《ま》っ赤《か》で怒鳴り散らすルシ子。

「憤怒」の魔将顔負けになったり「嫉妬」の魔将顔負けになったり、本当に忙しい。

そして、アス美はやれやれとばかりに肩を竦《すく》めると、

「興醒めじゃ。ぬしに乱入されては、せっかく元気だった主殿も萎《な》えるばかりよ」

全身の毛を逆立たせた猫みたいなルシ子から、ケンゴーの股間へと視線を移動させて言った。

「こっち見んな！」

貞淑《ていしゅく》な乙女よろしく、ケンゴーはベッドカバーで裸身を隠して抗議。

「くくく、承知いたした。ではお暇《いとま》じゃ、主殿。後はルシ子と仲良うなされませい」

アス美は最後まで意地の悪い笑みを浮かべながら、絨毯の上へ伸びた己の影に、沁《し》み込むように消えていった。中級魔法による移動手段だ。

「フンッ。ようやくせいせいしたわ！」

アス美が元いた場所へ向かって、べーっと舌を出すルシ子。

（後出し勝利宣言、カッコ悪い……）

とケンゴーは思ったが、もちろん口にはしなかった。


さて——アス美が大人しく帰ってくれて、嵐《あらし》のような時間もこれで過ぎ去る。

ケンゴーはそう思った。早計だった。

ルシ子がアス美に向けていた尖《とが》った眼差《まなざ》しを、そのままギロンと向けてきたのだ。

「うっ……ルシ子さん、まだ何か……？」

恐る恐る訊《たず》ねると、彼女はベッド脇までズカズカとやってくる。

腕を組んでふんぞり返り、妙な高圧感を出しながら、

「感謝は？」

「へ？」

「優しい乳兄妹が危ないところを助けてくれて、ありがとうは？」

「あっ……ああ！　ああ、そうだな、ありがとうな、ルシ子っ」

「フン。素直でよろしい」

ルシ子がいきなりそっぽを向いた。「傲慢」の魔将さんの方から感謝の言葉を要求したくせに、いざ口にされると目も合わせられないほど照れ臭いらしい。

この女マジ面倒臭い。

「でもまあ、マジ助かりました。てかそもそも、俺がピンチだってよくわかったな？」

「べべべべべべ別にあんたのことが一晩中気になって眠れなくて寝室《へや》の前まで何度も様子見に来てたりなんかしてないわよ！」

「は？　おまえそんなことしてたの？　なんで？」

「だから、してないって言ってるでしょ！」

あり得んほど盛大に口を滑らせておきながら、居直る「傲慢」の魔将さん。

そっぽを向いたまま腕組みし、ツーンとふんぞり返る返る。

この女マジ面倒臭い。

「わかった。りょーかい。おまえは何度も寝室の前まで来てないし、俺も何も聞かなかった」

「素直でよろしい。褒《ほ》めてあげる」

「ありがたき幸せです。じゃあ着替えるんで、そのままそっぽ向いててくれる？」

「言われなくてもあんたの見苦しい裸なんか見ないわよ！」

とか言ってチラチラ見てるお年頃《としごろ》なやつー。

(別に堂々と見てくれても、ルシ子ならそんなに気にならないのにな)

内心、苦笑させられる。

やはり乳兄妹《おさななじみ》だからだろうか？　ヘタレチキンの自分が、ルシ子相手だと遠慮や気後《きおく》れというものを感じない。このフォーミラマで唯一、心を許せる奴だとさえ思う。

「つーかさ、ケンゴー」

そのルシ子が顔だけは意地でもそっぽを向いたまま、話題を変えた。

「何？」

ケンゴーは息をするような自然さで中級魔法を行使し、服を召喚しながら訊《き》いた。

「ヴァネッシアって言ったわね。人族軍のお姫様」

「うん。それが？」

「まさにあんたの好みのど真ん中よね、ああいう女」

「ギクッ」

ルシ子に図星を指され、袖《そで》を通す腕が止まる。

ちなみにこの服、あらかじめ女官に頼んでチョイスしてもらっていた、勝負服である。

改めて今日、クラール砦を訪問し、ヴァネッシア姫と会談する予定なのである。

いくらヘタレチキンでも――否、自分に自信がないヘタレチキンだからこそ、せめて格好だけでもバシッと決めていかねば、恥ずかしくて目も合わせられないのである。

そんなみみっちい心情など、この乳兄妹《おさななじみ》はお見通しなのだろう。

バカにしくさった口調で、

「もっ見るからにケナゲ～ってか、ハカナゲ～って感じの女だったわよね。男の言うことに絶対に逆らわなさそう。動物で例えたら草食動物。弱肉強食の魔界には絶対にいないタイプ。あんたみたいなヘタレチキンにはお似合いよね」

「べべべべべべ別に好みちゃうわっ」

「ハァ？　それで隠せてると思ってんの？」

「おまえがそれ言う⁉」

「殺すわよ⁉」

ケンゴーがツッコみ、ルシ子が額《ひたい》にぶっとい青筋を浮かべる。

そのまま火花が散るような、にらみ合いに突入。

さて、なんと言い負かしてやろうかとケンゴーは算段し――

「さっきアス美から助けてあげた恩、もう忘れたわけ？」

「優しくて頼りになる乳兄妹《おさななじみ》様に生意気な口を叩いてすみませんでした！」

ルシ子のクリティカル攻撃を先に浴びて、土下座でソッコー降参した。

「次も助けて欲しかったら、分際を弁《わきま》えなさい」

「……はい。……申し訳ありませんでした」

「わかればよろしい。――で？」

ルシ子はそっぽを向いたまま、フンと鼻を鳴らす。

「で、とは？　ルシ子さん？」

「お姫様に会ってどうするわけ？　『憐れな人族よ、皆殺しにされたくなければ、そこな乙女を生贄《いけにえ》に捧げるがよいグハハハハ』って脅迫《きょうはく》でもすんの？」

「そんな発想すらなかったわ！」

「でも実際問題、可能だわ。あんたは魔王で、戦争の勝者なんだから。むしろ、その程度で勘弁してあげるなら、慈悲とさえ言えるわ」

「ヘタレチキンの辞書には、それを慈悲って書いてないから！」

「ふーん。ま、いいけど。でも——あの子が好みってことはもう否定しないわけね？」

「ぐっ……」

ルシ子のくせに生意気な話術駆使しやがって。

「あーそーですよー。好みですよー。『こんな理想を絵に描いたようなお姫様おる⁉』『フォーミラマすげえ‼』って感動してますよー。悪いか？」

「別に悪くないわよ」

ルシ子は言った。

急に真顔になって。

いつものぶっきらぼうな口調じゃなくて、ひどく真摯《しんし》に。

「え……？」

いきなりのことに当惑させられる。

そんなこっちの心情を知ってか知らずか、ルシ子が真《ま》っ直《す》ぐに向き直る。

まだ着替え途中なのに、照れるとか茶化すとかそんな空気の許されない、真剣な態度で、

「あんたが前世じゃ異世界の人族だったたって、まだ半信半疑だけど……。でも、あんたがアタシたちに振り回されて、ひどく生き辛《づら》そうにしているのは知ってる。だから、あんたの傍《そば》にあのお姫様がいて、心の拠《よ》り所や癒《いや》しになるのなら、とてもいいことだとアタシは思う」

ルシ子は言った。

だから、あんたに協力してあげる、と。

感謝なさい、と。

「協力……って、『我が魔王へ乙女を生贄に捧げよ！』とか『隷属の魔法で洗脳！』とかみたいなのは勘弁だぜ？」

「わかってるわよ、あんたが魔族の流儀《アタシらのノリ》に合わないことくらい！　だから、よけいな手出しをしなきゃいいんでしょ？　他《ほか》の連中にもさせなきゃいいんでしょ？　アタシが七大魔将《あいつら》抑えておくから、あんたの好きにやりなさいよ。お姫様とゆっくり会ってきなさいよ」

「ルシ子……」

まさか、そこまで言ってくれるとは。

自分のことを想《おも》ってくれるとは。

「持つべきものは乳兄妹《おさななじみ》だなっ」

「涙ぐまないでよ情けない！」ルシ子は芝居がかった態度で肩を竦めると、「あーヤダヤダ。我らが魔王陛下がこんなヘタレチキンだなんて。他の奴が知ったら、きっと幻滅でしょうね！」

「ぶっちゃけルシ子さんに生かされています！　秘密にしてくれてありがとうございます！」

「そこは感謝しなくていいから脱ヘタレがんばりなさいよケンゴーのバーカ！　バカバカバカバカバーーーカ！」

ルシ子は罵《のの》り倒してくれると肩を怒らせ、さっさと寝室を出ていった。

「そこまでバカって連呼しなくていいじゃん！」

と、抗議する暇すら与えてもらえなかった。


——だから、ケンゴーは知らない。

ルシ子は、乳兄妹には絶対に聞こえないくらい遠くまで離れると、

「アタシの気も知らないで。ケンゴーのバカ……」

切ない顔つきになって独白した。

†

軽い朝食もすませ、ケンゴーはいそいそとクラール砦へと向かった。

ただ出発直前――

「我が陛下《マインカイザー》！　小官に随伴《ずいはん》の許可を！」

「いや、吾輩《わがはい》にぜひ！」

「オレちゃん、こう見えて役に立つ男ですよ？」

「人族軍とのトップ会談なんですよねっ。ぼ、僕の精神魔法で一瞬で洗脳してみせますっ」

「妾ならヴァネッシア姫を調教し、主殿の肉奴隷に仕立てることも可能ぞ。どうじゃ？」

――という具合に、例によって七大魔将たちが「お役に立ちたい」アピール凄《すさ》まじかった。

でも絶対に要らんことする臭いぷんぷんだった。

「ケンゴーが一人で行くって言ってんだから放っておきなさいよ！　子どもじゃあるまいし」

と、ルシ子が約束通り止めてくれなかったら、何人か強引《ごういん》についてきたことだろう。

実際、留守番しとけと言われた魔将たちは、ブーイングの嵐で――

「小官らに命令するとは何様だ、ルシ子！」

「不遜《ふそん》！　まさか陛下の御心《みこころ》を代弁しているとでも、自惚《うぬぼ》れているのではあるまいな？」

「そうじゃそうじゃ、女房気取りは結婚してからにいたせ」

「けけけ結婚⁉⁉⁉⁉⁉　――ってうっさいわね！　文句がある奴は八つ裂きにするわよ！」

「じゃあオレちゃん、蘇生魔法でバラバラになった体くっつける―」

「その後、八つ裂き返しにしてくれるわ」

「ハァ？　アス美のよわよわ攻撃なんか、このアタシに通るわけないでしょ？」

「ならば吾輩の《永久凍土地獄《エターナル・コキュートス》》で、貴殿自慢の防御力ごと氷漬けにするまで」

「無ー駄ーでーすー。無駄よ、無駄無駄ッ。《虚数回廊《ディメンション・ジャンプ》》使ってアタシ脱出するから！」

「そこを小官の《空間歪曲劇場《バッド・トリック・ドリーム》》で攻めたら？」

「《全次元完璧防御《スーパー・ウルトラ・グレート・バリアー》》があるから効かないわよ！」

「では僕が――」

「じゃあアタシは――」

――という具合に、口論がただの子どもの口ゲンカと堕した辺りで、ケンゴーはそろりそろりと魔王城からの単独逃避に成功したのだ。

約束時間の十分前に到着。

砦中央に建つ岩城の正門に、出迎えの騎士たちが左右に居並んで道を作り、直立不動の剣礼をとっていた。

歓迎の作法としては、華々しさはない武骨一辺倒。

しかし前線のことだから、これは最大限度の敬意の表明に違いない。

もっとも、「魔王」を迎える騎士らが内心どう思っているかは、わかったものではない。兜《かぶと》に隠れて表情は窺《うかが》えない。

そんな彼らに向かって――

「うむ。出迎え、感謝する」

ケンゴーは親しみあふれ出る笑顔をこれでもかと作り、ねぎらった。

これが臣下たち相手ならば、格付けをはっきりさせるため「魔王の余裕。風格」を演じないといけないので、それこそわざと遅れて顔を出すくらいの演出が要る。

だが、人族諸国家と仲良くしていくためには「ぼく、わるいまおうじゃないよ」とアピールするのがマスト。時間厳守で誠実なところを見せた理由もそれだ。

（――なんて、頭の中でせこせこ計算する辺りが小物なんだよなあ、俺）

わかっちゃいるけどやめられない。

騎士たちが作った花道ならぬ剣道を進みながら、左右の彼らに会釈《えしやく》と愛想《あいそ》を振りまきまくる。

道の奥には軍師然とした老人が、片膝《かたひざ》ついて待っていた。

昨日、ヴァネッシア姫が引き連れていた、三人のうち一人だ。

「お待ちしておりました、魔王陛下。当軍の顧問を務めております、ザンゲンスと申します。これよりヴァネッシア姫の御元までご案内させていただきまする」

完璧《かんぺき》なまでの慇懃《いんぎん》さで、そう申し出てくれる。

彼も内心苦々しく思っているだろうが、おくびにも出さない老練さがある。

「ザンゲンス殿か。よろしく頼むぞ」

ケンゴーは彼の右手を、両手でとって立たせた。

これには熟練の老軍師も狼狽《ろうばい》を隠せない。

左右に居並ぶ騎士たちも、ぎょっとなっていることだろう。

(人界の王族の作法とか知らんけど、普通は手をとって立たせたりしないんだろうな)

一国の権威と面子《めんつ》がどうだとか。軽く見られるだのどうだの。

まあ、ケンゴーにはそんなものは必要ない。

もはや軽んじようがないほどの、圧倒的な軍事力の差を見せつけているのだから。

むしろ必要なのは、「魔王って意外と気さく?」とわかってもらえるパフォーマンス。

サ藤《とう》がムチを振りすぎたから、自分がどれだけアメ配ってもいいだろうという計算。

「は、はい。畏《かしこ》まりました、魔王陛下」

老軍師は恐縮頻《しき》りのていで城内へ案内してくれる。

お城といってもさすが要塞だけあって、中は物々しく殺風景だった。

要所要所に歩哨《ほしょう》が立っているが、兵卒ではなく騎士なのが、城らしいといえるか。

その全員にも、通りすがりに愛想と笑顔を撒《ま》いておく。

「本日はご足労あい申し訳ありませぬ、ケンゴー陛下。ヴァネッシア姫はこの奥にて、陛下のご到着を今か今かと待ちわびておりまする」

「よいのだ、ザンゲンス殿。貴公らからすれば、余の城は恐るべき魔窟《まくつ》であろう。それは誤解なのだが、さりとて偏見が払拭《ふっしょく》されぬうちに、ご婦人に虎口《ここう》へ跳び込めというのは酷な話。

こたびは余が出向くのが道理である」

前を行く老軍師の背にも、ケンゴーは朗らかな笑顔を作って向けた。

「ケンゴー陛下のご深慮、ご配慮に頭を垂れるばかりでございまする」

「苦しゅうない。して、会談には他にどなたがいらっしゃるのかな？」

「はい、陛下。それがヴァネッシア姫は、一対一での会談を是非ともと」

「え、二人きり⁉」

ケンゴーの笑顔が凍りついた。

（あんな美少女と一対一で上手にトークしろとか無理無理。まぢむり）

冷や汗がダラダラと出てくる。

てっきり謁見《えっけん》の間みたいなところで、大勢に囲まれながらの会談だと思っていたのに。

最低限、このザンゲンス含めた側近格三人は、同席すると思っていたのに。

（ど、どうしよう……）

緊張のあまり、歩く動作までギクシャクとなってしまうケンゴー。

ヴァネッシア姫と会った時、「こんな美少女見たことない」と胸がときめいた。

ぶっちゃけ一目惚《ひとめぼ》れだった。

でもだからといって自分は、ヴァネッシア姫とどうこうなれるなんて思っていない！

ルシ子は連れ帰るべきみたいなことを言っていたが、そんな大それたことができるわけない。

ましてて男女の仲になるなんて想像もできない。

そう、あくまでケンゴーとしては――

トップ会談という形で臣下を交えつつ、会っておしゃべりできるだけでよかった。

別にカップルみたいな浮ついた内容じゃなくていい。真面目《まじめ》な話し合いでけっこう。

例えば、ケンゴーが望んでやまない世界平和についてだとかだ。

ヴァネッシア姫は話が通じそうだし、超国家的カリスマ性を持つ聖女らしいし、魔族と人族の間で恒久的な不可侵条約を締結する相談をしたい。

仮定の話、ケンゴーが勇気を振り絞って臣下たちを説得し、がんばって平和の大切さを理解させられたとしてもだ。人族の方が「魔王を殺っっっっすぇぇぇぇぇぇぇぇぇぇぇぇ!」みたいなノリのままだったら、講和なんて絵に描いた餅《もち》でしかない。

ゆえに世界平和を成就するためには、魔界と人界のそれぞれで不戦を唱えるオピニオンリーダーが必要で、ケンゴーとヴァネッシア姫こそその適役に違いない。

そして、両リーダー同士もまた仲が良い方が、活動を続ける上でも平和の象徴としても、好都合に決まっている。

つまりは、ヴァネッシア姫と話友達になるチャンスである!

と――「立場を利用する」なんていっても、その程度の発想しか出てこないのが、ヘタレチキンのヘタチキたる所以。

それくらい十六年プラス十六年童貞をこじらせた自分に、「気になるあの子との、いきなり一対一トーク」がどれほどプレッシャーのかかることか。

いったい何を考えているのかと問い詰めたい。

問い詰めても「魔王がなにビビってんの？」「？？？」みたいな反応がくるだろうけど！

（ううぅ……）

頭を抱えそうになるのを堪《こら》え、ザンゲンスの後をついていく。

そして、貴賓室《きひんしつ》の前に到着する。到着してしまう。

「姫。ケンゴー陛下をお連れいたしました」

出入り口の扉をノックするザンゲンス。

応《いら》えはなかった。にもかかわらず、老軍師は心得たように扉を開ける。

こっちはまだ心の準備がすんでいないのに。

「さあ、どうぞ。魔王陛下」

「あ、はい」

気が気でないケンゴーは生返事をすると、おっかなびっくり入室する。

やはり前線の城砦だけあって、貴賓室も慎ましやかな調度しかない、武張った内装だった。

窓側の向かい、日の当たる場所にこぢんまりとした祭壇があり、目を惹《ひ》かれる。持って運べる程度のサイズだが、立派な神像も祀《まつ》られている。

ケンゴーは人族の文化に通じておらず、事情を知らなかったが――

賓客を迎えるための部屋に祭壇を備えるのは、人界でしばしば見られる建築様式だ。

人族は天帝と呼ばれる、実在する唯一神を崇《あが》め、その教えを道徳規範としている。

例えば、契約を結ぶ時には互いの署名を交わすだけではなく、天帝に対して誓いを立てるのが習わしである。貴賓室に祭壇があれば、より改まった気持ちでそれができるというわけだ。

そういった文化や宗教観を知らないなりに、しかしケンゴーは祭壇から目が離せなかった。

より正確には、神像の前にひざまずいて、一心不乱に祈りを捧げるヴァネッシア姫の姿から。

綺麗《きれい》だった。

飢餓《きが》状態が癒され、やつれていた容色もすっかり回復している。頬《ほお》や肌に張りが戻り、見事な黒髪の艶《つや》はますます光輝を放つが如《ごと》く。

純白のドレスがまた眩《まぶ》しいほど似合っている。

だが綺麗だと感じたのは、それら見目の麗《うるわ》しさだけの話ではなかった。

真摯に祈りを捧げるヴァネッシア姫の横顔からは、彼女がどれだけ敬虔《けいけん》で清らかな心根をしているのか、不信心なケンゴーをして胸を打つほどに伝わってくる。

まさしく聖女だ。

世俗の塵芥《ちりあくた》から超越したようなその気配が、物腰が、雰囲気が、ヴァネッシア姫の美しさをさらに人並みとは隔絶《かくぜつ》したものへと引き立てているのだ。

見惚《みと》れずにはいられなかったのだ。

（ああ……っ）

と、いつまでも感嘆してやまないケンゴー。

実際には、祈りを終えたヴァネッシア姫が目を開くまで、わずかの間のことだったろう。

「ようこそいらっしゃいました。粗末な席しかございませんが、どうぞおかけくださいませ」

立ち上がった彼女は楚々《そそ》と一礼すると、椅子《いす》を勧めてくれた。

「なに、承知しておるよ。これも戦場の習いというものだ」

ケンゴーは首を左右にしながら、腰を下ろす。

椅子同様に無骨なデザインのローテーブルを挟んで、ヴァネッシア姫と相対する。

その間にもザンゲンスは扉を閉めて去っている。

これで完全に、ヴァネッシア姫と密室に二人きり。最高の美少女が目と鼻の先。

しかし、ケンゴーはもう狼狽などしていない。祈りを捧げるヴェネッシア姫の、清澄な佇《たたず》まいを目の当《ま》たりにしたことで、つまらぬ雑念はすっかり晴れたのだ。

（一目惚れしたとかしてないとか、相手が美少女だから気後れするとかしないとか、今はそんなことはどうでもいい。この素晴らしい人物と世界平和について真剣に語り合いたい）

心の底からそう思えたのだ。

一方、ヴァネッシア姫は重ねて申し訳なさそうに言った。

「本来はお茶の一つもお出しすべきなのですが、なにぶん今は不如意《ふにょい》な有様で……」

「それも承知しておる。構わぬよ」

ケンゴーは堂々、魔王然と応《こた》えた。

兵糧攻めに遭った直後で、茶や菓子など用意ができるわけがない。食糧だけは昨日のうちに、充分量を臣下に届けさせていたが、嗜好品《しこうひん》まではさすがに手配していなかった。

そして初対面に等しい二人が、茶も菓子もなしでは世間話が弾《はず》むわけがなく。

早々に間が持たなくなるというか、ヴァネッシア姫が気まずそうにしているのだが、これもケンゴーにとっては問題ない。一刻も早く本題を語り合いたい気分なのだ。

「ヴァネッシア姫――単刀直入にお訊ねしたい」

ケンゴーは姫の目を真っ直ぐに見て言った。

「は、はい、魔王陛下。……わたくしに答えられることでしたら、どのようなことでも」

ヴァネッシア姫もすぐに居住まいを正して応《こた》えた。

「世界平和について、姫はどうお考えだろうか?」

宣言通りの単刀直入、ズバリと切り込むケンゴー。

「……え?」

ヴァネッシア姫は咄嗟《とっさ》に返答できなかった。きょとんとなっていた。

無理もない。まさか魔王の口からこんな質問が出るなどと、いったい誰が思うだろうか?

いつものケンゴーなら「俺のトーク技術、低すぎ……」とキョドりまくるところだろうが、聖女の空気に当てられた今のケンゴーは一味違う。

「にわかに信じられないかもしれないな。だが、余は心から平和を望んでおる。闘争を厭《いと》っておる。魔族と人族の争いは、我々の親の代よりも遥《はる》か昔から、連綿《れんめん》と続けられているという。つまりは、余が生まれるよりも前の話だ。余はそなたら人族になんの意趣《いしゅ》もない。遺恨《いこん》もない。ゆえに、この果てなき戦争に終止符を打ち、そなたらと和睦《わぼく》を結びたい。それも恒久的な不可侵条約を締結できればと考えているのだ」

真摯に内心を打ち明け、理解してもらえるまで語り続ける。

先ほどヴァネッシア姫が祈りを捧げていた時のような、真剣さを以《も》ってだ。

果たして、その想いが伝わったのだろうか？

「本気……でいらっしゃるのですね、魔王陛下。決してわたくしを謀《はか》っているのではなく」

ヴァネッシア姫もごくりと喉《のど》を鳴らすと、覚悟の据わった眼差しになり、うなずいてくれた。

「ああ、本気だとも」

ケンゴーは手応《てごた》えを感じつつも、焦《あせ》らぬよう戒《いまし》めながら、詳しい事情説明を続ける。

「だが、世界平和のための障害は多い。ご存じかどうか……余が戴冠したのは、わずか半年前のことだ。魔王として余の意向を、臣民らに十全に行き届かせているとは、未《いま》だ到底言い難い。臣民らは世界征服を悲願とし、戦争を是とし、その一環として余もこの砦を攻め陥《お》とさざるを得なかった。だが、これは決して余の本意ではないのだ。叶《かな》うことならば、魔界の在り方そのものから変えたいと願ってやまぬのだ」

「なんと、そうだったのですね……。陛下のままならぬご事情とご心中を察するとともに、ご立派な志に敬服いたしますわ」

「誠にありがとう」

すぐに理解を示してくれたヴァネッシア姫に、ケンゴーは武者震いを覚えるほど感激する。

だが、話はこれで終わりではない。

ケンゴーが魔族の旺盛《おうせい》な闘争心を持て余しているのと同様、人界も似たような問題を抱えていると推測している。

何しろ一兵卒までが「魔王を殺っっっっっすぇぇぇぇぇぇぇぇぇぇぇぇぇ！」だ。

仮に魔族の方から正式に講和を打診しても、ヴァネッシア姫や他の誰かの一存では、そう速やかに締結できるものではないだろう。

それでも――

「姫、そなたもこんな無益な戦には、きっと辟易《へきえき》しておられることだろう。ゆえに提案する。余とそなたで手を携え、世界平和を実現しようではないか。決して簡単なことではないだろうが、ともに努力をしてゆこうではないか。争いや領土的野心は余らの代で断ち切り、安心して暮らしてゆける世界を罪なき子どもらに託そうではないか」

ケンゴーは畳みかけるように告げた。

この曇りなき聖女ならば、きっと賛同してくれると信じて。

頼もしき同志になってくれることを願って。

「……なるほど。不倶戴天《ふぐたいてん》の人族と魔族が講和だなんて、夢物語のように思っておりましたが……。魔界に君臨あそばす陛下と、わたくしの全人族国家への発言力を合わせれば、決して不可能ではないかもしれません」

果たして、ヴァネッシア姫は形のよい頤《おとがい》をつまんで考え込んだ後、そう答えた。

「そうであろう、そうであろう！　余とそなたならばできる！」

ケンゴーはもう我慢できず、食い気味に叫んだ。

（嗚呼《ああ》……ついに本当の理解者を得られた……っ）

喜びで、天を仰《あお》いでしまいそうになった。

魔王に転生して十六年、溜《た》まりに溜まった不運のツケが、ここに来て一気に清算されていく実感がある。

しばし幸福を噛《か》みしめると、改めて提案した。

「ならばまずは、条約の草案作成から始めようではないか！」

「お断りします♥」

……は？

とケンゴーは目が点になる。

「す、すまない、ヴァネッシア姫……。よく聞こえなかったのだが……？」

両耳をよーくかっぽじってからもう一度、聞き返す。

「お断りします、魔王陛下。わたくしはこの戦争をやめるつもりも、ましてや不可侵条約を結ぶつもりもありません。たとえ人族が死に絶えようと、魔王軍と戦い抜きます♥」

そう言ってヴァネッシア姫は、胸の前で両掌《りょうてのひら》を合わせ、可憐《かれん》に微笑《ほほえ》んだ。

そう、天使のように無垢《むく》な笑顔で、悪魔もびっくりの発言をのたまいやがったのだ。

何かの間違いではないかと、ケンゴーは自分の目をゴシゴシこする。

矯《た》めつ眇《すが》めつする。

「幻覚でも幻聴でもございませんわよ、魔王陛下。わたくしは本気ですし正気です」

「…………詳しく説明してもらっても？」

「もちろんですわ」その笑顔のまま、ヴァネッシア姫は語り始めた。「天帝は仰《おつしや》いました――全身の血を流し尽くすほどの、苦痛と試練を経た者だけが天界に招かれる、と。それほどまでに地上の人間の血は穢《けが》れており、汚染された体のまま楽土を踏むことは、赦《ゆる》されないということですわね」

「……正気で言ってんの？」

衝撃のあまり、思わず素の口調に戻ってしまうケンゴー。

「そう申し上げたはずですわよ？」

顔は笑っていても、目は笑っていないヴァネッシア姫。

「……ヤベエ、このひと本気で言ってる」

ケンゴーはドン引きさせられた。

「――や、でも、ちょっと待ってくれ！　じゃあなんで昨日、降参するっつったんだ⁉」

「飢餓地獄を味わった将兵たちが、戦意を喪失してしまったから。それだけのことですわ。どうせなら本当に餓死させてくださったら、彼らも天国に行けましたものを。魔王陛下ともあろうお方が、本当にお甘いこと」

「あんたの身に代えても、皆には寛大な処遇をくれって言ったのは⁉」

「我が身を犠牲に、数万人の命を救う――これはこれで、天帝の教えに適うことだからです。わたくしはこの命を捧げることで、わたくしの信仰を証明いたします！」

ヴァネッシア姫は拳《こぶし》をにぎって力説した。

その瞳《ひとみ》が徐々に、妖しい光を帯びていった。

しまいには頰を上気させ、呼吸をハァハァ荒げながら、どこか恍惚《こうこつ》と――

「陛下は存外にお人好しでいらっしゃるようですが、他の魔族どもはその名に相応《ふさわ》しい外道ばかりなのでしょう？　まさかわたくしを一思いに処断するような、そんな甘い沙汰《さた》はなさらないでしょう？　まずは拷問《ごうもん》？　拷問ですか？　きっと人族には想像もつかないような、おぞましい責め苦の数々をこの身に受けるのでしょうねっ。うふっ、うふふっ、これは苦難です。我が身に流れる穢れた血を全て流し尽くせという、天帝がお与えになった試練に違いありませんわっ♥。わたくしの信仰心が試されるというものですわっ♥♥♥」

「こいつ変態だああああああああああああああああああああっ」

ドン引きもドン引き、とうとうケンゴーは椅子ごとひっくり返りそうになった。

それを踏みとどまって、ヴァネッシア姫を指差して批難《ひなん》する。

「天帝の試練がどうこう言ってたけど、要するにただのドMじゃねえのあんた!?　それにつき合わされる兵士たちが憐れだよ！　あんたはどんだけ辛くてもヨガれるだけかもしれんけど、一般人はそうじゃねえんだ！　立場を笠《かさ》に着て、ひどいことしてる自覚あるのか!?」

「だとして何か問題がございます？」

「うーわ開き直ったよ、このお姫様！」

こっちは魔王の皮を被《かぶ》った人間だが、あっちは人の皮を被った悪魔に違いない。

これが理想の美少女？　一目惚れ？　自分の目が節穴すぎて泣けてくるわ。

すっかりだまされたよコンチクショウ！

「魔王陛下は、わたくしたち人族が御身《おんみ》ら魔族には決して敵《かな》わないと、そうタカを括《くく》っていらっしゃるのでしょう?」

ついにヴァネッシア姫の浮かべる笑みが、ひどく不敵で物騒なものへと化けた。

ぬるりと本性を見せた。

「しかし、わたくしに言わせれば、だからこそ燃えるのですわ！　敵は強ければ強いほど、挑戦し甲斐《がい》があるというもの。まして、決して敵わぬ相手との戦争ができるだなんて、こんなに面白《おもしろ》いことはございません」

「意識高いゲーマーかよ、あんた……」

難易度「ハード」や「ベリーハード」では飽き足らず、「ルナティック」だの「ブレイズ」だのを求める心境に近いのだろうか。

いや、ゲームなら別にそれでいいだろう。

しかし、ヴァネッシア姫が賭《か》けているのは、人類何百万もの生命なのだから頭おかしい。

「クソッ。こんな女に相談を持ちかけたのが間違いだった。余の心中を察するだの、敬服しただの、あれもこれも全部虚言か！」

「いいえ、あれは紛れもなく本心からの言葉でしたわ。魔王陛下の為人《ひととなり》はよくわかりました。人族にも天帝の教えに背く犬畜生より劣る輩《やから》がいるように、魔族の掃き溜めにも御身の如き高潔な方はいるということでしょうね。ですが――」

「ですがー?」

「天帝は仰いました――魔族はみな滅ぼすべしと。陛下が何者であらせられようと、魔族である以上は等しく死ぬべきなのです」

「真顔でそれを言いきるオマエの方が俺はこえーよ！」

ケンゴーは頭を抱えて仰《の》け反《ぞ》った。

（こいつが天より神託を授《さず》かりし聖女だ⁉　全人族が戴く希望の旗頭《はたがしら》だぁ⁉　人の皮を被った悪魔の間違いだるォン⁉）

こんなド変態に一瞬でも懸想《けそう》したことが、己の黒歴史になりそうだった。

一方、ヴァネッシア姫は人の気も知らずにニッコリと、

「ま、そういうわけでございますので。わたくしのことは煮るなり焼くなりご自由になさってくださいませ♥　兵たちは解放していただきたいところですが、嫌だとおっしゃるならそれはそれで。逆にお優しい陛下が、わたくしのことまで見逃してくださるというなら、それも大歓迎ですわ。今度こそ知恵を絞って、魔族を滅ぼす算段をいたしましょう」

「つまりは何がどう転ぼうとも、そなたにとっては天帝の教えに適うわけか」

「はい、その通りですわ」

「人生楽しそうだなあ！」

「はいっ♥♥♥」

皮肉で言ってやったのに、ヴァネッシア姫はムカつくほどイイ笑顔で返答した。

その屈託《くったく》のない表情のまま「さあ、どうぞ一思いに」とばかり、両腕を広げてくる。

魔族にとって疑いようもなく害悪となろうこのお姫様を、果たしてどう処すべきか？

ケンゴーの答えは決まっていた。

（兵士の皆さんと一緒に、故国にお引き取り願うしかないな……）

処刑だとか人質扱いだとか、想像しただけで血の気が引く。夢見が悪くなる。

土台はヘタレチキンに、惨《むご》い真似などできるわけがないのだった。

†

「うううううううぅぅ……まさかあんなド変態だったとはぁぁ……。がみざまぁ、おで、なんが悪いごどじましたかぁ……？　しくしくしくしくしくしく」

魔王城に帰ってもまだショックは抜けず、ケンゴーは寝込んでいた。

自室のウルトラサイズベッドの上に丸まって、ベッドカバーをかぶって引き籠《こ》もっていた。

「いい加減、元気出し——泣きやみなさいよ、ケンゴー。鬱陶《うっとう》しい」

「妾はてっきり、主殿はあの女の顔と体だけお気に召したのかとばかり」

と好き勝手に言ってくれているのは、ルシ子とアス美。

許可もとらず寝室に入り込み、無断でベッドに上がり込み、ベッドカバーと一緒に丸まったケンゴーの左右でくっちゃべっている。

「人族――それも地位や立場を持つ権力者に、人柄を求めても無駄ですぞ、主殿」

「どういうことよ、アス美？」

「まあ、若いぬしや主殿が、人界の事情に通じておらぬのは当然か」

アス美はしたり顔になると、とくとくと語り出す。

「そも人族は妾らのような、高度に発達した魔法文明を持っておらぬ。ゆえに人界諸国家は魔界に比べ、総じて人々の暮らしが貧しいのじゃ。やれ今年は日照りが続いた、やれイナゴが大発生した――たったそれだけで容易に飢饉《ききん》が発生する。否、発生せずともほんのわずかな天候気候の気まぐれで、食糧の収穫量が大きく変動する。自《おの》ずとして庶民の食卓も安定せぬ」

「それは理屈としてわかるけど……。人柄の話となんの関係があるわけ？」

「一歩進めて考えてみよ、ルシ子。人界の民は皆、食うや食わずの生活を強《し》いられておるのだぞ？　そんな哀れな者どもから血税を搾取《さくしゅ》し、平気な顔で贅沢《ぜいたく》暮らしをしておるのが、人界の王族貴族じゃ。これを悪鬼羅刹《らせつ》の所業と言わずして、なんと言う？」

「う～ん確かに」

「その上に神殿勢力までが、天帝の教えを都合よく捻《ね》じ曲げて、寄進をせねば地獄に落ちるぞと民らを脅し、肥え太っておる。どちらも性根が腐り果てておるのよ」

「なるほどねえ。でも、よくそれで謀反《むほん》が起きないわね？　魔族《アタシら》だったらとっくにクーデターでしょ、クーデター！」

「昔から『民の不満を逸《そ》らすには敵を作れ』と言うてな。やれ日照りが続くのは魔族が呪《のろ》いをかけておるからじゃ、やれ狩りに出かけた父親が帰ってこぬのは魔族に食われたからじゃ、母親が重い病にかかったのも全部魔族の仕業じゃと、人界の王家や神殿は嘘《うそ》八百を並べて、民らの怒りの矛先《ほこさき》を妾らへ向けさせておるのよ。戦場で兵の士気も上がり、一石二鳥というわけよ」

「ホント悪辣《あくらつ》な奴らね！　虫唾《むしず》が走るわ！」

ルシ子が義憤に駆られたように、ぷりぷりする。

ケンゴーもベッドカバーにくるまったまま話を聞いて、耳が痛くなった。

なんとなくイメージで「魔族＝悪」「人族＝善」だなどと思い込んでいたが、とんだ浅はかな偏見だったようだ。

いや、自分たち魔族こそ正義だなどと、口が裂けても言うつもりはないが。

しかし、どうやら人界は魔界と違い、不幸と貧困で満ち満ちているらしい。

それも腐った王家や神殿という、ほんの一握りの連中が原因で。

翻《ひるがえ》ってヴァネッシア姫について、ケンゴーは思いを馳《は》せる。

確かにあのお姫様は、贅沢だとかにはさほど興味がなさそうだった。

兵糧攻めに遭った時だって、その気になれば立場を振りかざし、自分だけ食事にありつくこともできたろうに。ちゃんと兵と一緒に苦しんでいたではないか。

天帝に対する敬虔さや信仰心も――常軌《じょうき》を逸《いっ》してはいるが――嘘には見えなかった。

その点、決してまやかしの聖女ではなかった。

他の腐敗した権力者たちとは明確に一線を画しているのだろうし、だからこそ比類なき人望を獲得できているのだろう。

しかし、フタを開ければ要するに、ヴァネッシア姫にとっての快楽追求とは「ドM嗜好《しこう》を満たすこと」に他ならないというだけの話で。

そのためならば彼女は、平気な顔で民や兵を巻き込み、どれだけでも不幸にするだろう。

「……つまりはヴァネッシア姫も他の権力者どもも、結局は同じ穴のムジナなのか……」

「清楚《せいそ》ぶっておってもその本性は自己中心的な、悪魔のような女というわけじゃな」

「うあああああああああああああああああっっっ」

アス美の的確な人界分析、人物評価に反論できず、ケンゴーは泣き叫んだ。

自分の無知と不明が恥ずかしすぎて、穴があったら入りたかった。

「まあまあ、主殿。男女の色恋は戦も同じじゃ。物を言うのは経験じゃ。まだお若い主殿がしくじるのも仕方なきことですぞ」

「そうよ。つーか、まさにいい経験になったじゃない。糧《かて》にすれば？」

「妾などむしろ、主殿の想像以上の初心ぶりに、ますます惚《ほ》れ申したぞ。偉大もあまりに過ぎれば、主殿がまるで月の如く遠くて、遠くて、寂《さび》しいからのう」

「ちょっと！　こいつ甘やかさないで！」

「妬《や》くな、妬くな。妾『も』惚れてもよかろ？　かしこくも魔王陛下を独占しようとすれば、敵が増えるばかりぞ、ルシ子や」

「ハァ？　こんなのに惚れるのなんて、あんた『だけ』だし好きにすればぁ？」

「うう……っ。ううう……」

アス美の慰めが、ひどく心に沁みた。

あとルシ子の素直じゃない態度は、さすがに時と場合を選んで欲しい。本音で言ってないとわかっていても、今くらいベッタベタに優しくして欲しい。

「うううう……」

「も～～、いつまでも辛気臭《しんきくさ》いわねえ～～～～～っ」

「まあまあ、ルシ子。ぬしも慰めて差し上げてはどうじゃ？」

「ハァ？　なんでアタシが？」

「ぬしだからこそであるよ。これほど傷心の主殿は初めてじゃ。かくなるは乳兄妹であるぬしが、お慰めする他あるまい？　魔界広しといえど、ルシ子以外の誰にも真似できぬことじゃ。相違あるか？」

「へ、へ〜〜〜っ。そ、そっかあ、アタシだけかあ」

「まったく羨《うらや》ましいことじゃ。代われるものなら代わって欲しいぞ」

「そ、そこまで言うなら、このアタシが慰めてあげてもいいケドォ」

「ぬしのそのチョロさ、妾は好いておるぞ?」

「チョロいってゆーな!」

「まあまあ、ついてきやれ。妾に妙案ありじゃ」

「ついていってあげるから先に謝りなさいよ!」

「わかった、わかった。すまぬ、すまぬ」

ギャアギャアかしましい女二人が、ゾロゾロ去っていく。

ケンゴーはベッドカバーの中で丸まったまま、その気配を感じとる。

そして、何か思うよりも早く、ルシ子とアス美は戻ってきた。

また断りもなくベッドに上がり込む。

ただし、さっきよりだいぶ距離が遠い。

いったい何を考えているのか?

「ほれほれ、主殿。珍しいものが見られるゆえ、チラとでも覗《のぞ》いてご覧じられい」

アス美がいたずらっぽい口調で誘ってきた。

「べ、別に見なくていいわよっ」

ルシ子が意地っ張りな口調で恥ずかしがっていた。

これには傷心よりも好奇心が勝る。ケンゴーはかぶったままのベッドカバーの端を少しだけ上げて、隙間《すきま》からそっと覗いてみる。

ベッド端の辺りで、ルシ子とアス美がぺたんと女の子座りしていた。

アス美は何も変わりない。しかし、ルシ子は――まるでヴァネッシア姫を髣髴《ほうふつ》させる――純白のドレス姿に変わっていた。普段は肌も露《あら》わで挑発的な服装を好むので、楚々たるロングスカート姿が新鮮だった。

「うっ……」

と思わず生ツバを呑《の》み込むケンゴー。

知らず知らず、ルシ子・純白ドレスバージョンをまじまじと見つめる。

「ちょっ、そんな見んなっ」

ルシ子が耳たぶまで真っ赤になりながら、ケンゴーの視線から逃れるように、もじもじとその場で身じろぎする。

しかし、そんな恥じらう姿がまたイイ！

ヴァネッシア姫のことを、好みのドストライクだと思った。

百点満点の、完璧美少女だと思った。

しかし、今のルシ子は千点満点だった。

今までずっと気づかなかった。

でも、ようやく気づくことができた。いつもケンゴーには刺激の強い格好をしていたルシ子が、初めて「童貞を殺すドレス」を着てくれたことで。

理想の美少女は、こんなにも傍にいたんだ！

幸せの青い鳥はいたんだ！


「ささ、主殿。こちらへおいでなされ」

「い、行ってもよいのか？」

「もちろん、悪いはずがありませぬぞ。主殿をお慰めしたい一心で、ルシ子も羞恥《しゅうち》をおして、このような格好をしておるのじゃから」

「べ、別に恥ずかしい格好なんかしてないわよ！　アタシにとってはデフォよデフォ！」

「じゃあ、行ってもいいのか、ルシ子？」

「フン、アタシの知ったことじゃないし、あんたの好きにすればぁ？」

「ほれほれ、ルシ子もこう申しておることじゃし。ささ、遠慮は抜きじゃ、主殿」

甲斐甲斐しく手招きしてくれるアス美。

ケンゴーはなおたっぷり逡巡《しゅんじゅん》した後――二人の方へと向かった。

丸まってカバーをかぶったまま、まるでそん な新種の生き物のようにカサカサと移動。

「ささ、主殿。そのままルシ子に膝枕《ひざまくら》してもらうがよろしかろう」

「そこまでやってもらってもいいの……？」

おずおずと訊ねる。

しかし、ルシ子はツンとそっぽを向いたまま、何も言わなかった。

ダメだとも嫌だとも言わなかった。

だから、ドレススカートに包まれた彼女の膝に甘える。

「いやいや、主殿。うつぶせになられませい」

「仰向《あおむ》けじゃなくて？」

アス美に言われるままに、ルシ子の太ももと太ももの間に顔を埋めるようにする。

絹製らしきスカートがサラサラとして、心地よかった。

その布地に包まれた、ルシ子の太ももはなお。

細く見えるのに、顔を押しつけるとムッチリ柔らかく受け止めてくれる。

「そのまま深呼吸じゃ、主殿」

「バッッ、ナニ考えてんのよ⁉」

「スゥウウウウウ、ハァァァァァァァ」

「あんたも深呼吸すんなっ」

「ルシ子の膝はどうじゃ、主殿?」

「……いい匂いがする」

「嗅ぐなっっっ」

ルシ子は抗議したが、本当にいい匂いがした。

どこか心落ち着く匂いがした。


いや——ホッとさせられるだけじゃない。

心臓が急にドキドキと高鳴り出したのを、ケンゴーは自覚した。

乳兄妹《おさななじみ》同士で長いつき合いなのもあり、たまーにルシ子が気まぐれを起こして、膝枕をしてくれることはあった。

これが初めてのことでは決してなかった。

でも、こんな感情が湧《わ》くのは初めてのことだった。


(ずっとこのままこうしていたい……)

ルシ子の太ももに頬をすり寄せる。

するとルシ子も、頭を撫《な》でてくれる。

「くくく、気分が出てきたではないか、ルシ子?」

「うっさいわね！　今日だけのサービスよ、今日だけの。仮にも魔王たるものがいつまでもこんな調子じゃ、魔界の秩序が揺らぐでしょうが。それでケンゴーに喝《かつ》を入れられるのがこの『傲慢』の魔将しかいないってんじゃ、アタシが一肌脱ぐしかないでしょ？　嫌々よ、嫌々」

「わかったわかった、いくらでも言い訳を聞いてやるし、なんなら公文書にも認《したた》めてやるゆえ、そのままたっぷり主殿を甘やかして差し上げろ」

「フンッ。言質《げんち》とったからね？」

「くくく。言質はどっちじゃ、まったく素直じゃない奴め」

「殺すわよ⁉」

揶揄《やゆ》を続けるアス美に対し、ルシ子は棘《とげ》のある声で抗議した。

でも、ケンゴーの頭を撫でる手つきは、どこまでも優しいままだった。

(ずっとこのままこうしていたい……)

ケンゴーはもう一度、しみじみと思った。

別にえっちなご褒美も肉奴隷も要らない。

ヘタレの自分は、気後れして持て余すだけ。

それよりもこんな風な、穏やかなスキンシップの方が、泣けるほどうれしい。

その一方で、こうも思った。

(でもどうせ最後は、ひっでーオチが待ってるんだろうなあ)

例えば人族軍を殺すなと命じたら、サ藤がエグい兵糧攻めを始めたような、人間《じぶん》と魔族《みんな》の価値観の違いを、まざまざと思い知らされるようなオチ。

ずっと自分を夢見心地のままでいさせてくれないのが、こいつら七大魔将である。

(ううっ、いいよ。もう慣れたよ。いつでも来いよ)

別の理由で泣けてきたが、強がる。

(それまで膝枕、堪能してやるからなっ。ホラ来いよ。さあ来いよ。恐くねえよ)

ヘタレチキン特有の、胸中オンリーで強がる強がる。

だけど結局、ひっでーオチは来なかった。

身構えても身構えても、待っても待っても来なかった。

ルシ子もアス美も、ただただ優しいままだった。

穏やかに甘えさせてくれた。

ヴァネッシア姫に傷つけられた心が、すっかり癒えるまで、ずっと。

そっと。

†

「くくく、主殿はすっかりお寝《やす》みのようじゃな」

ルシ子の膝を枕にしたまま寝息を立て始めたケンゴーを、アス美は目を細めて見つめた。

「なんとも心安かな寝顔じゃ。一肌脱いだ甲斐もあったというものよのう、ルシ子や？」

「フンッ。ほーんとだらしない顔！　今ならこいつの寝首を掻《か》くくらい簡単なんじゃない？」

ルシ子は憎まれ口を叩き、ケンゴーの頰を苛立《いらだ》たしげに突っつく。その癖《くせ》、自分の膝で安心しきったように眠る、乳兄妹の寝顔へ向ける眼差しは、どこまでも優しげだった。

（まったく素直じゃない奴じゃ。しかし、ま、それもルシ子の魅力か）

アス美は二人の顔を交互に眺めて、内心ほくそ笑む。

そして——

「主殿は存外に初心なお方じゃったが……実はそれは男女の話だけではのうて、本当は魔王陛下に似つかわしくない心根の持ち主であらせられるのではないか？　具体的にはヘタレでは？」

と、いきなり爆弾発言をぽろり。

果たしてルシ子の反応を窺えば、

「ぎっくーっ」

と顔中はもう冷や汗まみれ、目はおろおろと泳いでいた。

「やはりそうか。もしやとは薄々思っておったがのう」

「し、知らないわよ、そんなの！　どうしてそう思うわけ⁉　根拠は⁉」

「主殿は確かに初心じゃが、決して女性《おなご》にご関心がないわけではない。むしろ、むっつり助平じゃろう?」

「アタシのヘソとかマモ代《よ》とベル乃《の》のおっぱいとか、チラチラ盗み見してるものね、こいつ！」

「くくく、妾のぺったんこの乳房もどうしてどうして、お気に召しておるようじゃしの」

「ほーんと見境ない奴よね、このスケベ！」

「その見境のないはずのお方が、しかし妾らや女官どもに、一向にお手を付けようとはせぬ。伽《とぎ》をせよとお命じあらば、妾らは逆らうこともできぬ——否、喜んでお相手するというのにじゃ。これはお優しいとか初心じゃとか通り越して、さすがに甲斐性がなさすぎよう?」

「だからこいつの正体がヘタレだってわけ?　根拠それだけ?」

「性欲の在り方、表れ方は、人の本性そのものぞ。ゆめ侮《あなど》るなかれじゃ」

アス美は「色欲」の魔将として断言した。

「ま、別に真実はどっちでもよいがの」

「じゃあ訊かないでよ！」

心臓に悪いでしょうがと、続けようとして慌てて飲み込むルシ子のチョロさが、アス美にはなんとも微笑ましい。

話題を少し変えて、

「ぬしは先代陛下のことを、あまり存じ上げておらぬじゃろう?」

ルシ子が父親から「傲慢」の魔将を継いだのは、半年前のこと。つまりはケンゴーの戴冠と同時の代替わりであり、先代魔王に仕えた時期はなかった。

「し、知ってるわよ！　ものすごく戦好みだったんでしょ⁉」

なのにルシ子は「よく知らない」とは言えない性格で、ムキになって答える。

アス美はくすくすと忍び笑いしながら、

「その通りじゃ。そして、女性《おなご》にはとんとご興味のないお方じゃった。妾にとってはなんとも仕え甲斐のないお方じゃった」

「ほーん！　その点、ケンゴーはムッツリだから仕え甲斐があるって言いたいわけ？」

ルシ子は盛大に皮肉ったつもりだろう。

しかし、万事素直じゃない彼女と違って、アス美はオトナなので、「誠その通り」と平気でうなずいてみせる。それで憮然《ぶぜん》となるルシ子の表情を、楽しむ余裕がある。

「妾は『色欲《アスモデウス》』の魔将じゃからな、性癖も業《ごう》深い」

「い、いきなり変なこと言わないでよっ」

「妾はの、父や兄のように優しくも頼りがいのある男性《おのこ》に、思いきり甘えたいのじゃ」

「お、驚かせないでよっ。そんなん別にフツーだわ」

「と同時に、息子や弟のような可愛《かわい》い男性《おのこ》を、母性本能のままに褥《しとね》で包んであげたいのじゃ」

「矛盾してるじゃない！」

「の？　業が深かろう？」

アス美はころころと笑う。

と同時に、すやすやと寝息を立てるケンゴーの髪を、慈《いつく》しむように撫でる。

恐るべき力を持ち、サタン家の秘術でさえ瞬時に解呪してみせる、いと穹《たか》き魔王陛下。

それでいて可愛らしいほど初心で、実はヘタレかもしれない、主殿。

「……ケンゴーなら、その性癖が同時に満たせるってわけ？」

さすがにルシ子も女の勘が働いたか、急に目を尖らせた。

怖い、怖いとアス美はおどけながら、

「ちなみに妾は女性《おなご》もイケる口じゃ。特にルシ子は好みじゃ」

「変態ッッッ！　業が深いにもほどがあるわよ！」

「いずれは妾とぬしと主殿で同衾《どうきん》しようぞ。グッチョグチョでドロドロの3P《さんぴー》と洒落《しゃれ》込もうぞ」

「込まないわよバカ！」

顔を真っ赤にしてわめくルシ子が、アス美には本当に好ましくて仕方がなかった。

（この歳《とし》にして、まったく愛《う》い主君と僚将を持ったものじゃ）

ケンゴーの頭を撫でながら、ルシ子をからかうこの時間が、至福に思えてならなかった。

†

翌午前。数万人の兵隊が、長蛇を成して去っていく。

人族連合軍がクラール砦を明け渡し、命からがら逃げていく。

騎士たちはともかく、兵卒たちは正直だ。街道を行進するその背中は、皆一様に元気がない。

魔王軍に対する己らの無力さを、嚙みしめている様が窺える。

実際、彼らが担ぐ背嚢《はいのう》には、帰路分の食糧が詰め込まれているが、それらは全て魔王軍が供出したものだ。彼ら自前の糧秣《りょうまつ》は、サ藤の兵糧攻めに遭って食い尽くされていた。

ゆえに、彼らが無事に帰郷できるのも、彼ら自身の奮闘の結果などでは決してなく、ただ憐れみをかけられたからにすぎないと、よくよく理解していることだろう。

そんな彼らの哀愁漂う背中を——ケンゴーは城郭の上から見送っていた。

「本当に全員、解放しちゃってよかったわけ？」

隣にいたルシ子が、ぶっきらぼうに訊いてくる。

清楚な純白ドレス姿はもうおしまい。

ヘソ出し脚出しルックに戻っていた。

「もうドレス着てくれねえの⁉」

と、さっきケンゴーが文句をつけたら、

「ババババババカ！　きききききき昨日だけのサービスって言ったでしょっ」

と、「傲慢」の魔将さんにツンツンされた。

「たまにだからいいんでしょ、ああいうのはっ」

「じゃあ、たまには着てくれるの？」

「たまにね。たま～～～～～～～～～～～～にっ」

と、ルシ子がデレたので、あまり意固地になられる前にそこで妥協した。

ともあれ――

「解放していいんだよ。変に捕虜とっても、扱いが面倒臭いし」

ケンゴーはルシ子に向かって肩を竦める。

「ふーん？　まあ、アタシは別にいいけどね？　アタシは」

ルシ子は意味ありげに言うと、後ろを振り返った。

そこには彼女以外の七大魔将も勢ぞろいしていた。

「理由をお聞かせ願ってもよろしいでしょうか、我が陛下《マインカイザー》」

と、恐る恐る訊ねてきたのは、「強欲」の魔将マモ代だ。

いつもの軍服姿で深々と腰を折ったまま、頭を上げようとしない。

「我が陛下《マインカイザー》のご判断に疑義を抱くような真似、汗顔恐懼《かんがんきょうく》の極みにございまする。しかし、当初のお言葉では、彼奴《きゃつ》らを尽《ことごと》く御身の家畜として召し上げるという話でございました」

「う、うむ。無論、理由あっての変更なのだがな」

ケンゴーはビクリとしながら、咄嗟にそう答えた。

「どうかその深謀遠慮の、一端なりとお聞かせ願いたく。我が陛下《マインカイザー》と意識共有する栄誉を、この『強欲』めに賜《たまわ》りたく」

「う、うむ。他でもないおまえがそう言うなら、教えぬわけにはいかぬな」

重ねての質問へ鷹揚《おうよう》に首肯しつつも、肝心の理由を語ることがなかなかできない。

当たり前だ。

（数万人を奴隷化するなんて非人道的行為、できるわけねえだろ！　罪悪感で絶対、胃が破壊されるわ！　悪夢に見て魘されっわ！）

――などと本音を口走ろうものなら、魔王の権威が失墜し、クーデターを招きかねない。

（言わせんなよ、恐ろしい！　空気読めよマモ代！）

内心文句をつけつつ、冷や汗まみれにさせられるケンゴー。

一応こうなることも想定して、でまかせの理由は考えておいた。

しかし、それで七大魔将《こいつら》を納得させられるかどうかが自信ない。

でも、いつまでもオタオタしていられない。

皆が瞳をキラキラさせながら、魔王の口から〝深い〟理由が語られるのを待っている。

「ホラ見てごらんなさい」とばかりの態度なのはルシ子だけだ。アイコンタクトでタスケテオーラを出しても、「アタシは忠告したわよ。知らないわよ」とばかりにツンとそっぽ向かれた。

覚悟を決めるしかない。

「考えてもみよ――たかが数万の奴隷を手に入れることに、躍起になる必要があるか？」

可能な限り尊大な態度と口調で、エラッソーに語り聞かせる。先輩風ならぬ魔王風をびゅんびゅん吹かせることで、せめてもの説得力を増そうというさもしい努力だ。

「ふーむ、その発想はございませんでしたが、言われてみれば」

「至極納得じゃのう」

「いと穹《たか》きケンゴー魔王陛下は、いずれは人族数百万を家畜として支配なされる御方」

「たかだか数万、惜しまれるべくもなく」

「……お腹空《なかす》いた」

と、魔将たちも頻りに相槌《あいづち》を打つ。

ツカミはオッケー！

「そんなことよりもだ。今は奴らを解放し、故郷に帰してやる方が、千日先の布石になると余は考えたのだ」

ケンゴーもあっさり気を良くして、演技ではなく心から得意げに語り出す。

とはいえ、大した内容の話ではない。

サ藤の兵糧攻めの後、飢《う》えで苦しむ兵士たち全員に、ケンゴーは治癒魔法をかけて回った。帰郷を望む者たち全員、惜しみなく解放した。

話題のいちゃウザ
青春ラブコメ
第6巻に
2020年
11月15日頃
発売
豪華 小冊子付きが登場!!
GA文庫
友達の妹が俺にだけウザい6
小冊子付き特装版
著:三河ごーすと　イラスト:トマリ
予約締切
10月2日(金)

この注文書に記入して、お近くの書店へお申し込みください。

書店印

書籍扱い（買切）

予約注文書

【書店様へ】お客様からの注文書を弊社、営業までご送付ください。

（FAX可：FAX番号03−5549−1211）

注文書の必着日は商品によって異なりますのでご注意ください。

お客様よりお預かりした個人情報は、予約集計のために使用し、それ以外の用途では使用いたしません。

住所	
氏名	電話番号

2020年 11/15 頃発売	**友達の妹が俺にだけウザい6 小冊子付き特装版** 著：三河ごーすと　イラスト：トマリ ISBN:978-4-8156-0780-7　価格（990円+税）	部
お客様締切	2020年10月2日（金曜日）	
弊社締切	2020年10月5日（月曜日）	

特装版は書籍扱いの買取商品です。

返品はお受けできませんのでご注意ください。

この注文書に記入して、お近くの書店へお申し込みください。

書店印

書籍扱い（買切）

予約注文書

【書店様へ】お客様からの注文書を弊社、営業までご送付ください。

（FAX可：FAX番号03−5549−1211）

注文書の必着日は商品によって異なりますのでご注意ください。

お客様よりお預かりした個人情報は、予約集計のために使用し、それ以外の用途では使用いたしません。

住所	
氏名	電話番号

発売日	商品	部数
2021年 2/15頃発売	りゅうおうのおしごと!14 ドラマCD付き特装版 著：白鳥士郎　イラスト：しらび ISBN:978-4-8156-0660-2　価格（2,400円+税）	部
お客様締切	2020年12月4日（金曜日）	
弊社締切	2020年12月7日（月曜日）	
2021年 2/15頃発売	りゅうおうのおしごと!14 ドラマCD&抱き枕カバー付き特装版 著：白鳥士郎　イラスト：しらび ISBN:978-4-8156-0788-3　価格（13,600円+税）	部
お客様締切	2020年12月4日（金曜日）	
弊社締切	2020年12月7日（月曜日）	

特装版は書籍扱いの買取商品です。

返品はお受けできませんのでご注意ください。

2021年
2月15日頃
発売
今度の
『りゅうおうのおしごと!14
ドラマCD付き特装版』には、
SAMPLE
SAMPLE
なんと
銀子の抱き枕カバー付き
特装版も登場!!!

その辺り、ちょっとは恩に着てくれないかなあ、という話だ。

「魔王って意外といい奴だったよ」と故郷で語り草にしてくれたら、それこそ各国から集った連合軍将兵数万人だし、口コミ効果もバカにできないんじゃないかなあ、という希望的観測だ。

結果として人族諸国家に、厭戦《えんせん》気分が蔓延《まんえん》しようものなら儲《もう》けもの。

——という話を、せいぜい箔《はく》をつけて語り聞かせ、魔将たちを納得させねば！

ケンゴーはエラソーに咳払《せきばら》いをすると、

「つまりは、理屈はこうだ。サ藤の兵糧攻めのあ——」

「なるほど！　このベル原《はら》、我が君のご深慮、全て理解いたしました」

「えっ？　はっ？？？　今ので!?」

正直びっくり。「怠惰」を司るダンディ中年・ベル原の得心顔を、まじまじと見つめる。

しかし、ベル原は魔界随一とも謳《うた》われる智将である。

一を聞いて十を知るどころか、百でも千でも悟ることができるのかもしれない。

人間の尺度や常識で、大魔族たちを測ってはならない。

「どういうことだ、ベル原？　妾たちにも説明いたせ」

「そうだぞ。おまえと陛下だけわかり合ってるとか、妬けるだろうが」

「もったいぶるな！」

と他の魔将たちに催促され、ベル原は表情に優越感をにじませる。

「そこまでせがむなら教えてやろう。陛下――吾輩めの口から説明しても、よろしいですな?」

「う、うむ、苦しゅうない」

「ご許可も出た。傾注せよ！」

と、ベル原が自慢のM字髭《ひげ》を得意げにしごきながら、他の魔将たちに語って聞かせる。

(俺が説明するより、こいつが代わってくれた方が説得力ありそうだな)

と、ケンゴーも任せきりにすることに。

「よいか、諸君。あの兵士どもが無事に帰郷を果たした後のことを、想像してみて欲しい」

(うんうん。そうそう)

「家族や恋人、友人たちと再会できた喜びは、ひとしおだろう。きっと夜を明かして語り合うことだろう。話題は当然、クラール砦でのことになるだろう」

(まあ当然の流れだよな)

「奴らはサ藤の超高速兵糧攻めに遭い、体感で数十日もの間、飢餓に苛《さいな》まれたのだ。まさに生き地獄だったろう。その嘆きと苦しみが生々しい体験談となり、聞いた親族や知人どもは『魔王軍、恐るべし』と震え上がることだろう」

(――って、そっちかい!?)

「その口コミ効果はきっと絶大！　人族諸国家は吾輩たちに逆らう愚かさを知り、意気消沈、未来に絶望、種としての活力をも失っていくだろう。魔王陛下の狙《ねら》いはそこだよ！」

（どこだよっ。違えええええええよっ。一個も合ってねえよ！）

一を聞いて十を知るどころか、ありもしない虚数を悟ってんじゃねえかと仰け反るケンゴー。

「おお……さすがは智将ベル原よ！」

「その明晰《めいせき》な頭脳にゃ妬けるけど、おかげでオレちゃんたちも理解できたぜ」

「ケンゴー様はそんなことを考えてらっしゃったんですね！」

「人族どもなぞ、ぶっ殺せばぶっ殺すだけ良いと妾は思っていたわ」

「しかし、さすがは陛下でいらっしゃる。〝深い〟」

（おまえらも納得してんじゃねえええええええ!?）

やんやの喝采《かっさい》を送る魔将たちに、ケンゴーは開いた口が塞《ふさ》がらなくなる。

（や、確かにサ藤はひっでーことやらかしたよ？　心に消えない傷を残したと思うよ？　でも、その後があるだろその後が！　俺が何やったか思い出してぇ）

もどかしさで内心、地団駄を踏まされる。

対照的に絶賛を受けたベル原は、ますますしたり顔になっていた。

「まあ待て、諸君。説明はこれで終わりではない。陛下の神算鬼謀《しんさんきぼう》には続きがあるのだ」

他の魔将たちに向かって、とくとくと語り聞かせた。

「サ藤が兵糧攻めを続ける最中、魔王城を飛び出してゆかれた陛下が何をなされたか、諸君らも忘れてはおるまい？」

（おっ？）

「そう。サ藤の戦術級魔法を解呪なされた後、『飢餓』状態にある人族兵どもを一人も漏《も》らさず、治癒魔法でお救いになったのだ」

（おおっ？）

「人族兵どもも生き地獄から解放され、九死に一生を得て、さぞ感激だったに違いない。実際、陛下のご尊顔を拝する奴らの目は、救世主を奉《たてまつ》るが如きだったではないか」

（おおおおっ？）

ケンゴーは一転、瞳を輝かせて聞き入った。

なんだ、わかってるじゃないか。曲解してないじゃないか、ベル原――と喜んだ。

〝魔王陛下〟を持ち上げる表現の多用はゲンナリだが、それ以外は完璧。

そして、ベル原はM字髭をしごきながら、キメ顔で告げた。

「愚かな人族軍め、それこそが陛下の策略とも知らずにな！　陛下はサ藤に勅命を賜り、人族軍を虐待させた。その後、御自らはしれっと救世主の如くご登場なさった。なんとも鮮やかないいいいいいいいいいいいいいいい、マッチポンプではないいか！」

（言い方！　言い方ァ！）

「地獄の苦痛から解放された喜びがあまりに強烈すぎて、人族《サル》どもには真実が見えてこないのだろう！　あるいは真実を見てしまわぬよう、無意識の防衛反応が働いているのだろう！

『私を救ってくださったこの御方が、悪い人のはずがない』となー　その御方こそが、貴様らを生き地獄へ叩き落とした張本人だというのに、バーカ！　バカ、バカ、バアアアアアアカ！」

（……やめて……もうやめて……）

「魔法による洗脳は所詮《しょせん》、魔法によって解呪されてしまう。だが、陛下は魔法を用いず、奴らの心に一生消えぬ、まやかしの救いと感謝を植え付けせしめたのだ。まさに悪魔的奸智《かんち》！　悪魔的頭脳！　この智将ベル原をして畏《おそ》れ入るばかりにございますぞっっっ」

（俺そんなこと一個も思ってないのにいいいいいいいいいいいい）

ケンゴーは心の中で血の涙を流し、血を吐くように叫んだ。

だが、誤解を解くわけにはいかなかった。

真実を打ち明ければ、きっと「ヘタレ魔王」と侮られ、クーデター（略）。

その場にうずくまりそうになるのを、ただ堪えるのみ。

一方、

「理解したかね、諸君？　陛下はたかだか数万の奴隷にはこだわらず、千日先を見据えた至高の一手をお指しになられたのだよ」

ベル原が訳知り顔で結論した。人の気も知らずに。

「さすがはケンゴー陛下だ！　お強いだけでなく頭もキレる！　世界は御身にいったい何物を与えてしまったのだろうかと、嫉妬を禁じ得ませんよ」

レヴィ山《やま》がめっちゃイイ顔で絶賛した。人の気も知らずに。

「〝安楽椅子名将《アームチェアジェネラル》〟と謳われた、先々々々々々代陛下の御血じゃのう」

アス美が名前も知らない遠い先祖を引き合いに出して、納得顔になった。人の気も知らずに。

「我が陛下《マインカイザー》。改めまして、御身に絶対の忠誠を」

マモ代が一分の隙《すき》もない姿勢で頭を垂れ、片膝をついた。人の気も知らずに。

「へえー。あんた、そんなこと考えてたんだ。意外とやるわね」

ルシ子、おまえまでか⁉

でも、極めつけはサ藤だった。

子どもみたいな眩しいほどに無垢な瞳で、大興奮でまくし立てたのだ。

「僕、僕、砦攻めで何か失敗したのかなって、ずっと不安だったんです！　でも今、ベル原さんのおかげで理解できました！　僕はケンゴー様の**引き立て役**だったんですね！　ありがとうございます！　光栄です！　僕、これからもがんばってケンゴー様のために、**憎まれ役**をやりますね！　血も凍るような残忍さと、身の毛もよだつような外道さを心がけて、全力で**ケンゴー様の代わりに泥をかぶって**、ケンゴー様を美々しく輝かせてみせますね！　僕、そういうの得意ですから！　これからもどうか、僕に**汚れ役**を任せてくださいお願いしますっ‼」

（違うんだあああああああっ。そうじゃないんだサ藤おおおおおおおお）

自分は決してそんなゲッスいことは考えてないと、叫び出したかった。

でも真実を叫んだら魔王の権威が（中略）クーデターが（後略）。

結局――ケンゴーの口から言えることは、一つだけだった。

「その通りだ、ベル原。よくぞ余の考えを汲《く》み取り、皆に説明してくれた」

笑顔を引きつらせながら、そう言う以外あるかチクショオオオオ。

「お褒めに与《あずか》り恐悦至極」

ベル原がこれでもかと得意げに、そして慇懃に腰を折ってみせた。

うーん、小憎らしい。

でもケンゴーは魔王として、鷹揚に笑ってみせるしかないのだ。

「ファファファ、これからも頼むぞ」

「ククク、お任せください。このベル原――いいえ、魔王陛下の知恵袋に」

「ファファファファファファ――」

「ククククク――」


神様！　俺、何か悪いことしましたか⁉

第四章　そは人界の切り札なり

神殿の裏庭に、子どもたちの元気な声があふれていた。

六歳から十四歳までの、およそ百人くらいの子らが、それぞれ仲の良いグループにわかれて、追いかけっこや球遊びに興じている。

皆なんとも楽しげで、無邪気な笑みを浮かべていた。

そんな彼らを、ヴァネッシアは神殿の庇《ひさし》の下から眺め、

「こちらまで心温まる光景ですね。彼らは我が国の宝、そして未来そのものです」

うっとりとした声で感嘆した。

彼女の祖国マイカータは、人界でも有数の大国である。

その王都城下にあるこの神殿もまた、規模といい財力といい聖職者の数といい、全てが人界有数だった。当然、マイカータにおける天帝教の総本山と位置づけされ、他《ほか》の神殿に対する規範としての役割を持っている。

マイカータでは古くから王家の要望で、聖職者たちによる将来有望な子どもらへの初等教育を担わせていた。身分にかかわらず、少額の寄進をすることで受験できるテストを経て、見事

合格を果たした子どもは、以後は無償で学問を修めることができるというシステムだ。当神殿では常時、百人以上もの子らが学業に励んでいる。

今、裏庭ではしゃいでいる子らこそが、その生徒たち。ゆくゆくは王家に仕える官僚や、近衛軍の幕僚、あるいは神殿に残って聖職者として奉職することになろう、英才たち。

しかし、授業の合間の休憩時間に、こうして夢中になって遊んでいる様は、まだまだどこにでもいる子どもたちと変わりがなかった。屈託《くったく》のないものだった。

それがヴァネッシアには、愛くるしいほどに微笑《ほほえ》ましい！

「皆さん、息災で何よりです」

ヴァネッシアは庇の下から裏庭に出ると、子どもらに呼びかける。

するとこちらに気づいた子どもらが、わっと歓声を上げて寄ってくる。

「せいじょさま！」

「戦地よりお戻りになったのですね、姫様！」

「ヴァネッシア様こそご無事な様子で、本当に安心いたしました！」

「おかえりなさいませ！」

たちまち囲まれ、年少組の子らに揉《も》みくちゃにされる。

それを年長組の子らが窘《たしな》めるが、しかしそもそもヴァネッシアは嫌な顔一つしない。

子どもらのことを心から愛しているから、たとえ汚れた手でドレスにさわられようが、引っ張られようが、なんとも思わない。むしろ彼らのヤンチャが好ましい。

マイカータの第三王女ゆえに、王国各地の施設を視察して回ることも公務に含まれるヴァネッシアだが、この神殿を訪問するのはいつも楽しい。

「皆さん、わたくしが戦地に赴いている間も、良い子にしていましたか？」

「「「はーい！」」」

ヴァネッシアの笑顔の問いかけに、全員が全力で返事をする。

最年長の子らは、十六歳のヴァネッシアとわずか二つ違いだが、比べるとずっと幼く見える。

やはり幼少時より帝王学を叩《たた》きこまれ、全人族を代表する聖女として重責を担うヴァネッシアの方が、何回りも大人びているのは当然のこと。

半ばあやすように生徒らの相手をし、一人一人の名をしっかり呼んでは、近況を訊《たず》ねる。

「ロミオは最近、どうしていましたか？」

「あのね、あのね、ヴァネッシア様！　ボクね、今日の朝、とってもイイことをしたの！」

まだ七歳の男の子が頰《ほお》を真《ま》っ赤《か》にして、誇らしげに報告する。

「まあ、素敵ですね。それでロミオはどんな善行を積んだのですか？」

「ボクのお父さんがね、公園にある天帝様の像にソソウをしたの！　よっぱらってツバを吐いて、笑いながらオシッコまでかけたの！　だからボクね、シサイ様に悪い人がいますってホウコクしたんだよ、えっへん！」

「まあ！　まあまあまあ！　ロミオはまだ幼いのに、なんて立派な子なんでしょう！　天帝はきっとあなたの正義を見ていらっしゃいますよ。きっと死後は天国にお迎えくださいますよ」

ヴァネッシアは感極まると、ロミオ少年を抱きしめて頰ずりした。

折りよく、裏庭に騒がしい一団がやってくる。

縛られた件《くだん》のロミオの父親と、ひっ捕らえた神官戦士の一団だ。ヴァネッシアと子どもたちが見守る中、暴れる父親を神官戦士が手慣れた様子で、庭木に括《くく》りつけていく。

「さあ、生徒諸君！　天にツバしたこの背教者に、石を投げて誅したまえ！」

神官戦士の呼びかけに、生徒たちがわっと歓声を上げて走っていく。

皆が手に手に石をひろっては、ロミオの父親へ向けて全力で投じる。

父親はたちまち凄惨《せいさん》な悲鳴を上げ、全身血まみれになっていく。

が、子どもたちは石を投げる手を緩めない。誰よりも率先して投げているのはロミオだった。

その人として在るべき正しい姿を、ヴァネッシアは感動しながら眺めていた。

「素晴らしい光景ですわ！　この神殿の教育が天帝の御心《みこころ》に適うものだという、これ以上にない証明です！　嗚呼《ああ》、嗚呼、マイカータの未来は本当に明るい！」

「他ならぬ〝小ラタル〟様にそう認めていただけるとは、我らも聖職者冥利《みょうり》に尽きますな」

後からやってきた神殿の長――大司教の地位にある老人が、諂《へつら》い笑いを浮かべた。

ヴァネッシアが第三王女だから、その身分に対して媚《こ》びているわけでは決してない。

孫と変わらぬ年端《としは》だろう小娘へ向けられた彼の目には、はっきりとした畏《おそ》れの色があった。

実はこの神殿、以前は聖職者たちによる腐敗と悪徳の温床となっていた。

例えば、孤児を集めて養うというお題目の裏で、その孤児たちを己《おのれ》らの慰み者にしたり、果ては客まで取らせるという始末。

初めて視察に訪れたヴァネッシアは、それら隠匿《いんとく》された堕落ぶりに勘づき、持ち前の正義感のままに激怒した。天帝の教えに従って、腐敗した聖職者どもを誅滅《ちゆうめつ》しようとした。

だが、最初は上手《うま》くいかなかった。

父王に訴え、騎士団を動員しようと画策したのだが、どうにも腰が重い。

信仰を背景に民意をつかむ天帝教と、事を構えるのは得策ではない。そう逆に諭《さと》される始末。

ならばとヴァネッシアは、その民意の方を動かすことにした。

神殿の悪事の限りを巷間《こうかん》にて高らかに訴え、天賦《てんぷ》のカリスマとアジテート能力で王都市民の義憤を煽《あお》り、暴動を起こさせると、そのまま万単位の人々を先導して神殿へ雪崩《なだ》れ込み、時の大司教以下を吊《つ》るし、火炙《ひあぶ》りに処したのだ。

ヴァネッシアがわずか十一歳の時の話である。

と――その事件の顛末《てんまつ》は、隣町から抜擢《ばつてき》されたこの大司教も聞き知っているだろう。

だからこそ、ヴァネッシアの「苛烈《かれつ》なまでの聖女ぶり」を畏れているのだ。

自らも火炙りにされぬよう、天帝の教えに忠実に、敬虔《けいけん》に神殿を運営しているのだ。

老人はご機嫌《きげん》取りの猫撫《な》で声になって、

「ただ頭脳が優れている。ただ学問に秀でている。と、それだけでは立派な人物にはなれませぬ。これからも子どもたちには、正義と道徳のなんたるかを徹底的に教育してゆくつもりです」

「まあ！　素晴らしいお心がけですわ、大司教様」

ヴァネッシアも大いに感心してうなずいた。

その間にも、子どもたちの投石は続く。

彼らの力は弱いために、ロミオの父親は一思いに死ねない。それだけ苦難と試練が長く続く。

ヴァネッシアは父親の苦悶《くもん》と絶叫を見物しながら、久々に会う大司教と世間話を交わす。

ふと、一人の生徒が目に留まった。十歳くらいの女の子だ。

「如何《いかが》なされました、〝小ラタル〟様？」

「あの子だけ、ちゃんと石を投げていません。ふりだけしています」

「おお……そこに気づかれるとは、さすが……。いやしかし、けしからぬ娘ですな。これは彼女にも厳しい罰が必要でしょう」

「いたいけな子どものすることですよ？　目くじらを立てるものではありませんわ、大司教様」

「おお……さすがは聖女様、なんと慈悲深い……っ」

お追従《ついしょう》に忙しい大司教をその場に、ヴァネッシアはしずしずと件の少女の元へと向かう。

「何も問題はありませんわ。このわたくしが正しい石の投げ方を、手取り足取りあの子に教えて参りますから♥」

愚かな背教者に天誅《てんちゅう》が下された後、ヴァネッシアは貴賓室《きひんしつ》に通され、大司教と茶を嗜《たしな》んだ。

話題は主に、クラール砦《とりで》での敗戦のこと。

「なんと……魔王と七大魔将とは、それほどまでに凶悪な化物だったと仰《おっしゃ》るのですか……？」

「ええ。わたくしもまさかここまでとは、予想だにしておりませんでした」

話を聞いて恐れおののく大司教に、ヴァネッシアは深刻な顔で首肯した。

「先代魔王はわたくしたち人族との戦において、決して自身は前線には立たず、また魔将たちにも指揮を執らせませんでした」

「その通りです。ゆえにこの千年間、魔王と魔将たちの記録は一切《いっさい》残っておりません」

「それ以前の時代には戦場に現れたようですが、残されている記録はどれもこれも荒唐無稽《こうとうむけい》で、史書にありがちな箔《はく》付けのための誇張・歪曲《わいきょく》表現だと思っていたのですが……」

「どうやら全ては、事実だったということですな……」

「ええ。この千年間、人族が戦っていたのは、魔王軍の雑兵ばかりだったということです。先代魔王に侮《あなど》られ、遊ばれていたようです」

「彼奴《きやつ》らとすれば同じ戦うでも、天帝の御使《みつか》いを相手に専念する、あるいは主力を温存しておきたかったということでしょうかなあ」

「その公算が高いですね」

二人で推論を交わし、暗澹《あんたん》たる結論に深いため息をつく。

特に大司教は、せっかくの紅茶も口につける気にならないのか、冷めていくばかり。

「しかも聖女様のお話では、当代の魔王であるケンゴーは七大魔将を惜しみなく使い、全力で我らを叩き潰《つぶ》すつもりであると……？」

「彼は恐らく、魔王にあるまじき臆病者なのだと思います」

ケンゴーとの会見を思い返しながら、ヴァネッシアは忌憚《きたん》なく語った。

そんなまさかと大司教はにわかに信じなかったが、ヴァネッシアには中《あた》らずと雖《いえど》も遠からずであろう感触があった。己の洞察力に自信があった。

魔王ケンゴーは戦争を厭《いと》う。恐れている。

ゆえに講和と不可侵条約を求めてきた。

ヴァネッシアがそれを突っぱねると、まるで怒るでも報復するでもなく、将兵ともども解放した。穏便に穏便に事を運んだ。

まったく魔王とは思えぬ軟弱ぶりだ。

だが臆病者であるからこそ、いざ戦となればなりふり構わないだろう。

今後も配下の魔将たちを前線に投じてくるだろう。

「……勝てるのでしょうか、我ら人族は」

大司教が言った。声にはすがるような色が混ざっていた。天帝が御使いを派遣してはくれぬものかと、虫のいい期待をしているのだろう。

「天帝に救済を求める、そのお気持ちはわかります。しかし、天は自ら助くる者を助くとも言います。わたくしたちにはわたくしたちのできる努力を尽くすべきですわ」

ヴァネッシアは答えた。老人の臆病は咎めず、ただやんわりと窘める。

「そして、わたくしには考えがあります」

「おお……っ！　そ、それはどのような？」

大司教が声を弾《はず》ませた。真に頼れるは、遠くの天帝より近くの聖女とばかり、〝白の乙女《おとめ》〟に向ける期待は、先ほどのものよりはっきりしていた。

神殿の長をしてこの信心の足りなさかと、これにはヴァネッシアはがっかりさせられる。今後はもっと厳しく監督していかねばと、決意を新たにさせられる。

嘆息しながら、だいぶんぬるくなったカップに一口つけ、それから質問に答える。

「勇者を招聘するのです」

聞いた大司教が、たちまち形相を歪《ゆが》めた。

「い、い、い、い、い、い」

ヴァネッシアは対照的に澄まし顔になって、

「賛同できないというご様子ですね、大司教様？」

「……正直に申せば、彼奴らと手を組むのは反対です」

「しかし、彼らの実力は並々ならぬものがありますよ？」

ヴァネッシアは澄まし顔のまま主張を続ける。

人界に遍《あまね》く言い伝えによれば――

遥《はる》かな太古、天帝が魔王を誅罰《ちゆうばつ》するため、人型の生体兵器を創造し給うた。

それが〝最初にして最強の勇者〟と呼ばれた超人類である。

また今日《こんにち》、人々が「勇者」と呼ぶ者たちは、その末裔《まつえい》である。

ただし、勇者の血を引く全員が、勇者として生まれてくるわけではない。ごく低い確率で先祖返りを起こし、始祖の力の何割か――当然、個人差がある――を獲得した者だけが、超人の領域に至るという。

驚異的なことに歴代の魔王の幾名かは、始祖やその末裔に討たれているというのだから、彼らの実力は本物であろう。言ってしまえば軍隊より遥かに強い。

「――それは無論、私も承知しております。勇者の『実力』を疑ってなどおりませぬ」

「疑っているのは彼らの『人格』の方だと……大司教様はそう仰りたいのですね？」

「その通りですっ」

普段、ヴァネッシアには決して楯突こうとはしないこの老人が、強固に主張した。

それくらい勇者という連中は、実は権力者にとって目障《めざわ》りな存在なのである。

「彼奴らは自らの力に溺《おぼ》れ、傲慢《ごうまん》で、法律を遵守《じゅんしゅ》しないアウトローどもです！　あまつさえ、国王陛下や法王猊下《げいか》の勅命ですら平気で無視するというのですから、始末に悪い！　その無法と驕慢《きょうまん》を罰しようにも、誰にも太刀《たち》打ちできない以上は、報いをくれてやるのも不可能なのですからな。あげく民の中には蒙昧《もうまい》にも、愚衆どもを管理してやっている我ら教団や王侯貴族を敬わず、幼稚で身勝手な正義ごっこをしているだけの勇者の方をありがたがる風潮さえあって、まったく社会秩序のなんたるかを理解しておらぬこと甚《はなは》だしいかと‼」

大声で一気にまくし立て、ゼィゼィと肩で息をする大司教。

昔、いずれかの勇者との間にトラブルでもあったのかもしれない。

まあ、ヴァネッシアも概ねこの老人の意見に賛成なのだが、

「世の中には何事にも、例外というものが存在します」

依然として澄まし顔のまま反論した。

「大司教様は、〝赤の勇者〟と呼ばれる人物を、ご存知でしょうか？」

「ううむ、浅学寡聞《かぶん》の身で申し訳ありませぬ」

首を左右にする大司教に、ヴァネッシアはかいつまんで説明した。

確かに勇者という傲岸不遜《ごうがんふそん》なアウトローに、助力を求めるなど言語道断であろう。

最後の手段にもほどがあるだろう。

しかし一言に勇者と言っても、いろいろな者がいるに違いない。

探せば中には素晴らしい人物もいるかもしれない。

クラール砦から遠路マイカータへと退却するすがら、ヴァネッシアは考えた。

道中、馬車から指示を出して、多くの勇者の情報を集め、素行調査をさせた。

そして、白羽の矢を立てたのが――〝赤の勇者〟アレスという青年だった。

多くの勇者は欲の皮が突っ張っており、その強大な力を貸し与えるに当たって、宝物だの美女だの何がしかの特権だのと、法外な対価を求める。

自然、彼らは王侯貴族や豪商の依頼ばかりを受けることとなる。逆に、寒村が財貨をかき集めて勇者の助力を願ったはいいが、破産して結局は心中することになったという笑えない笑い話《ブラックジョーク》さえ存在する。

だが、〝赤の勇者〟は決して対価を欲しないのだという。

助けを求めたくても求められない貧しい人々や、国からも見放されたような辺境の村々に、自ら率先して手を差し伸べ、西に怖ろしい魔物が出れば退治し、東に山賊団の襲撃を受けた村があれば守るという旅を続けているのだとか。他の勇者たちにドサ回りと蔑《さげす》まれ、ドブ攫《さら》いと笑われても、まるで気にせず自らの正義を貫いているのだとか。

「おお……勇者の中にも、そんな高潔な御仁が……っ」

「ええ。〝赤の勇者〟アレスなれば、必ずや人族全てのために戦ってくれます。先代魔王よりも遥かに危険なケンゴーをただちに討たねば、人界に未来はないと理解してくれます」

「なるほど……なるほどですぞ、〝小ラタル〟様」

大司教も得心がいったのか、大いにうなずいた。

「ではその〝赤の勇者〟殿の居場所を突き止め、招聘《しょうへい》すべく、ただちに行動を起こすべきかと」

「もうしております」

最後まで澄まし顔のまま、ヴァネッシアは答えた。

唖然呆然《あぜんぼうぜん》となった大司教の正面で、楚々《そそ》とカップを傾けた。

クラール砦からマイカータまでの帰路が約二週間。

王都に戻ってから今日まで約一週間。

ヴァネッシアの決断力と行動力は人後に落ちない。また幼少時に比べれば、信用できる直属の部下や彼女を信奉する団体も増えている。

それだけの時間があれば、アレスの行方《ゆくえ》を探させ、王都に招くくらいのことは造作もない。

実際、ヴァネッシア自身も昨日のうちに〝赤の勇者〟と接触をすませている。一つ肩の荷が下りたからこそ、子どもたちに会いに神殿へ訪れる気になれたというわけだ。

ただし、アレスもさすがは一廉《ひとかど》の英傑《えいけつ》であり、ただのお人好しなどでは決してなくて、トントン拍子に話が進んだわけではなかった。

そう、こんなひと悶着《もんちゃく》があって――

ヴァネッシアの住まいは、王城の一角に離宮を与えられている。

王族でも重要人物たちが代々使ってきた、由緒ある屋敷だ。

外観内装ともに華美にすぎ、奢侈《しゃし》にすぎるのが、天帝の清貧の教えに背いているのだが、質素に造り直せというのもまた莫大《ばくだい》に金がかかるので、ヴァネッシアも我慢している。

この日の昼過ぎ、執務室で、全国から集まる慰問の要望書に目を通していた時のことだ。

「勇者が王都入りしたっすよー、姫サン」

はすっぱな口調の侍女が、だらけた態度でやってきた。

事情を知らない者が見れば、聞けば、「これが本当に王女付きの侍女か」と仰天するだろう。

が、ヴァネッシアはこの一つ年上の侍女の、あらゆる無作法を赦《ゆる》している。

「出迎えご苦労様です、クロエ。それでアレス様はいつこちらへおいでくださると?」

「やー、それが断られましたわー」

クロエと呼んだその不調法な侍女は、立てた手をぱたぱたと振った。

「でも、アレス様はお招きに応じてくださったのでしょう?」

「それがー、よく話を聞いたら、食い違いがあったみたいなんすよー」

クロエは頭をゴリゴリかきながら、簡潔明瞭に説明を始めた。

曰《いわ》く――

勇者には三人の仲間（全員女性）がいる。弱者を助けるためとはいえ、このところ働きづめだったので、彼女らに休暇を与えたい。だから観光がてら、マイカータ王都まではやってきた。しかし、ヴァネッシアの招聘に応じるつもりは最初からない。ましてお城なんて、見るのも近づくのも真っ平御免《ごめん》である。

「なんでー、どうしても会いたいなら、姫サンの方から来いって言ってるんすよー。不敬っすよー。打ち首にすべきっすよー」

「なるほど、事情はわかりましたわ」

最後、侍女の悪い冗談は聞き流し、ヴァネッシアは首肯した。

彼女はこのクロエという娘に、全幅の信頼を置いている。

確かに礼儀作法も口の利《き》き方もなっていない。しかし、それは育ちが悪かったせいで、クロエ自身に全責任があるとは言い難かった。

クロエは孤児である。幼い時分に親を亡くし、王都の神殿に引き取られ——そこで例の司祭どもの慰み者になり、客をとらされていた。

ヴァネッシアが腐敗した聖職者どもを一掃した時、被害者の孤児たちにはそれぞれ里親を見つけてやったのだが、このクロエだけは自分に恩返しする、仕えると言って聞かなかった。

苛烈な聖女ぶりを発揮したヴァネッシアに、惚《ほ》れ込んでしまったらしい。

ヴァネッシアの方でも孤児のクロエを憐れんで、傍《そば》に置くことにしたのだが、これがなんと目を瞠《みは》るほどの掘り出し物だった。

まず記憶力が尋常ではなく、算学を教えれば化物じみて数字に強かった。しかも何より機転が利く。同性だし、たちまちヴァネッシアの懐刀《ふところがたな》となってくれたわけである。

そのクロエが勇者を出迎えに行き、無理でしたと帰ってきたのだ。他の誰にだって勇者を説得できるとは思えない。

「でしたら、わたくしの方からアレス様の元へ参りますわ」

「さすが姫サン、フットワーク軽いっすねー。普通のお貴族サマなら、ありえねーっすよー」

「あの危険な魔王を討つためですもの。骨は惜しみませんし、体面などどうでもよいですわ」

「姫サンのそゆとこ、あーし好きっすよー」

執務机を乗り越えて、犬みたいにじゃれついてくるクロエに、苦笑いをさせられる。


ともあれ、ヴァネッシアはクロエを連れて、城下町を訪れた。

わざと汚したフード付きのコートで素顔を隠し、身をやつす。

アレス一行は場末の宿に部屋をとったらしい。対価を受け取らずに人助けの旅をしているという〝赤の勇者〟だ、金回りは決してよくないということだろう。

しかしその清貧さが、ヴァネッシアには好ましい。

酒場を兼ねる宿の一階を訪れると、目的の青年が三人の仲間たちと丸テーブルを囲んでいた。

中肉中背の、頼りなさげな男だった。

顔も甘いマスクというよりは童顔。二十二歳と聞いたが、だいぶ若く見える。

しかし、彼こそが〝赤の勇者〟アレスだと、ヴァネッシアは見誤らなかった。

悪徳や欲望を断ち切り、善き行いを続けている者特有の気配、生まれの良さや帝王学などでは決して身につかない「本物の高貴さ」が、そこはかとなく漂っているからだ。

ヴァネッシアは人の見る目が肥えているから、それがわかった。

「失礼いたします、〝赤の勇者〟アレス様」

と、迷わず彼のテーブルへと向かう。

店は三分入り、周りの客に配慮して、声を落として話しかける。

いったい何者かと、彼の仲間たちは困惑していたが、

「まさか本当に御自らいらっしゃるとは……」

と、アレスだけは軽く驚いていた。

つまりは彼もまた、フードをかぶったまま、まだ名乗ってもいないヴァネッシアのことを、第三王女その人だと見誤らなかったのだ。

「よく本人だとお気づきになりましたわね。身代わりをよこしたかもしれませんのに」

「旅する最中、多くの人々と出会ってきました。富める者も、貧しき者も。善き人も、悪しき人も。本当にたくさん」

だから人を見る目は肥えている、と。

なるほど同類かと、ヴァネッシアも得心がいく。

「お話をさせていただいても、よろしいかしら？」

「呼びつけてしまったのは僕の方です。あなたが気概を見せてくださったのに、僕が約束を違《たが》えるでは格好つきません」

アレスは渋い顔をしつつも席を勧めてくれた。

ヴァネッシアは輪に交ざる。とはいえ、同行したクロエは背後に立って大人しくしているし、勇者の仲間たちも交渉はリーダーに任せるという態度。

そして、アレスの方から話を切り出した。

「僕に当代の魔王を討って欲しいと、そういうお話でしたね？」

前置き抜き、ヴァネッシアはお忍びだし、アレスらは休暇中だし、手短にすませたいのはお互い様ということだろう。

「ええ、そうですわ。あなたは人々を助けるため、旅を続けておられると耳にしました。ならばこれも世界を救うため、翻《ひるがえ》っては弱き者たち、貧しき者たちを助けるため、どうか引き受けてくださらないでしょうか？」

「申し訳ありませんが、お断りします」

「理由をお聞かせ願っても？」

まさか臆病風とは思えない。会ってますます確信した。そんな小人物に決して見えない。

「あなたならば、僕じゃなくてももっと実績のある勇者を、いくらでも雇えるでしょう？　そうなさっては如何ですか？」

アレスは質問に質問で返してきた。

その非礼を咎めず、ヴァネッシアは真摯《しんし》に答える。

「いくら強い勇者でも、報酬でしか動かない方々は信用なりません。いざ窮地に陥《おちい》った時、我が身可愛《かわい》さに逃げ出してしまうのがオチでしょう。そして相手は魔王なのですから、楽に勝てるわけがありません」

「なるほど、その心情は理解できます」

「でしたら――」

「同様に、僕は王侯貴族という方々を、どうも信用できないのです。我が身可愛さというならば、あなた方ほど身勝手な存在はいません。世に貧者や弱者があふれ返ろうとも、知らんぷりで自らだけ肥え太る」

ヴァネッシアの最初の問いに、アレスは答えた。淡々と語った。

口調に皮肉や批難の色は全くなかった。批判することにも疲れ果て、諦《あきら》めきっていた。

「ちょっと！　ウチの姫サンはそんじょそこらの奴《やつ》らとは違――」

「おやめなさい、クロエ」

口を挟もうとした忠実な侍女に、ヴァネッシアは感謝しつつも黙らせる。

アレスに話の先を促し、アレスも乾《かわ》ききった口調のまま続ける。

「あなた方は自分を救う権力も財力もたっぷりお持ちだ。ですから、僕が助力する必要はどこにもないでしょう。僕は、僕にしか救えない人々のためだけに戦います。お引き取りください」

良く言えば柔らかい、悪く言えば頼りなげな笑顔のまま、言葉の内容は断固として。

しかし、ヴァネッシアはますます好感を覚えずにいられなかった。

この男こそ、信用に足る正真の勇者だと確信した。

「アレス様のお話、よく理解いたしました」

ヴァネッシアは席を立つ。

だが、すごすご逃げ帰るためではない。その場でフードを下ろして、素顔をさらす。

たちまち店内がざわついた。ヴァネッシアの美貌《びぼう》はただ容色が整っているというだけではなく、こんな場末の宿には似つかわしくないほどに尊貴な輝きを放っているからだ。たとえ彼女の正体を知らずとも、目を惹《ひ》いてやまないからだ。

客（大半は男）の無遠慮な視線など意にも介さず、アレスの瞳《ひとみ》だけを見て、ヴァネッシアは声高らかに宣言する。

「もしあなたが魔王を討ってくださった暁には、金貨十万枚を毎年、この命尽きるその時までお支払いいたします。わたくしにとっても決して容易《たやす》い額ではありませんが、必ずや――天帝と父祖とヴァネッシア・サン＝ラタル・カレイデーザの名に誓って！」

聞いて、さしものアレスも不愉快げに形相を歪める。

「僕の話をちゃんと聞いておられましたか？　いくら大金を積まれようと――」

「聞いておりましたわ！　ですから、お支払いするのはあなたにではございません。貧しき者たちに！　力なき人々に！　わたくしの目に届く限りに行き渡らせてみせます！」

聞いて、アレスの形相がまた変わった。

まず驚きに目を見開き、次いで王女の宣言を吟味《ぎんみ》するように目が据わっていき、最後にヴァネッシアを見る目ががらりと違うものになった。

これまでになかった確かな敬意が、アレスの双眸《そうぼう》に浮かんでいたのだ。

「数々の無礼、お許しください。ヴァネッシア姫」

アレスも立ち上がると、握手を求めてきた。

すぐにヴァネッシアが応じる。


〝白の乙女〟と〝赤の勇者〟が、ともに手を携えた瞬間だった。


「魔王ケンゴーを討つための援助は惜しみません。なんでも仰ってください」

「ええ。その話し合いはこれからするとして、先に片づけなければなりません」

「と、仰いますと?」

ヴァネッシアが小首を傾《かし》げると、アレスは答える代わりに振り返ってみせた。

すわ何事かと、ヴァネッシアもそちらへ視線をやる。

そして、ぎょっとなる。

酒場の一番奥を陣取るように、テーブルに着いた五人組――

如何《いか》にもゴロツキといった風情《ふぜい》の男どもが、こちらをじっと見つめていたのだ。

渦巻く瘴気で、ドス黒く濁った目で!

『ヒヒヒ……〝赤の勇者〟の隙《すき》を窺《うかが》い、後をつけてみれば』

『まさか聖女様まで釣れるとはなァ』

『ギギギ……ともども首級を持ち帰るぞ。マモ代《よ》様への手土産だ』

気味の悪い声で大笑いするゴロツキども。まるで普通の様子でない。これでもかと開かれたその口から――いきなり――長く太いモノが飛び出した。

大蛇だ。

尾は宿主の胃の中に根を張ったような格好のまま、ゴロツキどもの口から伸び出た長い胴の先をくねらせ、また鎌首をもたげてヴァネッシアたちを威嚇《いかく》する。

「な、なんすか、あれー!?」

驚きと恐怖でクロエが叫んだ。

「『強欲』の魔将直下の魔族たちだよ！」

「聞いたことがありませんか？　勇者の皆様を狙《ねら》って、人界のあちこちに潜んでいるんですっ」

「しかもこいつら、上級に分類される魔族だな。この瘴気《しょうき》の量、この圧力、尋常じゃない」

アレスに遅れて気づいたパーティーメンバーたちも、咄嗟《とっさ》に前に出る。壁になってヴァネッシアとクロエを守ってくれる。

しかし、百戦錬磨のはずの彼女らが、ひどく緊張している様子がその背中から伝わる。この大蛇の姿をした魔族が、恐るべき強敵ということであろう。

まして店内はもうパニックだ。

客たちはおろか店主や従業員たちすら我先に、こけつまろびつ逃げ出していく。

初めて魔族を目の当《まあ》たりにしたクロエも、腰を抜かしていた。

ヴァネッシアは持ち前の胆力で、どうにか気丈に振る舞っているものの、この場を切り抜ける暴力は有していない。

そんな喧騒《けんそう》の中――一人、アレスだけが落ち着き払っていた。

顔つきまですっかり変わっている。どこか甘さの抜けない童顔から、その甘さが抜け落ちた。

そして、静かに右手を掲げる。

ヴァネッシアは瞠目《どうもく》させられた。

掲げたアレスの右手が、火の粉にも似た真っ赤な燐光《りんこう》を、ゆらりとまとう。

最初は静かに。徐々に激しく！
もはや炎もかくやに烈《はげ》しく揺れ躍る赤燐光《せきりんこう》。
「はぁっ！」
気合一閃《いっせん》、アレスは右掌《みぎてのひら》から赤光を解き放つ。
それはド派手な閃光《せんこう》となって拡散すると、辺り一面真っ赤に塗り潰した。
ただし刹那《せつな》のことだ。
一瞬後には光は消え失せ、酒場は元の変哲のない姿を取り戻す。
壁や柱、どこにも傷などついていない。
ただゴロツキどもが、バタバタと倒れていた。
その口から伸び出ていた蛇型の魔族だけが、綺麗《きれい》さっぱり消滅していた。
宿主の体の方には、やはり外傷一つついていない。
「うっ……そー……」
とクロエがへたり込んだまま、愕然《がくぜん》となって呟《つぶや》く。
無理もないと、ヴァネッシアも恐れ入る。
なんと、あっけないほどの決着。
いや、こんなものは戦いのていをなしていない。勝った負けたの次元ではない。
凶悪な魔族を一方的に、圧倒的に、秒殺した〝赤の勇者〟の実力。

ヴァネッシアは呆気《あっけ》にとられたまま訊ねる。

「今のは魔法ではなく、天帝より受け継いだ御力ですね？」

「はい。勇者のみが使える力――だそうです」

振り返ったアレスはもう、元の頼りなげな顔つきに戻っていた。

どこにでもいる青年みたいに、はにかんでいた。


〝最初にして最強の勇者〟の体には、天帝《かみ》の血が一滴、流れていたのだという。

ゆえにかの始祖は、天帝自身が持つはずの「破邪の力《〝ザ・パワー〟》」を有していた。

ゆえにアレスら彼の裔《すえ》たちにも、一滴がさらに薄まれりとて天帝の血が流れている。

「破邪の力」が受け継がれている。

先ほど用いた、烈火にも似た赤き閃光がそれ。

力の在り方は〝勇者〟一人一人が異なるのだが、〝赤の勇者《アレス》〟が有しているのは邪を祓《はら》い、魔を灼《や》き浄《きよ》める、「神威の炎《〝ザ・フレイム〟》」。

酒場を燃やすことなく、ゴロツキたちを傷つけなかったのも当然のこと。

魔族どもの邪悪な魂のみを焼き払い、穢《けが》れた肉体ごと消し飛ばしたというわけだ。

「おお、勇者よ――汝は天帝が地上に遣わされし、希望の光なり」

ヴァネッシアは古い聖典の一節を暗誦する。

そうしてアレスの前にひざまずいて、頭《こうべ》を垂れる。

「姫サン⁉」

「頭をお上げください、ヴァネッシア姫っ」

慌《あわ》てた様子のクロエとアレスに、しかしヴァネッシアは面《おもて》を下げたままかぶりを振った。

「どうか、好きにさせてくださいませ。わたくしは今、感動しているのです。遥かな昔、天帝が地上に遣わし給うた慈悲を、奇跡の御力を目の当たりにし、心奮《ふる》えずにいられないのです。嗚呼、アレス様！　あなたが必ずや魔王ケンゴーを討ち滅ぼすこと、わたくしは信じて疑いませんわ。ええ、この胸にある天帝への崇拝《すうはい》の念と、等しく――」

†

夢を見ていた。

前世の――乾健剛《いぬいけんごう》だった時の忌《い》まわしい記憶が、悪夢という形で蘇《よみがえ》っていた。

またた。いつもこうだ。

まだ中三だった自分が、思いきり膝《ひざ》を抱え、これでもかと背中を丸め、小さくなる。

身を縮めているというよりは、このまま自分だけの世界に閉じこもりたい気分だったのだ。

唇をアヒルのように尖《とが》らせ、悔し涙をボロボロ流す。

頬には大きな青痣《あおあざ》。実の父親にぶん殴られた痕《あと》。

リビングの大きなテレビで、美少女だらけのゆるいアニメを視聴していたところを見つかって、「女々《めめ》しやつめ」という前時代的且《か》つ差別的な罵声《ばせい》とともに一発もらったのだ。

せっかく借りてきた円盤も叩き割られた。

父親は大きな組の若頭《わかがしら》で、滅多に家に帰ってこない男だから、油断していた。

思い返すたび、腹立たしい気持ちがふつふつと煮え立つ。

でも自分はヘタレチキンだから、８９３の父親に抗議をするだとか、弁償を要求するだとか、そんな真似《まね》は恐くてできない。いじけて、どこまでも膝を抱えて小さくなるだけ。


「ハハッ。災難だったなあ、健剛」


せせら笑われた。そんな自分の情けない姿を。

相手は、膝を抱えた健剛のすぐ近くにいた。

背中を向け、ダンベルで体を鍛える、同い歳《どし》の少年。

「だから言ってるだろう？　男なら最低限の力をつけろよ。別にケンカをしろってんじゃないさ。『こいつを殴ったら面倒なことになる』と、そう相手に思わせるだけでいいんだよ」

キツいはずのトレーニングを休まず続けながら、平気で軽口を叩いてくる。

健剛は唇を尖らせたまま、不貞腐れて口答えする。

「要らないよ。そっちこそさあ、そんなに鍛えてどうするの？　まだ強くなって、いったい誰と戦うわけ？」

「言うまでもない。いつか現れるかもしれない、もっと強い相手に勝つためだよ」

背中を向けたまま、彼は不敵なまでに呵々大笑《かかたいしょう》した。

かと思えばトレーニングを中断し、

「ほらよ。いいからオレの忠告は聞いとけ。損はさせんぜ？」

こちらを振り向きもせず、正確に投げてよこしてきた。

いいいい、いいいい、い、
三十キログラムのダンベルを。

健剛の口から「ヒッ」とか細い悲鳴が漏《も》れる。

これを咄嗟にキャッチする動体視力も、受け止める筋力も、自分には備わっていなかった。

結果、凶器以外の何物でもないダンベルが、恐怖で仰《の》け反《ぞ》った健剛の膝頭に、運悪く――

「神様ああああ、俺《おれ》、何か悪いことしましたかああああああああ⁉」

絶叫とともにはね起きた。

全身は脂汗《あぶらあせ》まみれ、心臓は早鐘《はやがね》のように鳴りっ放し。
魔王城の最上階にある無駄に広いケンゴーの寝室。ウルトラキングサイズベッドの上。
(夢で……よかった……っ)
ケンゴーは肺の中の空気を搾り出すように安堵《あんど》する。
夢見が悪いのはいつものことだが、心臓に悪いからホントやめて欲しい。
そんな風に内心ブツクサ言っていると――
「おはようございます、陛下♥」
「ひどく魘《うな》されていらっしゃいましたから、心配しましたわ♥」
「へーいか♥」
と、三方から甘い声がかかった。
魔王ケンゴーの朝は、城付の女官たちに揺り起こされることから始まる。
「色欲」の魔将がいつの間にか半裸でもぐり込んでいたなどと、例外中の例外である。
この日は、三人の女官たちが起こしに来てくれたようだ。
皆が恭《うやうや》しい手つきで、顔の寝汗を拭《ぬぐ》ってくれる。
魔族という連中は美男美女か、逆に完全にバケモノじみた容貌《ようぼう》かと、両極端。
城付の女官たちは全員、美女ぞろいだった。ケンゴーが頼んだわけでもないのに。
しかも全員、メイドさん姿だった。ケンゴーの趣味を見抜いたように。

「う、うむ。苦しゅうないぞよ」

ケンゴーはちょっと気後《きおく》れしながらも、魔王ぶって挨拶《あいさつ》する。

別にここからエロゲみたいなご奉仕が始まるわけではない（望んだら始まるだろうけど）。

でも、未《いま》だに慣れなかった。

目覚まし時計ならぬ「目覚まし美女♥」は、自分には刺激が強すぎた。

ベッドを抜け出し、寝巻から着替える。

これも女官たちが三人がかりで、甲斐甲斐《かいがい》しく手伝ってくれる。

正直、着替えくらい自分一人でやった方が気が楽なのだが、そういうわけにもいかない。

王たる者が自分でなんでもかんでもやってしまうことは、「臣下を信用していない」ということにつながってしまう。ましてそれが雑事ともなると、魔王としての風格や権威が揺らぎ、引いてはクーデターを招くことになりかねない。

「俺もう子どもじゃないんだけど⁉」とか「裸見られるの恥ずかしいんだけど⁉」と内心思っていても我慢、我慢。

「ガエネロン染めのお召し物が、陛下の精悍《せいかん》なご尊顔に大変お似合いですわ♥」

「こちらはグレモリー公爵夫人の献上品でして、なんでも失恋の悲嘆に暮れるあまり身を投げた処女百人分の髪を使わなくては、この見事な**邪黒色**は出ないのですとか♥」

「惚れ直しちゃいますぅ、へーいか♥」

「お、おう、そうだな。そなたらの見立てなら間違いないな」

なんちゅうもんで染めとるんじゃと内心ドン引きしていても、口に出すわけにはいかない。

他者から見れば、朝っぱらから美人のメイドさんたちとベタベタ、イチャイチャしているようにしか見えないだろう。しかし、そんな甘々シチュエーションを持て余してしまうヘタレなのが、ケンゴーがケンゴーたる所以《ゆえん》だった。

着替えが終わると、

「すぐに朝食になさいますか、陛下♥」

「う、うむ。しかし、家畜のエサやりが先だ」

「では私どももお供いたしますわ♥」

「へーいか♥」

と、女官たちにまだベタベタされながら、最近できた日課に赴く。

瞬間移動魔法で出かけた先は、クラール砦だ。

ヴァネッシア姫率いる連合軍が退却して、もうすぐ一か月。代わりに魔王軍の一部が駐留するそこで、ケンゴーは新たにペットを飼っていた。

裏門のすぐ内側、広場にごろ寝していたその者たちへ向かって、

「フハハハハハハ！　良い子にしていたか、我が家畜どもよ？　朝のエサの時間である！」

三人の女官を引き連れ、高笑いとともに登場するケンゴー。

すると――

「魔王様！」

「ケンゴー様！」

ごろ寝していた人族の元兵士たちが起き上がり、喜色満面で群がってきた。

約三百人ほどのこの彼らは、故国へ生きて帰ることを望まず、ケンゴーに家畜扱いされると承知で、ここに残ることを選んだ者たちだった。

どうして故郷を捨てたのか？　よくよく聞いてみると惨《むご》い話だった。

彼らの国の王は、民草の人命というものに頓着がなく、「生きては帰るな」「勇猛果敢なる玉砕を以《も》って人界泰平のための礎《いしずえ》になれ」と厳命して、彼らを前線に送り出したという。

ゆえにおめおめ生き恥をさらしたところで、どんな罰を下されるかわかったものではない。最悪、家族にまで類が及ぶかもしれない。だったら家畜の運命でも、ここに残った方がマシだと判断したのだ。誰一人として帰らないことで、全員玉砕を演出したのだ。

悲壮なる覚悟とはこのことである（思わずもらい泣きしそうになった）。

そんな彼らに、ケンゴーは砦詰めの魔族兵たちに命じ、エサを運ばせる。

「さあ食え！　肉汁が滴《したた》るような鶏の串焼きに、焼きあがったばかりの香ばしいパンだ！　魔界では犬でも食わぬ、粗末なエサだがなあ！　クワーーハッハッハ！」

「ああ、ありがてえ……」

「俺ン国じゃ薄い麦粥《むぎがゆ》をさらに牛の乳で薄めて、空腹を誤魔化《ごまか》すのが精一杯だったのに……」

「ククク、まったく浅ましい奴らだ。まるで豚のようにブウブウと貪りおって！」

「とても美味《おい》しいです、魔王様！」

「オラぁこんなウメエ飯を食ったこと、田舎《いなか》じゃあなかっただぁ」

「カカカカ、せいぜいゆっくり喰《く》らうがよい！　朝食の後は、また苦役についてもらうからな？　魔界の森を拓《ひら》き、木を伐《き》り出し、貴様ら自身の村を！　家を建てる重労働だヒャハハァ!!　貴様らはやがてそこで暮らし、そこで死ぬのだから、言うなればこれは貴様らの墓に等しいっ。どうだ～？　自分で自分の墓を作らされる気分は～？　ああ～ん？」

「はい、魔王様！」

「オレたち全力で働きます！」

「ハハハ、奴隷根性の染《し》みついた奴らだ！　まさに余の家畜に相応《ふさわ》しいぃっ。そして昼まで働いた後には、またたっぷりエサと休息をとってもらうからなあ？　覚悟しとけよおぉ？」

「三度、三度のご飯がいただけるなんて、まるでお伽話《とぎばなし》の世界みてえだっ」

「ガキたちに朝夜食わすために、オレとカーチャンは一食で我慢してたのにっ」

「畑仕事で寝る間もないほど働きづめだったのにっ」

「ファファファァ！　貴様らが飢《う》えや過労で斃《たお》れたら、すなわち余の資産が減るということだからな！　そんな真似は許さん！　絶対にだ！　貴様らは生かさず殺さず、余のために永遠に働くのだぁ。しかも最低賃金しか払わんからなぁ？　ファファファファファファ、余はなんと極悪な魔王であろうか！」

「食うものも住むところも与えられて、その上お金までいただけるなんてっ」

「クニの王様もお貴族様も、オレらぁを働かせるばかりで銅貨一枚くれなかったのにっ」

「むしろただでさえ少ない食糧を、税だなんだとむしりとっていくだけだったのにっ」

「お願いします、魔王様！　早く俺たちの国を攻め滅ぼしてください！」

「クニのガキたちやカーチャンも、一緒に家畜にしてくだせぇ！」

「魔王様！」

「ケンゴー様！」

「ハーーーーーーーーーーーーハッハッハ！　なんと度し難い奴らだ！　よりにもよって家族の魂まで魔王に売ろうというのか！　いいだろう、せいぜい高く買ってくれよう！　フハハッ、フハハハハハッッ、フーーハハハハハハハァッッッ！」

「ありがとうごぜえやす、魔王様！」

「ケンゴー様！」

――という具合に、彼らの生活が最低限は保障されるよう監督するケンゴー。

本当はこんなお芝居抜きに接したかったのだが、魔王の体面が邪魔するのだった。

高笑いしすぎて、今朝《けさ》も肺や腹が痛くなるのだった。

周りには女官や魔族兵たちの目があるし、誰かに遠くから見られている気配もあるので、仕方がないのだった。

†

そして実際、遠見の魔法を使って「魔王のエサやり」を見物している者がいた。

誰あろう「怠惰」の魔将、ダンディなM字髭《ひげ》のベル原《はら》である。

魔王城内、ベルフェガリア大公国の郎党のためにあてがわれた一角。

同大公――すなわちベル原専用の居間で、寝椅子《ねいす》に身を横たえる。

とっくに目は覚めているのだが、とにかくこの男は用もないのに起き上がらない。

朝食さえ、赤ん坊のように口まで運んで食べさせてもらう始末。

怠惰だ。

そんなベル原が、

「たかだか家畜のエサやりに毎朝、御自ら足を運ばれるとはな。つくづく変わった魔王陛下だ」

寝転がったまま咀嚼《そしやく》し、ケンゴーのエサやり風景を魔法の目で俯瞰《ふかん》しながら、論評する。

呆《あき》れたような言葉の内容とは裏腹に、口調には強い敬意がにじんでいる。

ベル原は、己の体を動かすことはとにかく億劫《おつくう》な男だが、頭を働かせることは嫌いではなかった。むしろ、知恵を使って如何に楽をするかに情熱を燃やす男だった。

そのベル原が思索に耽《ふけ》り、それから周囲に諮《はか》る。

「我ら魔族に比べ、人族は脆弱《ぜいじゃく》極まりない。にもかかわらず、なぜ我らは長い歳月をかけて未だ、人界を征服するに能《あた》わぬのだろうか？」

「はい、ベル原様。要所要所の大いくさで、憎き天帝の介入があるからです。彼奴めが派遣する天使どもは、我々と戦力において遜色《そんしょく》なき難敵だからです」

耳心地よい女声で答えたのは、ベル原の口へ匙《さじ》を運んでいる骸骨だった。

「それに勇者を自称する突然変異種は、人族といえども端倪《たんげい》すべからざる力を持っております。口の端に上らせるのも畏れ多きことですが……歴代の魔王陛下の幾方もが、この勇者を自称する暗殺者どもに弑《しい》され、大侵攻作戦が頓挫したことも一度や二度ではございませぬ」

また別の骸骨《がいこつ》が、ベル原の頭頂部をマッサージしながら答える。

居間には側仕《そばづか》えのものたちが大勢いたが、皆が例外なくグレータースケルトンだった。

ベル原が得意の死霊魔法《ネクロマンシー》で蘇らせた、強力なアンデッドたちである。

親しい仲のレヴィ山《やま》には、「どうせなら妍《や》けるくらいカワイ子ちゃんを侍《はべ》らせろよ」と何度となく勧められているのだが、ベル原としては股間のモノを滾《たぎ》らせることすら億劫なのだ。

それに自分で蘇生したアンデッドならば、絶対に裏切らないので面倒がないと考えていた。

怠惰だ。

そんなベル原が、

「まさしくその通り。歴代の魔王陛下は人族を侮り、力押しに拘泥《こうでい》していた。しかしそのやり方では、もしかしたら世界征服は成し得ぬのかもしれぬ。否《いな》、その公算が高い」

骸骨たちの答えに大いにうなずき、またかねてからの推論を述べる。

「だがな――」

そして、言葉を続けようとして一旦《いったん》、黙り込む。

遠見の魔法を通じて、今上《きんじょう》魔王の様子を俯瞰する。

家畜のはずの人族に手ずからエサを与え、感謝され、囲まれ、慕われる、その様を。

「ケンゴー様は人界の領土ではなく、人族の心をこそ征服なさろうとしているのかもしれぬ」

口にするとベル原は、その推測が間違いないもののように思えた。

「まったく畏ろしい御方だ。まさに異色の魔王陛下だ。この吾輩《わがはい》をして、まるで底が見えぬ」

ケンゴーへの敬意を新たなものとし、遠見の魔法を打ちきる。

そのままゆっくりと目を閉じる。

思い返せば先代魔王は、ベル原にとって本当に仕え甲斐のない主君だった。

歴代魔王の中でも屈指に好戦的で、しかも直情径行にあった。

策略を好むベル原のことなどは特に疎《うと》んじ、遠ざけた。

ベル原の方でも「怠惰」の魔将の本分を、大いに全うさせてもらうことにした。

つまりは領地に引きこもって出仕せず、先代魔王のためには指一本動かさなかった。

「――比べて今は、本当に楽しい。ケンゴー様のある種、突拍子もない行動は、見ていて興味が尽きぬ。しかも先々どれほどの大業を成し遂げ給うのかと、年甲斐もなくワクワクさせられる。寝ても覚めても夢が見られるというのは、まっことベルフェゴールの本懐よな」

あくび混じりに独白しつつ、腹もくちくなって二度寝を始めるベル原。

兵站《へいたん》の再構築など、侵攻作戦は絶賛準備中だ。大いに惰眠を貪らせてもらう。

無論、魔王ケンゴーのお呼びとあればいつでも、どこでも――この「怠惰」の魔将が――我先にと駆けつける所存であった。

†

家畜のエサやりを終えたケンゴーは、瞬間移動魔法で城へと帰還する。

さすがに腹が減っていた。

一足先に戻らせた、女官たち三人が出迎えてくれて、

「朝食のご準備ができておりますわ、陛下♥」

「ベル乃《の》様がご相伴にあずかりたいとのことですわ、陛下♥」

「へーいか♥」

「ぬ？　あやつも一緒なのか？」

女官たちのお報せに、ケンゴーは聞き返す。

ベル乃というのは、「暴食《ぼうしょく》」を司る魔将のことだ。

本名はベルル……ナントカカントカ・ベルゼブブ三世。

七大魔将の中でも若い方で、サ藤《とう》よりちょっと年上の六十ウン歳。女性。

「どういう風の吹き回しであるか？」

「はい、陛下♥」

「本日より新しい料理人が城に入りましたので、その腕前を確かめたいとの仰《おお》せで♥」

「耳聡《みみざと》いな！」

呆れずにいられなかった。

なにしろ他の魔将たちと違い、「暴食」の魔将は絵に描いたような無駄飯食らい。

御前会議の時も「……お腹空《なかす》いた」しか言わないし、そもそも会議の時だけ仕方なさげに出席する以外、普段はまるで顔を見せてくれないし、それこそベル原よりもよっぽど怠惰なんじゃないのかというのが、出会って半年間の印象なのだ。

ところが食べることとなると、この勤勉さ。

「それはもう、当代のベルゼブブ様ですもの♥」

「そんな奴に食わせるの釈然としねー」

思わず憮然《ぶぜん》となり、素の口調に戻り、ぼやき節になるケンゴー。

もちろん、本気で言ったわけではないのだが――

「ヒィッッッ⁉　ベル乃様にお食事は出せぬと⁉」

「よよよよろしいのですかかかかかかか」

「へーいかっ‼‼⁇⁇」

女官たちがいきなり震え上がり、身を寄せ合って抱き合う。

なにその反応？

「……許せ、冗談である」

「そ、そうでございますよね……♥」

「あまり驚かせないでくださいませ。陛下もお人が悪いですわ……♥」

「へーいか……♥」

女官たちはホッと胸を撫で下ろしつつも、まだ蒼褪《あおざ》め、心なしか震えていた。

なにその反応？

魔王城には用途に合わせて設えられた食堂が、いくつも存在する。

女官たちに先導されて向かったのは、「極悪鳳凰の間《イビルフェニックス》」。

魔王が七大魔将と会食するための、広さはほどほどながら、内装が目も眩《くら》むほど華美絢爛な一室である。

そこにベル乃が先に来て、待っていた。

というか既に食っていた。

長テーブルの、自分の前だけ食材を堆《うずたか》く積み上げ、もぐもぐ咀嚼を続ける。

大柄な体格と童顔がアンバランスな、マニアックな美貌を持つ娘だ。

立てば見上げるような長身だから、比例しておっぱいもズシンと超重量級《ボリューミィ》。

「おはよう、ベル乃」

「……お腹空いた」

「それがおまえの挨拶かよ！　てか食ってるだろ今！　なうで！」

朝っぱらから大声でツッコミさせられる。

でもベル乃はボケーッとした顔で、もぐもぐ咀嚼を続けるのみ。

なんにも頭を使わず、悩むこともなく、毎日食って寝て食って寝て、さぞやすくすく育ったんやろなあ――という偏見を禁じ得ない女なのだ。

「というかだな、余と朝食をともにしたいという話ではなかったのか……？」

「……肯定」

「ではなぜ先に食っているのだ！　せめて待とうよ！　余を！」

「……これ、朝ご飯じゃない」

「じゃあなんなのォ⁉」

ベル乃の前、既に何十枚と積まれた空の皿を指差しまくってツッコむ。

「……朝食の前の軽食」

「これのどこが軽いのだ⁉」

「……朝食本番はこの十倍食べるつもり」

「魔王城《しろ》が破産するわっっっ」

「大丈夫でございます、陛下♥」

「この程度で揺らぐほど、陛下のご資産は微々たるものではございません♥」

「へーいか♥」

「今、冷静な指摘は要らないから！　余もわかって言ってるから！」

ツッコミ対象が増え、ゼィゼィ肩で息をさせられるケンゴー。

「……早く朝ご飯食べよ、陛下。わたし、お腹空いたんだけど」

（やべえツッコミが追いつかねえ）

ガックリと肩を落とすともう諦め、お望み通りに朝食を始めることに。

隣室の厨房から女官たちが運んできて、テキパキと配膳してくれる。

上座に着いたケンゴーの前には、新鮮なサラダや鰆《さわら》のオイル煮《コンフィ》、春キャベツのポタージュスープに焼きたてのパンという、まさに人がましくも理想的な朝の献立が並ぶ。

一方、対面のベル乃の前には、仔牛の丸焼きやカットもされていない食パン一本をはじめとした、魔人めいたドカ食い料理がこれでもか！　と並ぶ。

「なんだかもう見ただけで満腹であるな……」

「……それ食べないならちょうだい、陛下」

「まだ食うのか……」

「……？　それもこれも食べるし、朝食の後の軽食も食べるつもりだけど？」

「おまえ一日何食、食うわけ⁉」

「……陛下は一日に食べてきた食事の数を、数えたことがあるの？」

「あるわ！　フツー誰でもあるわ！」

ツッコミ疲れたせいか、ケンゴーの腹の虫が鳴った。

（おかげで食欲湧《わ》いたわ！　ありがとな！）

憮然顔になりつつ、ナイフとフォークを手にとって動かす。

鰆を切り分け、一口。

しっとりとした白身の食感とともに、鰆の繊細な味わいとクルミ油の後味が広がる。

一言、美味《うま》い。

もきゅ
もきゅっ
もきゅ
もきゅ
もきゅ
もきゅ
もきゅ
もきゅ
もきゅ
もきゅ
もきゅ
もきゅっ
もきゅっ
もきゅ

前世において、ケンゴーは刺身や寿司が好物の一方、焼き魚が嫌いだった。身がパサパサして、美味しいと思えなかった。どうしてわざわざ火を通すのか？　冷蔵技術のなかった時代、傷んだ魚を食べるための、旧態依然とした調理法だと思い込んでいた。

しかし転生を果たし、魔王城でシェフたちの出す皿を、日々いただくことで認識が改まった。

結局、火の入れ方が拙劣《せつれつ》だっただけなのだ。良い料理人が焼いたり煮たりした魚は、ちゃんと身がしっとりしていたり、フワフワだったり、とろけたりと、食感そのものが素晴らしい！

「新しいシェフの料理は、お口に合いましたでしょうか、陛下♥」

「うむ、美味である。さすがである」

「まあ！　後で伝えておきますわね♥」

「きっと涙を流して喜びますわ♥」

「ベル乃様は如何でございますか？」

「……美味しい」

「それはよろしゅうございました」

女官たちに給仕してもらいながら、ケンゴーとベル乃は食を進める。

「わざわざ腕前を確認した甲斐があったか、ベル乃？」

「……あった。うれしい」

「ちなみに前のシェフはどうだったのだ？」

「……美味しかった」

「その前は？」

「……美味しかった」

「おまえは料理を不味《まず》いと思ったことはあるのか？」

「…………」

ベル乃は黙り込んだ（食事と咀嚼はやめなかった）。

見たこともないほど真剣な表情で、考え込み始めた。

しまいには頭から湯気が出てきた。

「思い出せないならもうよいっ。ショートする前にやめよ！」

「……恐るべき難問だった」

「然様《さよう》であるか」

苦笑いしながらスープを一口。ポタージュらしい濃厚な味わいの後に、春キャベツの風味がスッと広がり、くどさを感じさせない、これまた逸品《いっぴん》だった。

そしてケンゴーは無自覚だったが、なんだかんだベル乃との会食を楽しみ始めていた。

なんだかんだ食が進んでいた。

だが、ツイてないことに――水を差されるような事態が起きる。

「お食事中失礼いたします、我が陛下《マインカイザー》」

きびきびとした足音ともに、マモ代の声が聞こえる。

軍服をまとったすこぶるつきの美女が、凛々《りり》しさの中にも色気を内包したその姿を、「極悪鳳凰《イビルフェニックス》の間」に現す。

ケンゴーは食事の手を止め（ベル乃は止めない）、

「マモ代か。このような朝早くから、おまえまでいったいどうした？」

「はい、我が陛下《マインカイザー》。至急、お耳に入れるべき事態が発生し、罷《まか》り越した次第であります」

マモ代は一部の隙もない所作でひざまずくと、はきはきと報告した。

（なんだよー。やめてよー）

ケンゴーの胸中で、暗雲がもやもやと立ち込めてくる。

「強欲」の魔将であるマモ代は、情報収集に関しても貪欲な性格をしている。

ゆえに耳寄りな特ダネを届けてくれることもあれば、いち早く事件や問題発生を察知し、注進してくれる。今回はどうやら後者の様子であった。

「おまえほどの切れ者をして、そうも慌てさせるような難事か？」

内心ビクビクしながらケンゴーは諮る。

まさか、サタルニア大公国の大灼熱火山が噴火しただとか？

まさか、犬猿の仲で有名なアスタロト家の姉妹が、互いに宣戦布告して内戦勃発だとか？

まさか、ついにケンゴーの本性がバレて魔将の誰かがクーデター起こしただとか⁉

嫌な想像ばかりが脳裏をよぎっていく。

しかし、いくら想像してもしきれないほどの、頭痛の種がそこら中に転がっている。

それがこのフォーミラマという異世界であった。

果たしてマモ代が答えた。

「勇者です、我が陛下《マインカイザー》」

「ファッ⁉」

「〝赤の勇者〟アレスとその一行が、不敬にも陛下のお命を奪《と》らんと息巻き、この城を目指しておるとの情報を入手いたしましてございます」

「そ、その勇者とやらはなんだ、ヤバ――危険な輩《やから》なのか？」

人界の事情に疎いケンゴーは恐る恐る訊ねる。

マモ代は率直に答えた。

「畏《おそ》れながら、彼奴らは魔王陛下を弑し奉《たてまつ》る天才です。過去幾度となく、魔王城にいつの間にか潜入し、玉座の間までぬけぬけとたどり着き、時の今上のお命を簒奪《さんだつ》した暗殺者どもです」

「まーじかー」

思わず天を仰《あお》ぐケンゴー。このフォーミラマには魔王がいるんだから、勇者だっていてもおかしくないのかもしれないけどさ！　けどさあ！

「……よく報せてくれた。よく察知してくれた、マモ代」

「はッ。過去の悲劇と同じ轍《てつ》を踏まぬよう、常日頃《つねひごろ》より人界に監視の網を張り、勇者どもの動向は可能な限り把握するよう努めておりますゆえ」

「なんと気の利く！　おまえのような優秀な忠臣を持ち、余は幸せ者だ」

「恐悦至極にございまする。ただただ御身《おんみ》の寵愛《ちょうあい》を、我がものにしたい一心でございます」

深々と一礼するマモ代。さらに進言を続けてくれて、

「勇者の実力にはピンキリがございます。下位の者ならば恐るるに足りませんが、仮に最上位の者ならば我ら魔将にも匹敵《ひってき》しようかと」

「それほどか……。して、〝赤の勇者〟とやらはどれほどの格なのだ？」

「手の者からの報せによりまするると、アレスは勇者の中でも奇特な男で、他の者がまずやりたがらぬ地味な人助けばかりをしておるのだとか。ですゆえ、華々しい実績は何一つ挙げておらぬとのこと」

「だが実績がないことと実力がないことは、決してイコールではない。油断してはならぬな」

「さすがのご明察、恐れ入りましてございます」

（ヘタレチキンだからいつも悪い方、悪い方に想像しちゃうだけなんだけどねー）

ケンゴーは内心そう思えど、表向きは「ファファファ」と魔王風吹かしておいた。

ともあれだ。

「あい、わかった。ならば余が採るべき手段は唯一つ――」

ケンゴーはふんぞり返り、ますます魔王風をビュンビュン吹かしながら、

「七大魔将を集めよ！　御前会議である！」

と、配下の力に頼ることにした。

迷いなどなかった。

「御意《ぎょい》。サ藤とレヴィ山が所用で領地に帰っておりますが、火急に戻るよう伝えて参ります」

「悪いな、マモ代。さらに骨折りを頼むぞ」

「もったいなきお言葉です、我が陛下《マインカイザー》」

ケンゴーは忠実な臣下をねぎらい、そのマモ代が他の五人を集めるために御前を辞す。

来た時同様、きびきびと去っていく背中を見送る。

（またぞろ厄介《やっかい》なことになってしまった……。神様……俺、なんか悪いことしましたか……？）

もうげっそりとなっている。

まだ朝食は三割ほど残っていたが、食欲などすっかり失せている。

「……お腹空いた」

ベル乃だけは変わらずモリモリ食べていた。

うん。悩みなさそうでいいね。キミ。

第五章　妖怪オナカスイタ事件

リットラン盆地を扼《やく》する要塞、クラール。

深夜。三人の声が陰々と響く。

ケンゴー、サ藤《とう》、マモ代《よ》による長大な呪文《じゅもん》詠唱だ。

クラール砦《とりで》は同名の湖のほとりに建ち、水源とする。

今――その湖は、天の満月を映す巨大な鏡と化していた。

もし俯瞰《ふかん》する者がいれば、気づいたであろう。湖面に映った銀盆の如《ごと》き月の姿が、異様までに巨大なことを。また、徐々にざわつく様を。

風もなく、波が立っていた。

何かに怯《おび》えるように、逃げ惑うように、やがて波は高く、速くなっていく。

そして、ピークを迎えるように異変が起きる。

ぐにゃり、と湖面に映る月が、あり得ぬほどにその像を歪《ゆが》めた。

かと思えば、力ずくで撓《たわ》めた鉄棒が元に戻るように、一瞬で正しい姿を取り戻した。

同時に、あたかも巨大な白銀の盆の如きそこへ、何かが載っていた。

城だ。

夜目にもなお黒々とした魔王城が、足場として全く用をなさないはずの湖面に、だまし絵の如く飄々《ひょうひょう》と聳《そび》え立っていたのだ。

「お疲れ様です、魔王陛下！」

「『魔王城転移ノ儀』、こたびも成功でございます、我が君！」

「サ藤とマモ代も陛下のアシスト、ご苦労じゃ」

「魔法技術じゃおまえらには敵《かな》わねえからなあ。妬《や》けるぜ」

「フン！　別にケンゴーの代わりにアタシがやってもよかったんだけど！」

「……お腹空《なかす》いた」

ケンゴーらの手並みを讃《たた》える魔将たち。

人気《ひとけ》絶無のクラール砦で、やんややんやと大騒ぎだ。

(上手《うま》くいってよかったぜ)

ケンゴーも額《ひたい》の汗を拭《ぬぐ》い、内心ホッとする。

ネチネチ修業して極めた防御魔法、治癒魔法、解呪魔法の三種に比べると、召喚魔法はそんなに自信がないのだ。隣の高原に建つ城一個丸々を、優しく揺らさず湖の上に召喚して固定する大魔法ともなれば、なおさらのこと。

ただ我ながら変な話で、「さすがは魔王」というべきか、持って生まれた魔力量が莫大《ばくだい》なためにその分、必要な技術も極限を求められたりしない。

魔界でも屈指とされる魔法巧者《こうしゃ》の、サ藤とマモ代が補助に回ってくれるのも心強い。

とまれそんなわけで、魔王城の移転は完了した。

人界を削《けず》り取った分だけ魔界の拡大に成功し、世界征服へまた一歩近づいたというわけだ。

これほど大掛かりな召喚魔法となると、魔王や魔将たちの力を合わせてもまだ足りない。

満月の夜――すなわち「天」の時が満ちるのを待ち、リットランの「地」の脈が活性化するのを見計らって、儀式に臨む必要があった。

ただし、これで一段落というわけにはいかない。

侵略《せめ》の次は、休む間もなく防衛《まもり》が待っている。

「勇者一行はどうなっておる、マモ代？」

「お答えいたします、我が陛下《マインカイザー》。彼奴《きやつ》らめ、旅先の野で月見酒と、まったく緊張感のないこと甚《はなは》だしき有様で」

答えつつマモ代が、得意の幻影魔法と探知魔法を組み合わせ、立体映像を作り出す。

〝赤の勇者〟アレスとその仲間たちが、どことも知れぬ野辺で焚火《たきび》を囲み、満月を肴《さかな》に水袋の中身（恐らくは酒）をチビチビやっている様が、克明《こくめい》に映し出されていた。

その立体映像を魔将たちが囲んで、好き勝手に言い始める。

「なんじゃ、これが〝赤の勇者〟か？　なんとも頼りない面相をしておるのう」

「と——油断させるのが、こやつの手かも知れぬ。油断は禁物だぞ、アス美《み》」

「どっちにしろこのアタシの敵じゃないわね！」

「だ、だから油断はダメだって僕も思います、ルシ子《こ》さんっ。めっ！　ですよっ」

「それより見ろよ、こいつ。カワイ子ちゃんを三人も侍《はべ》らせてるぜ。妬《ふしょう》けるねえ」

「まあ、勇者ならば当然の話だな。要するに彼奴らは、あの好色な天帝の不肖の子らだ」

と——さすがに相手が勇者ともなれば、魔将たちといえど関心頻《しき》りの様子だった。

一方、立体映像のアレスもまた、何かに気づいたようにキョロキョロと辺りを見回す。

わずかに遅れて、仲間の一人（恐らく黒魔法使い）も倣《なら》う。

「ほう、こやつらマモ代の探知魔法に気づいたか」

「なかなか良い勘をしておるのう」

「ほ、ほら、油断できない相手じゃないですかっ」

「でも、どこから誰に見られてるかまで、察知できてないじゃない！　アタシだったらとっくに抗探知魔法《カウンターディテクト》で遮断《しゃだん》してるわよ」

「人族風情《ふぜい》がマモ代の『視線』に感づいてること自体、半端《はんぱ》ねえって話だろ。勇者だけならともかく、こっちのカワイ子ちゃんまでだぜ？」

「ただの愛人と思ったら大間違い、伊達《だて》に連れ歩いているわけではないということか」

「……お腹空いた」

と――魔将たちが騒いでいるのを聞いて、ケンゴーも勇者以外に注目する。

本当に「カワイ子ちゃん」かどうかは、議論の余地があるだろう。発言者のレヴィ山《やま》は普段から、他人を過剰《かじょう》に褒《ほ》めるきらいがある。

一人は女戦士だった。

歳《とし》は二十代後半。小柄だがその分、俊敏《しゅんびん》そうだ。技量自慢でもあるかもしれない。歴戦を思わせる面構《つらがま》え、そして半袖《はんそで》から覗《のぞ》く腕は古傷だらけだった。

脇に転がした剣もまた、並々ならぬ霊力を秘めていると見受けた。

一人は女神官だった。

若い。まだ二十歳前かもしれない。見るからに人が好さそうで、パーティーの良心やムードメーカーなのだろう。頻りに皆へ話しかけ、和気藹々《あいあい》とした旅先の空気を作り出している。

実際に性格美人に違いない。強力な白魔法の使い手は「徳」か「志」のどちらか、あるいは両方が高いと聞く。

最後の一人が勇者でもないのにマモ代の探知魔法に気づいた、例の奴《やつ》だ。

年齢不詳のミステリアスな雰囲気は、如何《いか》にも人族の魔法使いらしい。皆の輪から一歩下がったところから、仲間たちを観察しているような眼差《まなざ》しも。

パーティーの皆からも、一目置かれている様子だった。

「――で、こやつらは現在どこにいるのじゃ？」

アス美の発した問いで、ケンゴーは我に返る。

「ここだな」

マモ代が答え、魔法で作った立体映像を操作した。

勇者たちを覗き見する視点が、一気に上空へと遠ざかっていく。

映し出された彼らの姿がグングン小さくなって、すぐに豆粒のようになって、代わりに付近一帯をジオラマ模型化したような立体映像に変化する。

「エリオ峠か！」

「盆地《リットラン》から目と鼻の先ではないか」

「予想よりだいぶ早いのう」

「こやつら、魔法仕掛けの馬車《マジカライズ・キャリッジ》で移動しているからな」

「ああ、そういうことね。ナマイキ」

「……お腹空いた」

地理には疎《うと》いケンゴーだが、臣下たちの反応を見てドキリとする。

「こ、こやつらはいつごろ到着する見込みであろうか、マモ代？」

「明日の昼から夕刻にかけてと予測いたします、我が陛下《マインカイザー》」

「マジですぐだな⁉」

思わず頭を抱えてのけ反る。

（イヤイヤ落ち着け俺《おれ》！　魔王の風格……魔王の風格……）

胸中で念仏のように唱え、居住まいを正す。

そして、威厳たっぷりに言葉を発するように努力し、

「なななならばそそそそ早急にたたたた対策をここここ講じねばならんにゃっ」

…………。

やっちまったあああああっ。

（みんな呆《あき》れてない？　愛想《あいそ》尽かしてない？？　ヘタレだってバレてない？？？）

目を覆いたくなるのを堪《こら》え、恐々と魔将たちの様子を窺《うかが》う。

皆、ポカンとなっていた。反応に困っていた。

ですよねー、と舌を噛《か》みたくなるケンゴー。

ところがそこで、サ藤がハッと何かに気づいた様子に。そして、

「ぎょぎょぎょ御意《ぎよい》です、へへへ陛下」

いきなり変な口調でしゃべり出して、ますます皆を困惑させる。

ところがそこで、一同もハッと何かに気づいた様子に。そして、

「きゅきゅきゅ急々におおおお望み通りにいいいいたしまする」

「わわわ我がのの脳漿《のうしょう》にひひひ秘策アリ！」

「いいいいえ、ここここはぜぜぜ是非、オオオオレちゃんに」

インフルエンサーが面白《おもしろ》い話題をバズらせる如く、魔将たちが誇らしげに真似《まね》を始めた。

(おまえらどんだけ魔王様のこと好きなの⁉)

クーデター勃発よりはマシだけれど、これはこれで臣下たちの愛が重すぎて持て余す。

「ヲッホン！　会議を開くぞ」

ケンゴーは今度こそ威厳を保って命じた。

それで魔将たちも真似事をやめる（若干《じやつかん》、残念げな顔で）。

「我が陛下《マインカイザー》、ここで立ち話を続けるのも如何なものかと愚考いたします」

「うむ。マモ代の言、もっともである。頼めるか、ベル原《はら》」

「畏《かしこ》まりましてございます、我が君」

慇懃《いんぎん》に腰を折るベル原。

顔を上げると、巧《たく》みな召喚魔法で手品の如く、天鵞絨《ビロード》地の大きな布を取り出す。

それをケンゴーたち一同に向け、バッと広げる。

天鵞絨が頭にかぶさった――と思った時には、視界の景色が一転している。

正確にはその場にいた全員が、魔王城の「御前会議の間」に移動、各自の席に着座している。

ただでさえ高度な瞬間移動の魔法を、ベル原は他者へ、しかも複数へ対象を拡大し、転移後の座標制御や姿勢制御まで緻密にこなすという、離れ業をしてみせたのだ。

しかも呪文詠唱や魔法陣作成といった、大掛かりな魔導なしで。

魔法で楽して移動することにかけて、「怠惰」の魔将の右に出る者はいない。

「では――改めまして、〝赤の勇者〟対策会議を開催いたします」

マモ代が例によって司会進行を率先して請け負った。

「うむ。苦しゅうない」

「この中の誰が彼奴らめの迎撃に当たるか、我が陛下《マインカイザー》のご裁可と詔《みことのり》を賜《たま》わりますよう。まずはそれが肝心要とこのマモ代、愚考いたしまする」

「然様《さよう》であるか」

元々臣下に頼りきりになるつもりだったし、ケンゴーは誰が適任かと一同をぐるり見渡す。

途端――

「ぜひオレちゃんにお任せください、陛下！」

「このベル原に必勝の策アリ！」

「妾《わらわ》もそろそろ実戦の風を浴びたいのう」

「今度こそ武功を小官のものとする機会を賜りたく！」

「ぼ、僕に……」

「いーえ、アタシに！　ケンゴーの命を狙《ねら》ってる奴らを、ぶっ殺してあげるわ！」

――七大魔将たちが一斉にハイ！　ハイ！　ハーイ！　と挙手しまくる。

ドン引きレベルの暑苦しい圧で。

ケンゴーは頬《ほお》を引きつらせながら、

「ち、ちなみにマモ代、おまえならどのように彼奴らを料理いたす？」

「はい、我が陛下《マインカイザー》。小官はシンプルな作戦を好みますゆえ、まずはあの女魔法使いから狙います。いくら切れ者然としていても、所詮《しょせん》は肉体を鍛えていない頭脳労働者。我が秘蔵の《ヴィルゴールの大鉄槌《てつつい》》にて、全身が紙より薄くなるよう叩《たた》き潰《つぶ》します。その無残な死に様を見た、あの如何にもお人好しそうな女神官がショックで固まった隙《すき》へ、同じく秘蔵する《刹那《せつな》ノ通リ魔》を用い、瞬殺いたします。彼奴らがヒーラーを失ったところで、あの俊敏そうな女戦士は両足を斬り落としてから《滅殺大焦熱地獄《ヘルアンドヘル》》で二度と転生できぬよう魂まで焼き尽くし、残るは勇者のみです。我がマモン家に代々伝わる勇者殺しの魔剣――《デスナイト》の敵ではございません」

「却下ァ！　却下、却下、却下ぁぁぁあああああ!!」

「畏《おそ》れ多きことながら我が陛下《マインカイザー》、理由をお聞かせ願ってもよろしいでしょうか？」

「殺すのダメ！　絶対！」

「重ねて質問する特権をこの『強欲』めに賜りたく。なぜ殺害してはならないのでしょうか？」

真顔で不思議がられ、「うっ」と緊張で胃が痛くなるケンゴー。

例によって苦しい言い訳は用意してあるのだが、果たして説得できるかその自信がない。

まごまごとしていると――

「カカカ！　陛下のお考えがわからぬか、マモ代？」

横から思わぬ助け船が来た。ベル原が得意げにM字髭《ひげ》をしごいていた。

「さすがはベル原さんですっ」

「魔界随一の智将め、妬けるぜ！」

「ならば貴様の口から聞かせてもらおうではないか」

とマモ代が憮然《ぶぜん》となりつつも、教えを乞う。

（助かった……）

ケンゴーもホッとし、ここは出来物の臣下に場を任せる。

ベル原はフフンと鼻を鳴らすと、優越感たっぷりに皆へ語り出した。

「魔王陛下はな、不倶戴天《ふぐたいてん》の敵である勇者の命を獲るなど、生温いと仰《おお》せだ。殺すならば奴の心を殺し、己《おのれ》らの増長を思い知らせ、他《ほか》の勇者どもの見せしめにせよということだ」

（違えええよ！　誰も言ってねえよそんなこと！）

ケンゴーは白目を剝《む》いて悶絶《もんぜつ》しそうになった。

しかし、ベル原の独演会は止まらない。なおいっそう滔々《とうとう》と、

「ゆえに吾輩《わがはい》ならこうする。まずは実力で屈服させ、勇者どもを拘束する。その後、勇者の目の前で女どもを一人ずつ犯す。さらには精神魔法を用い、女どもの理性をゆっくりねっとりと溶かしていき、自ら喜んで股を開き、嬌声《きょうせい》を上げて腰を振る淫婦に改造するのだ！　勇者が

悔しがること、血涙を流す如しであろうや。そして、とどめに勇者を独り放逐《ほうちく》し、足を引きずり帰ってゆくその背中を嘲笑《ちょうしょう》し、筆舌に尽くしがたき屈辱と無力感で苛《さいな》むのだ」

「却下ァ！　却下、却下、却下ぁぁぁぁあああああ!!」

「ぬう。陛下の御心《みこころ》に沿うた策だと自負しておるのですが」

「沿うてねえよ！　一個も沿うてねえよ!!」

この悪魔！　と胸中でベル原の鬼畜ぶりを罵《ののし》るケンゴー。

「では、我が陛下《マインカイザー》。殺すのもダメ、いたぶるのもダメということでございまするか？」

「そうでございまするよ!!」

「ど、どうしてなんだ……」

「勇者なんぞ不倶戴天の敵なのにのう」

「ベル原、おまえさんわかるか？」

「ぐぬぬ……さすがは魔王陛下、深淵の如きご胸中を察すること、なんと困難なことよ」

「ベル原さんでもわからないなんてお手上げですっ」

「……お腹空いた」

と、魔将たちの間に動揺が広がっていく。

マズい状況である。

「そ、そうか。わからぬか。ならば余の口より答えぬわけにはいかぬな――」

ケンゴーは精一杯の威厳を取り繕《つくろ》いつつ、咳払《せきばら》いを挟み、用意していた苦しい弁明を語り聞かせることに。

「――が、その前に、逆に訊《き》こう。その〝赤の勇者〟とやらに、余が後れをとると思うか？」

「フッーにとるんじゃない？」

「ウォッホン！　この魔王ケンゴーが後れをとると思うか？」

素直じゃない発言を炸裂《さくれつ》させたルシ子さんを無視し、強引《ごういん》に訊《たず》ねる。

ルシ子を除く一同が、一斉に首を左右にした。

「とんでもないことでございます、我が陛下《マインカイザー》！」

「ケ、ケンゴー様は誰にも負けたりなんかなさいませんっ」

「そうであろう？　我が父祖の中には勇者に敗れた者もおると伝え聞くが、このケンゴーが同じ轍《てつ》を踏むと思うか？」

「全く思いません、陛下！」

「御身《おんみ》こそが魔王の中の魔王！」

「嗚呼《ああ》、ケンゴー様！　いと穹《たか》き我らが今上《きんじょう》！」

「その通りだ。勇者如きになんぞか恐れん。にもかかわらず殊更《ことさら》に討ち、滅ぼし、勇者迎撃に我が軍が血道を上げていたなどと勘違いをされ、誤った風説《ふうせつ》が流布《るふ》しようものなら、それこそ業腹《ごうはら》も極まるわ」

「な、なるほどっ」

「確かにでございまする！」

「ゆえに迎撃には、赤子をあやすように当たれ。生かして帰してやれ。彼奴らが己の分際と、我らとの格の違いを思い知るようにな！」

「さ、さすがはケンゴー様っ」

「嫉妬《しっと》するほど〝深い〟」

「それになんと器の大きな御方か！」

「我ら七大魔将など及びもつかぬ……」

（お？　お？）

かなり苦しいかと思ったが、意外な好反応にケンゴーは内心しめしめと喜色を浮かべる。

そして、改めて一同を見渡す。

皆がケンゴーの方針を理解してくれた上で、では誰に迎撃を任せるか？

ふと、視線が一人に留まった。

いつの間にか大量の料理を用意させ、自分の前にだけ堆積《たいせき》させた童顔の大女。

会議のことなんか全く興味なさそうに、一人でモリモリ食ってる「暴食《ぼうしょく》」の魔将。

ベル乃《の》である。

（こいつ、あんまり強そうじゃないし、普段から全然怖くないし、適任じゃないか？　勇者は超人類らしいし、ちょうど釣り合いがとれるんじゃないか？）

考えれば考えるほど、自分のアイデアがナイスなそれに思えてくる。

「ベル乃よ」

「……お腹空いた」

「それはわかったから！」

つかナウで食ってるだろ⁉

「おまえは勇者一行のことを、どう見る？」

そこは確認しておくケンゴー。ほどほどの強さの者を派遣したいが、さりとてもしベル乃にとって勇者が荷の重い相手であったら、さすがに指名するのは気が引ける。

果たして、ベル乃は答えた。

「……美味《おい》しくなさそうだった」

「そんな観点から質問してねえよ！　てか人族を美味《うま》い不味《まず》いで見るなよ！」

「……陛下の胸中を察するのは難しい」

「今の複雑だったかー⁉」

「……で？　何？　わたし、忙しいんだけど」

食ってるだけだろ！　というツッコミは呑《の》み込み、精神力を総動員して優しく訊ねる。

「おまえなら勇者一行を撃退できるか？」

「……余裕」

「優しくだぞ？　赤子をあやすようにだぞ？」

「……楽勝」

どこぞの「傲慢《ごうまん》」の魔将さんと違い、ベル乃は見栄《みえ》や虚勢を張るタイプには思えないので、その言葉を信じた。

「じゃあ、おまえに頼めるか？」

「……嫌《や》」

「一応訊ねるけどどぉしてぇ？」

「……お腹空くから」

「言うと思ったよ！」

天井《てんじょう》を仰《あお》ぎ見るケンゴー。

「こんな食うことしか取り柄のない豚女よりも、ぜひ小官にご用命を」

「吾輩に妙策アリ！」

「アタシに不可能はなーい！」

とか他の者たちがやかましいが、今はスルー。

ベル乃こそ今回の適任だとますます確信したし、なんとしてでも引き受けてもらいたい。

「なあ、ベル乃よ」

「……何？」

「魔王直轄領は知っておろう？」

「……知らない」

「そこは知っとこうよ！　自分の土地もない王様とか、いたら憐れすぎるだるぉん⁉」

ツッコみすぎて肩で息をさせられるケンゴー。

話が進まないからもうツッコまないぞと心に決めつつ、

「魔王直轄領に、魔界でも最高の狩場と謳《うた》われる御苑《ぎょえん》がある。そこで一年に一匹しか獲れぬ黄金の鴨がおる。それはもう美味と評判のな」

「……ほほう」

いつも素っ気ないベル乃が、話題に食いついてきた。

「他にも魔界一綺麗《きれい》と謳われる渓流があり、一年に一匹しか獲れない黄金の鮭がおる」

「……じゅるり」

「魔界は広い。おまえとてまだ知らぬ珍味は、たくさんあろう」

「……この世の美味を全て、死ぬまでに食べ尽くしたい」

「御山の黄金の野イチゴ、今が食べ時であったかなあ？」

「……陛下は何が望みなの？　わたしの処女？　別に陛下だったらあげてもいいけど」

「勇者一行を優しくお引き取り願えって言ってんだよ！　人の話聞けよッ！」

「……我が忠誠を御身に」

席を立ったベル乃が、見たこともない恭《うやうや》しさでひざまずき、頭を垂れた。

どうにか説得できたことに、ケンゴーは胸を撫《な》で下ろす。

「クソ、ベル乃か。小官ではないのか」

「まあまあ。妬けはするけど、陛下のご判断だし」

「アタシの方が絶対適任なのに、バカケンゴー！」

「バカは不敬ですよっ。怒りますよっ」

と、他の魔将たちが騒がしかったが気にしない。

(別におまえらの実力を疑ってるわけじゃないんだ。むしろ逆。おっかなすぎて任せられないって話なんだ。でも、そんなホントのことは言えねえから！　スマンな)

脳裏で算段を巡らせ、ほくそ笑むケンゴー。

頭の痛い悩みがスーッと消えていくかのような気分だった。勇者が明日には襲ってくるかもしれないといきなり言われてビビったが、今夜は枕を高くして眠れそうだった。

†

翌日。昼頃《ひるごろ》より風が強くなった。

土埃《つちぼこり》が巻き上げられ、リットラン盆地を薄く煙《けぶ》らせる。

隣り合うエリオ峠とをつなぎ、クラール砦へと至る街道上――四つの影がゆらりと現れる。

〝赤の勇者〟アレスと、その仲間たちだ。

（――来たな）

と、ケンゴーは口中で呟《つぶや》いた。

「のこのこ参りましたな」

と、七大魔将の誰かもまた呟いた。

その場より遠く離れた「御前会議の間」にて、皆で長机を囲み、天板いっぱいに映し出された現地の様子を観覧していた。

映像の中、ふと風がやみ、土埃が収まる。

勇者一行の表情が露《あら》わになる。

四人一様に、厳しい顔つきをしていた。

当然だ。

彼らの行く手を阻《はば》み、仁王《におう》立ちするベル乃の巨体に、気づいていないはずがないのだから。

『極めて高位の魔族とお見受けします。お名前を伺っても？』

アレスがベル乃に訊ねた。声のトーンにもまた緊張を孕《はら》んでいる。

昨夜、野営しているところを覗き見した時は、頼りなさげな男に思えた。

だが今は、別人のように「戦う男」の面構えをしていた。
対し、ベル乃はいつものボケーッとした顔で、緊張感なく答えた。
『……お腹空いた』
『オナカスイタ殿。僕は戦いとなれば、女性といえども遠慮はしない主義です』
会話が成立した⁉
『できれば、そこをどいていただきたい。僕たちの目的は、魔王の首一つです』
『……通すなって言われてるし。黄金の鴨と鮭と野イチゴがわたしを待っている』
『よくわかりませんが、通せぬと仰《おつしや》るのならば、仕方ありませんね』
アレス一行が得物を抜いて、めいめい構えた。
一方、ベル乃はボケーッと突っ立っているだけ。
右手に持つのは大棍棒《だいこんぼう》──と見せかけて、ただの杭《くい》に刺した豚の丸焼きだ。
それをあたかも屋台で買った焼き鳥みたいに、ごく平然と食ってる。
『むう。やりますね、オナカスイタ殿。なんという自然体の構えだ』
「やるか？　ボケーッと食っているだけではないのか？」
ケンゴーは現地映像から思わず顔を上げ、周りの魔将たちに諮《はか》る。
「まあ、いつものベル乃ですな」
「ただ食っとるだけじゃのう」

「何も考えてないわよ、こいつ」

ですよねえ。

ベル乃の名前をすっかり勘違いしていることといい、勇者アレスさん割と天然か？

いや、敵地にたった四人で攻め入っているシリアスな状況では、これが普通の反応か？　むしろベル乃がおかしいだけか？

後者だろうなという気がしてくるケンゴー。

そして、その間にも現地映像では、状況が動いた。

『では——参ります、オナカスイタ殿』

アレスが正々堂々と宣言し、ベル乃へ向かって突撃する。

速い。それに力強かった。

整備もままならない辺境の街道の、あちこちがめくれた石畳を蹴《け》る足音が、雷鳴もかくやに激しく連なって轟《とどろ》く。常人に可能な動きではない。

アレスの全身から焔《ほむら》群の如き、赤い燐光《りんこう》が立ち昇っていた。

後方支援に残った、女神官と魔法使いによる強化魔法《バフ・マジック》か？

否《いな》であろう。

「あれこそが勇者の強さの源——『破邪の力《ザ・パワー》』の片鱗《へんりん》にございます、我が君」

「やはりか」

いくつか事前レクチャーは受けていたが、改めてのベル原の解説にケンゴーはうなずき返す。

『お命頂戴――』

アレスが長剣を両手で振りかぶった。

勇者が持つに相応《ふさわ》しい業物《わざもの》だ。刀身の煌《きら》めきの眩《まばゆ》いこと、土埃で煙った陽光の照り返しではこうはなるまい。秘められた霊力の輝きだ。人族でも著名な刀匠《とうしょう》が鍛えたものに違いあるまい。

『――御免《ごめん》ッ!!』

裂帛《れっぱく》の気勢とともに、大上段から斬り込むアレス。

赤燐光《せきりんこう》をも纏《まと》った刀身が閃《ひらめ》き、ベル乃の肩口へと流星の如く走る。

やはり、速い。反応が追いつかないのか、ベル乃は身じろぎすらできない。

現地映像を通して、アレスの斬撃が立てた鈍い音が、「御前会議の間」に響く。

肉を断つ音――ではなかった。

ベル乃の肉体が鋼《はがね》の刃を完璧に受け止め、且つ弾き返す音だった。

魔王城から観覧するケンゴーの目が、点になる。

「ナニコレ？　防御魔法？」

その割には魔力を練ったり高めたり、一切《いっさい》の魔導が見受けられなかったが。

「はい、我が陛下《マインカイザー》。いいえ、違います」

「ベル乃は魔法が不得意ですゆえ」

「じゃあ何――」

と再び詰る間にも、映像の中のベル乃が動く。

ズドン、とアレスの腹にカウンターで打ち込んだのだ。

左手の小指の先を。

右手で豚の丸焼きをモリモリ食いながら。

『……お腹空いた』

と気怠《けだる》そうに。

『ぐあっっっはあああああっ』

ただそれだけで、アレスがギャグマンガみたいに後方へぶっ飛んでいく。

すかさず時間差攻撃を仕掛けようとしていた女戦士を巻き込み、地面に叩きつけられても勢いはまだ止まらず、二人で揉《も》み合い抱き合い、石畳の上を盛大に転げ回る。

「ナニコレ？　攻撃魔法？」

「いいや違うぞ、主殿《あるじどの》」

「ベル乃は魔法が苦手っつってるでしょ！」

「じゃあなんなんだよアレェ⁉」

どうして勇者の剛剣をはね返したり、逆に小指で吹き飛ばせるのか？

映像の中、女神官と女魔法使いが倒れたアレスたちに駆け寄り、二人がかりで治癒魔法をかけるが、彼女たちもまたこのおかしな状況に戸惑っていた。

「ベル乃の身体能力は、オレちゃんたち七大魔将の中でも最強なんですよ。妬けることに」

会議の間に列席するレヴィ山が、したり顔で語った。

「は？　具体的にどゆこと？」

訊ねると、魔将たちが口々に教えてくれる。

「吾輩も面倒なので正確に調べたことはございませんが、恐らくベル乃は魔界でも一番の怪力で、且《か》つ強靭《きょうじん》無比の肉体を生まれ持つ魔族なのです」

「怪力とか強靭とかそういう次元かアレェ⁉」

「しかし、事実なのじゃ」

「実際、反則級ですよ。嫉妬しますよ。単純に戦ったら、オレちゃんたちの中であいつが一番強いんじゃないですかね。シンプルに」

「怒りますよ、レヴィ山さん。勝手に一番って決めないでくださいっ。僕だったらベル乃さんを相手にするのに、そもそも『単純に』戦いませんからっ」

「まあまあ、サ藤の言うこともわかるが、仮定の話で張り合うのも器が知れるぞ」

「ともあれ皆、ベル乃には一目置いております。さしずめ『魔法技術《わざ》のサ藤』『身体能力《ちから》のベル乃』とでも申しましょうか」

「フン！　バランス型のアタシの方が強いわよ！」

「貴様はいいとこ器用貧乏であろうよ、ルシ子」

「オレちゃんたちの中でも、中の中って感じだよな」

「なるほど、ある意味バランス型じゃのう」

「あんたらまとめてぶち殺すわよ⁉」

「涙拭《ふ》けよ、ルシ子」

などと、ギャーギャー言い争う魔将たち。


しかし、ケンゴーにはもう聞こえていなかった。

(強い⁉　ベル乃が⁉　マジで⁉)

天板に映るボケーッとした顔を、戦闘中にまだ豚の丸焼き食ってる様を、これでもかと凝視していた。

(ウソだろ⁉)

信じがたい話だった。

否――信じたくないだけだった。

またも自分はミスキャストを指名して、送り出してしまったのだから。

（い、いや、待て！　まだミスキャストと決まったわけじゃないっ）

動揺しつつも自己弁護に勤《いそ》しむケンゴー。

でも実際、ベル乃はその後もずっと、小指一本で戦っている。

「赤子をあやすようにお引き取り願え」という、ケンゴーの命を守ってくれている。

クラール砦攻略の時のような、サ藤の残酷作戦とは話が違う。

『僕は！　絶対に！　負けない！』

映像の中、仲間の治癒魔法のサポートを受けるアレスが、幾度となく立ち上がる。

そのたびに勇敢に、ベル乃へと挑みかかる。が――

『ぶっっぎゃあああああああっ』

――そのたびに滑稽《こっけい》に、ベル乃に小指一本でぶっ飛ばされる。

『負けられない理由があるんだ！』

アレスが立ち上がる。

『ヴァネッシア姫が約束してくれんだ！　力なき者を、貧しき者を、一人でも多く救うんだ！』

悲壮感すら漂わせながら挑みかかり、何度も何度も斬りかかる。

でも全部効かない。

『……お腹空いた』

豚の丸焼きをモリモリ食いながら、ベル乃が小指の先で突き飛ばす。

『ぷげぺえええええええっ』

アレスが石畳の上を転げ回される。

『い、偉大なる天帝よ、ご照覧あれ！　民を慈《いつく》しむ聖女よ、我が勝利をお祈りあれ！』

それでもアレスは立つ！

諦《あきら》めない！

感動的な光景だった。不屈の精神とは、まさにこのことだとケンゴーは思った。

『おおおおおおおおおおおおおおおおおっ』

アレスが吠《ほ》えた。

天に向かい、喉《のど》も裂けよとばかりに、猛々《たけだけ》しく吠えた。

頼りない男の姿も、取り澄ました勇者の姿も、もうどこにもない。ただ勝利を得るためになりふり構わない、重い何かを背負った「漢《おとこ》」の雄々しき立ち姿だ。そして、その勇気、男気に応《こた》えるかのように、彼の全身からいっそう強い赤燐光が、渦巻きながら立ち昇っていく。

『かああああああああああああッ』

火の粉にも似た赤燐光の全てが、アレスの大喝《だいかつ》ともに一点へ収束されていく。

勇者の剣だ。

溢《あふ》れんほどの「破邪の力」を宿したその刀身は、今や豪炎を噴く降魔の神剣と見紛うばかり。

かつてサ藤が戦術級魔法の準備で魔力を昂《たかぶ》らせた時同様、映像を通してさえその剣の放つ「圧」が、魔王城にビリビリと届く。

人界にこれほどの脅威、神威があるものかとケンゴーは唸《うな》らされる。

『行け、アレス！』

『あなたの真の力、見せておやりなさい！』

『力なき人々を――そして世界をお救いくだささい、勇者様！』

三人の仲間たちがまた〝赤の勇者〟を鼓舞し、アレスの決意と神威を高める。

『世に滅びぬ悪なし！　天命、我にアリ！』

女たちの声援に押され、ベル乃へと突撃する。

真紅《しんく》に輝く降魔の神剣を振りかぶり――

『この一太刀《ひとたち》に我が全身全霊を込め――』

『……お腹空いた』

『――げべっぺえええええええっ』

だがダメ！　失敗！

ベル乃は無慈悲にあらゆる攻撃をはね返し、無情に小指の先で勇者を撃退した。

単純無比。まさしくシンプルに強い。まるでギャグマンガ界からやってきたシリアス戦闘マスィーンめいたベル乃の脅威に、味方であるケンゴーまで戦慄《せんりつ》を禁じ得ない。

アレスの仲間たちなど、もはや完全に戦意喪失している。

ベル乃もまた彼女らは狙わない。勇者以外をあやしてやれば、壊してしまうと考えているのだろう。恐らく。

『ま……だ……まだ……っ』

それでもなお立つのか……！

おお、勇者よ……！


「なあ、誰かあいつを――」

止めてやってくれ、とケンゴーはルシ子たちに向かって言いかけた。

しかし、

「行ったあああああああっ。これは立ち直れないいいいいいいいいっっっ」

「勇者め、二本の足で立ち上がってはいるが、心はもうベキボキに折れているだろうな」

「さっさと降参すればいいのに、つまらない意地張るからよ！　バッッッッカじゃないのっ」

「る、ルシ子さんがそれ言います？」

「しっかしベル乃の奴も、可愛《かわい》い顔してエグい真似するぜ。まさか小指だけとは！　まさか勇者を相手に小指だけとは！」

「男のプライド、ズタボロじゃろう。娘どもの手前、いたたまれんじゃろう」

「なるほど、これがベル乃を指名した、陛下のご心算というわけですな」

「この〝赤の勇者〟、二度と我らの前に顔を出せますまい」

「どの面下げてってやつだな？　確かにただぶっ殺すよりよほど効果的ですね、我が君」

「〝深い〟」

「カカカ、まったく畏ろしい御方だ！」

「さすがは陛下！　邪悪という言葉は、まさに御身のために在るのでしょう」

（違ああああああう！　俺そんなこと考えてぬえええええええええ！）

ケンゴーは脳内妄想で頭を抱え、ぐいんぐいん前後左右に振りたくる。

その間にも現地でアレスは、小指一本で戦うベル乃を相手にボテくり回される。

もうボコってボコってボコられまくる。

可哀想《かわいそう》で見ていられないレベルだ。絵面がまた完全にギャグなのが、よけいに憐れを誘う。

「そんなに気にしなくていいんじゃない？」

ぽつり、とルシ子が呟いた。

視線は現地映像に注《そそ》がれていたが、明らかにケンゴーへ向けた言葉だ。

乳兄妹《おさななじみ》の阿吽《あうん》の呼吸だ。

「この勇者だって、誰かさんの命を狙って戦いに来たんだから、赤っ恥かかされて逃げ帰るくらい、覚悟の範疇《はんちゆう》でしょ。むしろ、ぬるいとさえ言えるし、この程度で憐れむ必要も気に病む必要もないわよ」

「…………」

正論――かもしれない。

だが、ケンゴーはそこまでは割り切れない。実感を伴わない。

ただルシ子の台詞《せりふ》は胸に響いた。

自分を想《おも》いやっての言葉だと理解できた。

それに、ルシ子の口調にはわずかに苛立《いらだ》ちが含まれていた。

きっと「乳兄妹の命を狙う勇者」の存在に、腹を立ててくれているのだ。

『……お腹空いた』

ベル乃の刺突ならぬ指突が、アレスの腹にめり込んだ。

これでもう何度目だろうか？　吹き飛び、ゴロゴロと転がっていくアレスが、再び立ち上がるまでの時間が目に見えて長くなっていた。〝赤の勇者〟の体力と気力と霊力が、いよいよ尽きかけようとしていた。

そして、戦闘開始からの時間経過に伴い、同じく――

ベル乃の食料も尽きる寸前になっていた。

大棍棒と見紛うばかりだった巨大な豚の丸焼きが、ほとんどベル乃の胃の中に消えていた。

『……お腹空いた』

ベル乃の口から不満が漏《も》れ出る。

いつも言ってる同じ台詞。

しかし、口調はいつもと全く違った。

いつもよりもずっと深刻《シリアス》なトーンだった。

『……お腹空いた』

ベル乃が再び不平を鳴らした。

口調の深刻度合いがいや増していた。

アレスたちも、異様な空気を感じとっていただろう。立ち上がる途中で固まり、あるいは治癒魔法で勇者を支えることも忘れ、呆然《ぼうぜん》となってベル乃に見入る。

果たして、ベル乃は咆哮《ほうこう》した。

『……オなカすイたァあァあァあAAAAAAAAAAAAAAAAAAAA』

「ヒッ、ホラー⁉」

遠く離れた御前会議の間《あんぜんちたい》で、ケンゴーは腰を抜かしかけた。

それほどエサをなくしたベル乃は恐ろしかった。

『ＯＯＯＯＯＯＯＯＯＯＯＯＯＯＯＯＯＯＯＯＯＯＯＯＯＯＮ!!』

ベル乃はさらに、狼《おおかみ》の如き遠吠えを叫ぶ。

そして、その大柄な体躯《たいく》が変貌《へんぼう》していく。

黄色地に黒の斑《まだら》模様の浮かぶ剛毛が全身から生えた。瞳孔《どうこう》がネコ科の動物の如く縦長になって、爛々《らんらん》と輝く。口元もせり上がり、可愛い童顔が恐ろしい豹《ひょう》のそれへと変わっていく。例えるならば、半人半豹《ワーパンサー》。二本足で立つ獣のような姿と化していた。

『ＯＯＯＯＯＯＯＯＯＯＯＯＯＯＯＯＯＯＯＯＯＯＯＯＯＯＮ!!』

顔の半分ほどにも大きくなった顎門《あぎと》をさらに、これでもかと広げるベル乃。

かと思えば、子豚の丸焼きを刺していた杭に、猛然と喰《く》らいつく。

もはや空腹を満たせるなら、なんでもよいのか。木の棒をバリバリと音を立てて咀嚼《そしゃく》する様は、不気味にしてどこか不吉であった。

「なんだよアレ!?」

現地映像を見ていたケンゴーは、狼狽《ろうばい》を隠せず諮問《しもん》する。

「ベル乃の〝ハラペコバーサーカー〟モードですな」

「彼女らベルゼブブ家の直系は皆、食べるのをやめるとすぐに『空腹』状態から『飢餓《きが》』状態へと陥《おちい》り、さらには『狂乱』状態と、次々にバッドステータスを増やしていくのです」

「ま、いつものことですよ、陛下」

魔将たちはごく平然と答えた。

いっそ和気藹々《わきあいあい》と言いきりやがった！

（クッソ……〝ハラペコバーサーカー〟モードだあ？　名前のキュートさと見た目のホラーさが全く釣り合ってねえよ！）

これだから魔族はと、改めて慄然《りつぜん》とさせられる。

「どうやったらいつものデカ可愛いベル乃に戻せるんだ⁉」

「それはもちろん――」

「お腹いっぱいになったらに決まってるでしょ」

「やっぱそうだよなあ！」

魔王の威厳も保っていられず、頭をかきむしるケンゴー。

解決法はシンプル。だが現地には食料がないのである。ベル乃が食い尽くしているのである。


――という認識は、甘すぎた。


『……おナがズいダあアあァあァ』

おどろおどろしい声で空腹を訴え、滝のような涎《よだれ》を垂れ流すベル乃は、その場にある食料の存在をはっきりと認識し、ひたと見据えていた。

柔らかそうな、四つの肉を。

アレスとその一行を！

『……イだダぎマあアアアアアアアアアアアアアアアアアアアアアず‼』

この戦いが火蓋を切ってより初めて、ベル乃の方から猛然とアレスたちに襲いかかる。

肉を貪り、喰らわんと顎門を開く。

「らめえええええええっ。それだけはやめてえええええええええええええっっっ」

まさかそんな乱行に走るとは！　あまりにも斜め下のベル乃の暴走！

おまえそれでも女の子かよ‼

魔王城でケンゴーは、あられもない悲鳴を叫んだ。

†

アレスは驚愕《きようがく》していた。

アレスは恐慌していた。

「オナカスイタ」と名乗ったこの魔族の女――一切の攻撃が通じない強靭な肉体を持ち、小指一本で〝赤の勇者〟をどつき回す化物《クリーチャー》だ。そいつがいきなり獣人に変化したかと思うと、裡《うち》に秘めた魔力を爆発的に増大させていったのだ。

「こいつ、まだ強くなるというのか……？」

両膝《りようひざ》がカタカタと震え出す。何が〝赤の勇者〟かと、自嘲《じちよう》で乾《かわ》いた笑いが出る。

それでも――彼がなんと思おうと、アレスはやはり勇者なのだ。

「……イだダぎマあアアアアアアアアアアアアアず!!」

半人半豹《ワーパンサー》となったオナカスイタが、猛然と襲いかかってくる。

狙いは女神官のリマリアだった。

「危ない！」

アレスは咄嗟《とつさ》に走り出す。震える足に喝《かつ》が入る。リマリアを半ば押し倒すようにして、つかみかかったオナカスイタの軌道の先から間一髪、逃れさせる。

「あ、ありがとうございます、勇者様……っ」

「お礼は後だ！」

頬を赤らめたリマリアに、アレスは大声で返す。

女神官を捕まえ損ねたオナカスイタが、次の目標を定めて再突撃していたからだ。

「させるかっ！」

魔法使いのカサンドラを狙って駆ける豹頭の魔族、その行く手にアレスは我が身を挺して割り込む。剣を両手に構え、刀身に「神威の炎《ザ・フレイム》」を漲らせて、迎撃を図る。

「OOOOOOOOOOOOOOOOOOOOOOOOOOOOOON‼」

雌豹の獣人と化したくせに、狼のような遠吠えを叫びながら、オナカスイタが迫った。

元々、アレスより頭一つは高い長身だった。

それが今は、さらに二回りも三回りも大きな巨人のように、アレスの目には映ってしまう。

なんという迫力か。

なんという重圧か。

それでも勇者《アレス》は歯を食いしばり、仲間を守るために剣を振りかぶる。

だが――そのさらに上から、あっさりと潰された。

長身のオナカスイタが伸ばした右手が、アレスの頭を上から押さえ、地面に叩きつけたのだ。

そのあまりの速力に、アレスは全く反応できなかった。

そのあまりの怪力に、アレスは全く抵抗できなかった。

ただただ単純に、大人が子どもをあやすように、オナカスイタに叩き伏せられていた。

「勇者様！」『アレス！』『逃げろ！」

仲間たちの切羽詰った悲鳴。

オナカスイタはアレスを叩き伏せてそのまま、追撃しようとしていた。

アレスは咄嗟に身をひねり、地面を転がり、うつ伏せから仰向《あおむ》けの体勢になる。

視界を確保し、オナカスイタの追撃に備えようとする。

だがしかし、やはり獣人の方が速かった。またも先手をとられた。

ドスン、と腹に衝撃。

オナカスイタに馬乗りになられるアレス。

信じられないほどの膂力《りょりょく》を有する両手で、肩を押さえ込まれる。

「……いダだギまアあああズ」

オナカスイタが涎まみれの顎門を、かぱ、と開いた。

この異常食欲の怪物は、きっと食えればなんでもよいのだ。

リマリアでも。カサンドラでも。

アレスでも。

振りほどこうと暴れるが、ただでさえオカナスイタの剛力は凄《すさ》まじいのに、さらに馬乗りになられた状態では詮《せん》無き抵抗。

アレスは、死を覚悟した。

ゾロリと牙《きば》を備え、涎に濡《ぬ》れたオナカスイタの大きな口が、ゆっくりと迫る。

さぞ生臭い口臭がするのだろうと、反射的に思った。

まるで見当外れだった。

オナカスイタの口腔《こうこう》からは、まるで獲物を誘う食中花の如く、濃厚な甘い蜜の香がした。

死の恐怖も忘れて陶然としてしまうような、得も言われぬ匂《にお》いだった。

そのことがかえって、アレスをゾッとさせた。

魔族という生物が持っている、本質的な邪悪さを垣間見せられた気がした。

(勝てるわけがない……こんなバケモノどもに……)

勇者の勇気《こころ》が、ついに折れた。

アレスは諦念《ていねん》とともに、静かに目を閉じようとした。

まさにその時だった。


一陣の突風《かぜ》とともに、魔王ケンゴーが現れたのは。


ただし面識のないアレスは、その者が魔王だとはわからなかった。ただこのオナカスイタよりもさらに強い魔力の片鱗を感じとり、尋常の魔族ではないことは理解できた。

そして、アレスは信じられないものを聞いた。

「やめろベル乃おおおおおっ。正気に戻ってくれえええええええっ」

まるで慟哭《どうこく》しているような、情けない叫びだ。

とても強大な魔族のものとは思えなかった。

そして、アレスは信じられないものを見た。

「すまあああんベル乃おおおおっ。後で謝るからなああああああああっ」

その強大な魔族は現れた勢いそのままに、オナカスイタへ跳び蹴りをぶちかまし、まさに食われる寸前だったアレスを救ってくれたのだ！

（なぜだ……。どうして……）

アレスは目をしばたたかせながら、間一髪助けてくれたその魔族を観察する。

青年……いや、まだ少年のような風格のない面構えをしていた。

無論、魔族の年齢を外見で測るのは愚かしいことだが、実際に若僧に見えたのだ。

アレス自身もよく頼りなく見られるが、この魔族もまた頼もしさ皆無だった。

何より戸惑わされることに――

その魔族は、なぜか牛を一頭担いでいた。

†

（ま、間に合ったああああああああああああっ）

ケンゴーは肺の中の空気を全部搾り出す勢いで、安堵《あんど》のため息をついていた。

とりもなおさず、〝ハラペコバーサーカー〟化したベル乃が誰かを食べてしまう前に、駆けつけることができたのだ。

（でも、まだ事態が解決したわけじゃない）

自分がドロップキックでぶっ飛ばした相手を、油断なく見据えるケンゴー。

「……オなガずイだァあァあァあ」

ぶっ倒れていたベル乃が、ゆらりと立ち上がった。

「そ、そう思って、持ってきてやったぞ、ベル乃」

ケンゴーはビビって引け腰になりながら、見境をなくした〝ハラペコバーサーカー〟を相手に、全力の愛想笑いを浮かべる。必死に担いできた重量物を、ドッカンと地面に置く。

牛を丸焼きにしたものだ。

「ほら食えそれ食えたんと食え。ほっぺが落ちるほど美味しいぞぉ？」

「……ほノとォお？」

「マジマジ大マジ！　おまえのために特別に調理させたんだ！　見ろよこの肉付き！　国産A5が裸足《はだし》で逃げるって！　痩せっぽちの人族なんかより絶対美味いよ！」

ベル乃がこちらへ食いつくようにと、精一杯セールストークする。

(本当は俺が魔法で適当に焼いて、味付けもしてないんだけどな！)

急いでいたので、城付きの料理人に用意させる時間さえ惜しかった。

「……ジャア、イだダぎマあズ」

結局、ベル乃はダボハゼの如く食いついた。

塩も振ってない牛の丸焼きにかぶりつき、美味しそうにあふあふと頬張っている。

お腹が満たされていくのか、その姿も変わっていく。

突き出た口元が引っ込み、剛毛が抜け落ち、元のデカ可愛いベル乃へと戻っていく。

このいやしんぼサンめ！　と強がりつつも、ケンゴーはまた一安心だ。

（よし、この隙に逃げてくれ、あんたたち）

すかさず勇者一行に目配せ――

「ってもう逃げてるぅ⁉」

――するまでもなく、アレスが修羅場慣れした軍人もかくやに、ごく事務的に仲間たちを先導し、スタコラと走り去っていた。

（しゃ、釈然としないけど、ベル乃さんの勇者一行ムシャムシャ大惨事よりはいいいっ）

後は再び〝ハラペコバーサーカー〟化しないうちに、連れ帰るだけだ。

「よし、ベル乃――」

「……お腹空いた」

「って牛一頭やったばかりだろ⁉」

「……もうない。お代わりちょうだい」

「ピラニアの群れかよおまえ⁉」

「……お腹空いたァ」

「待て待てわかったから！」

早や「飢餓」状態に陥りかけるベル乃へ向けて、ケンゴーは両手を向ける。

その掌《てのひら》に、蒼々《あおあお》とした濃い魔力が集まっていた。

ベル乃が牛の丸焼きに夢中になっている間、勇者たちへ目配せする傍《かたわ》ら、同時に練り上げておいたのだ。

くり返しになるが「空腹」も「飢餓」も、フォーミラマでは状態異常《バッドステータス》の一種である。

ゆえに治癒魔法で回復することができる。ケンゴーがクラール砦でやってみせたように。

「緊急事態だ。今はこれで我慢してくれ、ベル乃」

両手から魔力を照射し、ベル乃に治癒魔法をかける。

「……陛下、雑。やり方が強引」

「だから我慢してくれって！」

「……美味しくない。しょんぼり」

ベル乃は不平を唱えつつも、素直にされるがままになっていた。

「『空腹』状態じゃなくなったら、急いで城に帰るからな」

「……お腹空いた」

「まだ足りないのかよ！」

今度はケンゴーが不平を叫びつつ、魔力の出力を上げる。

これも繰り返しになるが、治癒魔法というものは技術というより力技に近い。ゆえにこれは、ベル乃の「空腹《バッドステータス》」が完全に癒《いや》されるか、ケンゴーの魔力が先に尽きるかという、正面対決だ。

普通に考えれば、「空腹」のような軽度の状態異常、完治させるくらいわけもない。

魔王の魔力は伊達ではない。

現にケンゴーはクラール砦において、数万人の「飢餓」を治癒してみせたのだ。

が——

「そろそろどうだ、ベル乃？」

「……お腹空いた」

「出力さらに倍！」

「……お腹空いた」

「おまえの胃袋どうなってんの⁉」

「……わたし、まだ若いから消化が早い」

「そういう次元じゃねえだろ⁉　ブラックホールかおまえ⁉」

「……いいこと思いついた」

ベル乃がいきなり不穏な発言をした。

かと思えば、両手を広げて突っ込んでくる。

魔王に転生したケンゴーの、今の身長は一八〇くらい。

一方、ベル乃は一九〇を超えている。

その巨体に、ケンゴーは押し倒された。

さらに流れるような動作で、マウントまでとられてしまう。

ケンゴーの腹に、ベル乃のお尻《しり》が乗っかった。その長身に比例した、超重量級のヒップだ。柔肉の「どたぷん♪」とした感触が、腹に押し当てられる。

「おまっ、なに考えて――」

ケンゴーは真《ま》っ赤《か》になって抗議しようとするが、最後まで言わせてもらえなかった。

「……いただきます」

と宣言するなり、ベル乃が「ぶっちゅううううう」とキスしてきたからだ。

唇で唇をぴったり塞《ふさ》いでしまったからだ。

そのままじゅるじゅると、ケンゴーの魔力を直接的に啜《すす》り始めたからだ。


この時――魔王城ではキスする二人の様子が、会議机の天板に大映しにされ、

「おやおや。ベル乃の奴め、大胆なこと♪」

と、アス美が好ましげにころころ笑えば、

「ベル乃おおおおおおおおっ、あんたあああああああああああっっっ」

と一方でルシ子が、「嫉妬」の魔将のお株を奪う悔しがりっぷりで、その天板にガンガン頭を打ちつけていた。

無論それらのことは、ケンゴーの知る由《よし》ではない。

というかそれどころではない。

(キスぅぅ⁉ 俺いまキスされてるぅぅぅぅぅぅ⁉)

と、目を白黒させていた。

(やめやめやめてベル乃……！ それやめて！ おムコに行けなくなっちゃうから、らめええええええええっ)

ケンゴーはあられもない悲鳴を上げるも、唇を奪われたままでは声にならない。

しかし、気持ちは伝わったのだろうか？ プハッとベル乃が唇を離してくれた。

「……陛下、美味しい。このやり方で正解」

またすぐにケンゴーの唇に吸い付いてきた。一瞬、息継ぎしただけだった。

「暴食」の魔将に口腔を蹂躙《じゅうりん》され、魔力を貪られるケンゴー。

ベル乃の舌が暴れていた。

この「美味」を味わい尽くさんとばかり、ケンゴーの歯茎の内側をねぶり、口蓋《こうがい》の襞《ひだ》を撫で回し、軟体動物の如く舌に絡《から》みついてきた。

ぬめぬめ♥ ぬめぬめ♥

ベル乃の舌によるその全ての愛撫《あいぶ》が、ケンゴーに悩ましいほどの官能と快感をもたらした。

さらに濃厚な接吻《せっぷん》行為によって、互いの唾液《だえき》が交換される。

ベル乃の唇は、比喩《ひゆ》ではなく蜜のように甘かった。彼女はケンゴーの治癒の魔力を「美味しい」と言ったが、彼女の唾液こそ天上の果実もかくやに思えた。

(ヤバイ……これ……溺《おぼ》れる……っ)

油断すると何も考えられなくなって、官能の波に意識をさらわれそうになる。

でも、身体能力《ちから》のベル乃から逃れることは、できなかった。

彼女もまたうっとりとした表情になると、その大柄な体を利用し、ケンゴーをすっぽりと抱き締める。さらにグイグイ抱き寄せる。

むっちりとしたベル乃の太ももが、ケンゴーのそれにからんで、弾力に満ちた肉をすりすりと細かくこすりつけてくる。

ヒップ同様に超ボリューミィなおっぱいが、これでもかとケンゴーに押し当てられる。

この時――魔王城ではからみ合う二人の様子が、会議机の天板に大映しにされ、

「これ絶対、挿入《はい》ってるよな?」

「挿入ってる、挿入ってる」

と、レヴィ山とベル原が無責任に談笑し、

「ンガアアアアアアアアアアアアアアアアアアアアアアアアアアアアッッッ」

と、ルシ了がますます激しく天板に頭を打ちつけていた。

無論それらのことは、ケンゴーの知る由ではない。

（チクショウこうなったら、ベル乃を満腹にさせるしかねえ！）

それがこの快楽地獄から脱出する、唯一の方法だった。

こちらも腹を括《くく》る。

キスを通して、積極的に魔力を送り込む。

魔王として生まれたケンゴーの、無尽蔵ともいえる魔力を、今こそ振り絞る時だった。

でも、ベル乃の食欲もまた底なしだった！

無尽蔵ＶＳ底なしの、果てなき戦い。

傍《はた》から見れば、睦《むつ》み合っている男女としか映らないだろうが、ケンゴーは必死も必死。

ちゅぱちゅぱ♥　ちゅぱちゅぱ♥　と攻めてくるベル乃に気力と魔力で抗《あらが》い——

†

言われるまでもなく、この世には数えきれないほどの美味がある。

魔界一の食いしん坊にしてベルゼブブ家の当主でも、それらは未《いま》だ食い尽くせぬ。

だが、ベル乃は確信した。

（……陛下の魔力は、世界で一番美味しい）

全身で浴びるのではなく、口と舌で味わうことでそう悟った。

（……もっと欲しい。……もっと食べたい）

ケンゴーの唇を舐《な》め、口腔を貪り、舌を吸いながら、恍惚《こうこつ》となって堪能。

この究極至高の美味で、空腹を満たせる幸福に夢中になる。

美味い。美味すぎる。ありとあらゆる味蕾《みらい》が喜びを叫んでいるようだ！

魔界で一番浅ましいベル乃の腹は、ケンゴーの魔力を貪っている間にも「くーっ」と鳴る。

まだ男を知らぬベル乃の子宮は「きゅんきゅん♥」と疼《うず》く。

そう――

ベルゼブブ家の者にとって、「食欲」と「性欲」は同義なのだ。

「捕食」も「接吻」もごっちゃなのだ。

胃袋と子宮の両方で、ベル乃はすっかり発情していた。

ケンゴーの逞《たくま》しい体をますます抱き寄せ、足をみっちりとからめる。

そして、普段から食べること以外に使わない頭で、ボケーッと考える。

（……陛下の魔力は、世界一美味しい。だったら、わたしが世界一好きな人は……陛下？）

ボケー。

ボケー。

ボケー。

「……陛下、世界一好き」

「ぬぁっ⁉」

ベル乃の突然の告白に、ケンゴーは真っ赤になりながら驚いていた。

その顔が、食べてしまいたくなるほど可愛かった。

ケンゴーの唇を自分の唇で「かぷっ」とふさいだ。

ベル乃にとって何より大切な味覚のセンサー、すなわち舌で、ケンゴーの舌と交わり合った。

†

ケンゴーにとっては必死の攻防《たたかい》。

ベル乃にとっては熱烈な情交《しょくじ》。

それは実に、三十七分二十二秒に亘《わた》って繰り広げられた。

魔王ケンゴーの魔力をして、ベル乃を満腹させるのにそれだけかかったのだ。

「暴食」の魔将、恐るべし。

ケンゴーは勝つには勝ったけれども、最後にはパサパサになるまで搾り取られていた。

精根尽き果て、もはや立って歩くのも億劫《おっくう》だった。

「……ごちそうさま、陛下」

ベル乃は「けぷっ」と可愛らしいゲップを漏らす。

あれだけ無茶苦茶しておいて！

「………………満足してくれてよかったよ。………………………がんばった甲斐《かい》あったよ」

ケンゴーはボロ雑巾《ぞうきん》のように横たわりながら、めそめそと泣いた。

魔王風を吹かすのを忘れるくらい、ショックだった。

（でもさ、でもさ、これでめでたしめでたしなら、ベル乃に凌辱《りょうじょく》の限りを尽くされた甲斐も、あったってやつだよな……くすん）

そうやって自分を言い聞かせる以外、できなかった。

意識まで朦朧《もうろう》としていたがゆえの、浅はかな考えだった。

めでたしめでたしには、事態は未だ程遠かった。

特大級のの、悪、悪寒が——不意に、——ケンゴーの背筋を走った。

思わずはね起き、目を向ける。

食うこと以外興味がないはずの、ベル乃さえ振り返る。

二人一緒に、クラール湖の中央に聳え立つ——魔王城を凝視する。

ケンゴーは確信した。

ここから遠いその場所で、何かよくない事態が起きている。

まるで未知の、強大でおぞましい魔力が、城内で蠢《うごめ》いているのを感じる。

「……なんだ？　……何があった？」

「……不明」

思わず訊いたが、ベル乃に諮《はか》ったのが愚かだった。

ケンゴーの相談役は別に相応しい者がいる。

「一大事でございます、我が陛下《マインカイザー》！」

マモ代が血相を変えて、瞬間移動魔法でやってくる。

いったい今、何が起きているのか、詳細に報告してくれる。

そして、聞いている間にもケンゴーの顔面は蒼白《そうはく》になっていった。


神様……。

俺、何か悪いことしましたか……？

第六章　ルシ子、愛に生きる

時は三十七分二十二秒を遡《さかのぼ》る。

アレスと仲間たちは、全力で遁走《とんそう》していた。

否《いな》、魔王城へ向かって爆走していた。

未《いま》だ事態がよく呑《の》み込めないが、謎《なぞ》の魔族が助けてくれたおかげで、立ちはだかるオナカスイタをスルーできたこの好機。魔族同士でくんずほぐれつ揉《も》み合っているこの隙《すき》に、城を目指さない手はない。アレスは善良な男だが、決して間抜けではなかった。

仲間たちとともに街道を一気に駆け抜け、クラール湖の畔《ほとり》までたどり着く。

さて問題はここからだ。

魔王城はなんと水面の上に、騙《だま》し絵の如《ごと》く聳《そび》え立っている。

「先に託宣《たくせん》を授《さず》かっていなかったら、信じられないようなフザケた光景だね」

仲間たちの士気を保つため、敢《あ》えて軽口を叩《たた》くアレス。

同時に懐《ふところ》から、血のように赤く大粒の紅玉《ルビー》を取り出した。

橋も船もない湖上を、渡る手段のないアレスたちが、魔王城へと至るための切り札である。

アレスは思い返す。

魔王討伐の相談をするため、ヴァネッシアの離宮へと招かれた時のことだ。

姫手ずから案内してくれたのは——貴賓室《きひんしつ》の類《たぐい》ではなく——屋敷に備えられた礼拝堂だった。

貴人の邸宅としては一般的な建築様式。しかし、これほど本格的な造りの堂は、滅多にないかもしれないと感じた。

木造三階建ての離宮の、南側。

うららかな晩春の陽光が、最も豊かに差す場所の一つ。奥にまします天帝像と大天使像たちを輝かせ、神々しさを演出する造り。

礼拝堂自体、敢えて小ぢんまりと造っているのも、「質素倹約を尊ぶべし」という教えに適うための設計だ。清掃も完璧《かんぺき》に行き届き、ただただ静謐《せいひつ》な空気に満ちている。

アレスは自然と背筋を伸ばし、敬虔《けいけん》な気持ちにさせられる。

「さあ、アレス様。どうぞ、こちらへ」

ヴァネッシア姫に先導されて、礼拝堂の奥へと。

彼女は一度、上座に立つ天帝の像に正対し、丁重に目礼を捧げる（アレスも倣《なら》う）。

それから、天帝像の周囲に侍《はべ》る七体の天使像のうち、「救恤《きゅうじゅつ》」を司る大天使リベラ・リタスの像の前に立つ。

「いらっしゃいますでしょうか、大天使様？」

恭《うやうや》しい口調で、像に向かって訊《たず》ねる。

いったい何をしているのかと、アレスは軽く驚かされる。

しかし――本物の衝撃は、その直後にやってきた。

「ええ、おりますよ、王女ヴァネッシア」

白大理石でできた彫像が返事をし、まるで生物の如く滑らかに動き出したのだ。

その御姿は美しいが、人に似て人に非《あら》ず。

男性でも女性でもなく、背中から左右非対称、奇数の翼を生やすのが天使の特徴だ。

リベラ・リタスの翼の数は、五。

どこか分別臭い表情をしたその顔が、パチパチとまばたきをした。

何も見ず、何も映さぬはずの大理石の瞳《ひとみ》が、今やはっきりとこちらを捉《とら》えている。

偶像では伝統的に表現されない天冠――頭上に浮かぶ光の七芒星《しちぼうせい》――まで顕現する。

天界の住人が人界に降臨し、奇跡を起こして石の像に宿ったのであろう！

「あなたが勇者アレスですね？　その凛々《りり》しいお顔……主の面影《おもかげ》をどこか感じます」

「お、お初にお目にかかりますっ」

アレスは慌《あわ》ててその場にひざまずく。

神殿の教えに曰《いわ》く――天帝は人族の成長を優しく見守り、自助努力を厳しく促し、ゆえに人界に干渉をすることを好まないという。またゆえに天使が最後に降臨したのは、五十年前とも百年前とも言われているほどのレアケースだとも。

（その天使に、まさか生きている間に自分が遭遇することがあろうとは……）

アレスは信じられない想《おも》いだった。

同時に、〝白の乙女《おとめ》〟とも〝小ラタル〟とも謳《うた》われるヴァネッシア姫の、尋常ならざる徳の高さに舌を巻かされた。腐敗と悪徳が蔓延《まんえん》する、神殿の聖職者どもとは次元が違う。この正真の聖女のところにだからこそ、天使も降臨してくるのだろうと信じて疑わなかった。

「大天使様にお願いがあります」

そのヴァネッシアが、リベラ・リタスの宿った像に恭しく頭を垂れた。

「アレス様に、魔王を討つためのお知恵やご加護を、授けていただきたいのです」

「承知いたしました。全ての勇者は、いわば主の末裔《こどもら》です。助力は惜しみません」

リベラ・リタスはまるでもったいぶることなく、快諾《かいだく》してくれた。

アレスは反射的に喜色を浮かべ、ヴァネッシアもまた一層深々と頭を下げる。

だが次の瞬間、アレスの笑みは強張ることになる。

リベラ・リタスが唐突に、その右手を自らの腹に突き刺したからだ。

ぎょっとなっている間にも、リベラ・リタスは己《おのれ》の腹の中をまさぐり続ける。大理石でできているはずなのに、そこだけ柔らかな粘土と化したかのように、ずぶずぶと。

そして、何かを取り出した。血のように赤く、大粒のルビーだった。

「さあ、勇者アレスよ。これを」

澄んだ笑顔で差し出されるが――取り出されるまでの、あまりの不気味さに――アレスは受け取ることを躊躇《ためら》ってしまう。だけど、

「人族の偏狭《へんきょう》な価値観で、偉大なる天使の在り方を測るのは浅はかですよ、アレス様」

ヴァネッシアにやんわりと窘《たしな》められ、確かにと同意した。

謹んでルビーを受けとると、リベラ・リタスは厳《おごそ》かな顔つきになって、託宣をくれた。

「予言いたしましょう。まもなく魔王城は場所を移し、クラール湖の中央に聳え立つことになります。その宝石は翼を持たぬあなた方が、水の上を移動するためのものです。魔王城へ突入するための、『救恤』の加護です――」


マイカータ王都を発つ、前日のことであった。

そして現在、アレスは感嘆を禁じ得ない。

かの御使《みつか》いの予言は的中し、湖上の魔王城へと挑むことになった。

もし何も準備がなければ、すごすごと逃げ帰る羽目になっていただろう。

「改めて『救恤《リベラ・リタス》』の大天使の加護に、感謝を」

ルビーをにぎりしめて、仲間たち一人一人とうなずき合う。

互いの気持ちを確認し合ったアレスは、湖上の城へと向けてルビーを掲げた。

リベラ・リタスから言い含められた合言葉を、仲間たちと唱和した。

「「「レドオ　デエウ　ノラヒノテ　ガワ！」」」

瞬間――手の中のルビーがいきなりドロリと溶け落ち、流血の如く滴《したた》る。

同時に、中から謎の影が飛び出す。

しかもアレスらの頭上遥《はる》か、一息に翔《か》け上がっていく！

「な、なんだ……っ⁉」

見上げ、逆光に目を細めながら、アレスは正体を探ろうとする。

その影は地上の言葉で答えた。

「我は偉大なる天帝聖下の使いにして、『水』を司る者ア・キュアなり」

空の一点に留まり、太陽を背負い、天使が尊大に名乗った。

眩《まぶ》しさに慣れたアレスの目が、その御姿をはっきりと視認する。

人に似て人に非ず。男性でもなく、女性でもない。美形ではあるが、のっぺりとした無表情。

背中には左右非対称、計十五枚の翼を持つ。純白の、そしてブカブカの貫頭衣《かんとうい》をすっぽりとまとい、手足や体型は窺《うかが》えなかった。頭上には天冠――光で描かれた菱形《ひしがた》の線――が確認できた。

（てっ、天使⁉　水の天使だって⁉　どうして⁉）

思っていた加護と違う。てっきり空を飛べるようになるなり、魔王城へ瞬間移動できるような、そんな類の奇跡が起きると思っていたのに。

あるいは水の天使の力で、この湖を渡らせてくれるということなのか？

「御身《おんみ》の加護を、期待してよいのでしょうか？　あの城へ送り届けてくれるのでしょうか？」

腑《ふ》に落ちないものを感じつつ、問いかける以外できないアレス。

「承知した。魔王とその一党は、主にまつろわぬ害虫なれば是非もなし。我が力、そなたらに与えよう、勇者よ」

ア・キュアは即答した。色のない声で淡々と承認した。

話の早さにアレスは肩透かしを食う――暇《いとま》もなかった。

水天使《ア・キュア》の、ブカブカの貫頭衣の裾《すそ》が、いきなり裏返るようにめくれ上がったのだ。

アレスたちはぎょっとする。

否、ゾッとする。

めくれた貫頭衣の下から覗《のぞ》いたのは、人族そっくりの胴体や手足――ではなく、まるで海棲軟体動物《タコやイカ》を髣髴《ほうふつ》させる、体の底に開いた巨大な口と物騒な牙《きば》、そして無数の触手だったのだ。

そのショッキングな光景を目の当《まあ》たりにし、呆然自失《ぼうぜん》となったアレスらへ、貫頭衣の下に隠れていた触手が一斉に、高速で伸びる。

間一髪、その不意打ちに反応できたのは、勇者アレス一人だった。

仲間たちは衝撃で心身ともに凍りついていた上、まさか天使から攻撃を受けるとは思っていなかった。棒立ちのまま触手の餌食《えじき》となった。体のあちこちを絡《から》めとられ、動きを拘束された。

女戦士のダナが反射的に膂力《りょりょく》を振り絞り、脱しようとするが、触手はぞるぞると巻きつくばかりで、振りほどくことも引きちぎることもできない。ましてやか弱い女神官《リマリア》と女魔法使い《カサンドラ》に、脱出は不可能。完全に身動きを封じられたそこへ、新たな触手の一本が迫り、口腔《こうこう》にねじ込まれた。

「ダナ！　リマリア！　カサンドラ！」

アレスは次々と襲い来る触手を回避し、あるいは斬り払いながら、仲間たちの名を呼ぶ。

その間にもア・キュアは、彼女らの口へねじ込んだ触手から、無理やり何かを飲ませていた。

彼女らの喉《のど》が鳴っていた。

そして、無数の触手がいきなり、仲間たちを解放したかと思うと——

もう彼女たちは操《あやつ》り人形と化していた。

自我を喪《うしな》い、肉体の支配権も奪われているのだろう。両目の焦点は定まらず、口は半開きになってヨダレを垂れ流す。まるで死霊魔法で使役される、ゾンビのように虚《うつ》ろな表情。

見ていられない、なんと憐れな姿か！

しかも三人がかりで、アレスへつかみかかってくる。

その動作はどこか非人間的だった。筋肉や関節の使い方が歪《いび》つだった。にもかかわらず、異常なスピードで迫ってきた。俊敏《しゅんびん》さを身上とするダナは無論、運動能力の低いリマリアでさえ。

「身体能力の激増——それも我が加護の一端です」

ア・キュアが顔色一つ変えず、いけしゃあしゃあとほざく。

実際、常人を超越した仲間たちの異常速度に、勇者アレスをして咄嗟《とっさ》には逃げきれない。囲まれてしまう。触手を斬り払うことはできても仲間たちへ刃を向けることは、アレスにはできなかった。為《な》す術《すべ》なく、三人がかりで取り押さえられた。

身じろぎさえ許されず、頭上の水天使をにらみつけるアレス。

「貴様！　何を考えている⁉」

「加護を願ったのはそなただ、勇者よ。我は力を与えよう。そなたらは歓喜とともに身を差し出し、天界の尖兵《せんぺい》となる栄誉を噛《か》みしめるがよい」

「ふざけるな！」

アレスは天に向かって咆《ほ》えた。

しかし、ア・キュアはどこを見ているかもわからぬ透明な顔つきで、取り合わなかった。

貫頭衣の下から一本の触手を伸ばし、動けぬアレスの鼻先に突きつけた——

†

急転直下に次ぐ急転直下とは、まさにこのことだろう。

あるいは青天の霹靂《へきれき》か。

「嫉妬《しっと》」の魔将にしてチャラ青年、レヴィ山《やま》は皮肉げに片頬《かたほお》を吊《つ》り上げる。

最初は〝赤の勇者〟をどうあしらうかという話だったのに、ハラペコバーサーカー騒動に変わり、仕舞いには天使まで出てくる有様。僚将たちも騒然となっていた。

魔王城は最上階、「御前会議の間」。

ともに長机を囲むは、「傲慢《ルシこ》」「強欲《マモよ》」「怠惰《ベルはら》」「憤怒《サとう》」「色欲《アスみ》」の五人。

机の天板に映る水天使の、もはや触手を隠そうともしない異形の姿に、殺気まみれの眼差《まなざ》しを突き刺している。

ア・キュアは既に城内へ侵入し、一階通路を黙々と進んでいた。

相変わらずその顔は、のっぺりと表情が抜け落ちている。

しかし、傀儡《かいらい》に変えた勇者一行を引き連れ、行進を続ける様は、まるで城の主然としているではないか！

「この城はケンゴー様のものです」サ藤《とう》が冷酷な顔つきに豹変《ひょうへん》し、ひどく押し殺した声で言った。「それを土足で踏みにじるあの不敬な連中を、今すぐ討つべし。さもなければ、怒りで頭が変になってしまいそうだ」

どこまでも冷え冷えとした殺気が、室内の温度まで実際に下げていた。

「それは同意じゃが、相手は天使ぞ？　勇者よりももっと侮《あなど》れぬ相手ぞ？」

アス美《み》がすかさず釘《くぎ》を刺した。

レヴィ山も同意だ。勇者は上位層もでない限り、人族に毛の生えた程度の取るに足らない連中だが、天帝の御使いどもは違う。どいつもこいつも難敵だ。

にもかかわらず、サ藤はまるで変わらぬ冷たい声音で、「それが何か？」と冷笑した。

「強がるなよ、若僧。貴様のお父上の末路を思い出してみろ」

マモ代《よ》も横から苦言を呈す。

サ藤の実父——先代の「憤怒」の魔将は、『慈悲』《ミ・セ・リコ・ルディア》を司る大天使との七日七晩の死闘の末、討ち取られたのだ。

サ藤は苛立《いらだ》って反駁《はんばく》しようとしたが、

「この中で天使に痛い目に遭わされたことがない者など、若いルシ子《こ》だけであろうよ」

ベル原《はら》がすかさず、マモ代と両方の顔が立つ台詞《せりふ》で、婉曲《えんきょく》に仲裁した。

（さすがは魔界随一の智将だ、嫉妬するほど巧い）

そう、今は僚将同士でいがみ合っている場合じゃない。

「ハアァ？　ベル原！　あんた、『傲慢』《このアタシ》の魔将のこと小娘だって舐《な》めてんのぉ⁉」

（だから、いがみ合ってる場合じゃねえんだってば！）

ベル原の言葉尻《じり》に嚙みついたルシ子に、レヴィ山は天を仰《あお》いだ。

「オマエラ、サ藤の最初の言葉を思い出せ。嫉妬するほどいいことを言ってたろ？　これ以上、陛下の城であいつらの土足を許す気か?」

呆《あき》れ口調で言ってやると、一同が一旦《いったん》は静まる。

「我が陛下《マインカイザー》は今、ベル乃《の》の空腹を癒《いや》すのに専心なさっておられる」

「ええ、そちらを邪魔するわけにはいきません」

「それに、ケンゴーがいなければ何も対処できませんでしたじゃ、アタシたちの名折れよ!」

「ルシ子の申す通りじゃ。こやつらを討つのは七大魔将の務めじゃろう」

各々の配下をけしかけるつもりはさらさらない。それだけは共通認識だった。

実際とっくに、手を出すなとマモ代が伝令を飛ばしている(だからこそ、ア・キュアどもは無人の野を行く如しでいられる)。

「では、誰が行く?」

マモ代が質問と同時に、軍刀の如き鋭い眼光を一同へ配った。

そう、これも共通認識だ。二人がかり、三人がかりで迎撃するつもりはさらさらない。

今でこそ、あたかも一枚岩のようにケンゴーの元へ集っているが——そもそも自分たち七大魔将は、ライヴァル同士の間柄だ。各家が血で血を洗う権力争いを、数千年も続けてきた関係だ。例えばレヴィ山とベル原のような、個人としてたまたま友誼《ゆうぎ》を結ぶ例はあれど、本質的には仲が悪い。

まして、共闘の仕方など知らない。先日、クラール砦《とりで》を兵糧攻めにしたサタン家の秘術のように、互いが互いに切り札を——それも何枚も——隠し持っているのが実情なのだ。

複数人でア・キュアに当たったところで、連携をとる、とれないの話どころか、お互いが邪魔になって到底全力を出しきれないのがオチであろう。

だから、誰か一人だけが出陣するのはいい。それはマストだ。

しかし——

「ここは我が陛下《マインカイザー》の一の忠臣である小官に任せろ」

「よく言いますよ、マモ代さんが欲しいのは手柄や権勢だけでしょ？　僕が行きます。ケンゴー様の城を侵すなんて、あいつら許さない。久々にキレました」

「どちらも勝手を申すな。我が君を想う気持ちは皆それぞれにあろうよ。ならば、実力的に適任かどうかが肝要であろう？　例えば吾輩《わがはい》のような、な」

「僕なら四元《しげん》天使如き、秒殺してきますよ？」

「じゃあアタシなら瞬殺よ！」

「待つのじゃ。相手は水属性、ならば妾《わらわ》があしらうのが適任じゃろう？」

「僕の得意な火属性だって相性はいいですよ？」

「それならば小官が秘蔵する水斬りの太刀《たち》『ウーパーローパー』だとて——」

「いや、吾輩が——」

「いいや、妾が——」

と――互いが一歩も譲らず、低次元な口論を続け、一向に収拾がつかない。

この間にもア・キュアどもは、奥へ奥へと魔王の城を踏みにじっているというのに！

（まったくこいつらときたら、どうしようもねえ）

レヴィ山は一人、口論には参加せず、額《ひたい》に手を当てる。

本当に辟易させられる。心の底からウンザリする。

（いつもならケンゴー陛下が、嫉妬するほどの決断力と先見性でバシッと指名してくださるがな。陛下がいらっしゃらなければ、すぐにこれだ。烏合《うごう》の衆だ。バカバカしい！）

なんて愚かな奴《やつ》らだろうか。

嫉妬する気にもならない連中だろうか。

（先代陛下の御代《みよ》に、胸焼けするほど見た光景だ）

胸中で吐き捨てるレヴィ山。

（――思えば、ケンゴー陛下は類稀《たぐいまれ》なるカリスマだった）

まだ半年間。されど半年間。七大魔将は新たに戴冠した魔王の下、統制がとれていた。

角を突き合わせるのは日常茶飯事《にちじょうさはんじ》でも、今日のように収まりがつかない日はなかった。

七大魔将全員を統率できた魔王など、歴代に一人としていないというのに。

そう、先代陛下だけの話ではない。

ケンゴー以前の魔王たちは皆、魔将たちの誰が好きだ嫌いだと、贔屓《ひいき》し、また遠ざけた。

誰が味方だ敵だと、色分けをしたことで魔将同士の反目が強まり、宮廷はいつも割れていた。

（でも、ケンゴー陛下は違う。あの方は、不思議な包容力をお持ちだ）

誰一人として嫌わない。誰一人として遠ざけない。

そして、いつも驚くくらいこちらの心情を気にかけてくれる。

主君のために働けば必ずねぎらってくれるし、少しでも役に立てば絶賛してくれる。逆に失敗しても、頭ごなしに叱ったり罰することなんて絶対にない。

こんな特異な魔王陛下、史上、他《ほか》に誰がいただろうか？

でもだからこそ、レヴィ山たち七大魔将の方もまた、ケンゴーを敬してやまないのだ。

個性豊かといえば聞こえがいいが、協調性ゼロの自分大好き連中が、ケンゴーのためにならばまとまるのだ。

（これをカリスマと言わずして、なんと言う？　そこに痺《しび》れる嫉妬する）

レヴィ山は僚将たちのみっともないまでの騒ぎっぷりをみて、ケンゴーの素晴らしさをますます痛感する。

（こいつら今すぐ全員ぶっ殺して、オレちゃんが出陣してぇ）

とまで考えるも、そんな真似《まね》をすればケンゴーが絶対に悲しむだろうからできない。

板挟みだ。

どうするべきかと嘆息一つ。

「とにかく！　このアタシが行くったら行くったら行くの！」

わめき散らすルシ子に、躾《しつけ》のなってないガキかよとまた嘆息一つ。

「なんでそんなに必死なんですかねえ？」

と、明後日《あさって》の方を向いて訊ねる。本当は理由なんか聞きたくもないが、皮肉で。

ところが――

「べっっっっ、別に理由なんてなんだっていいじゃない！」

ルシ子は過剰《かじよう》なほど頰を紅潮させて、そう言った。

ちょっと予想外の反応だった。「ん？」とレヴィ山は、初めてルシ子に注目する。

そして同じく、アス美も何か感づいたように、

「ほう！　ほほうほうほう！　なるほどなあ」

「どうした、アス美？　楽しそうだな。オレちゃんにも教えてくれよ」

「つまりじゃな、ルシ子はこう言いたいのよ――」

「ギクリ」

「今は主殿《あるじどの》がお留守じゃろ？　そして、夫の留守を守るのは妻の仕事じゃろ？　将来の正妃としては、魔王不在の城を守る役目は誰にも譲りたくないという、健気《けなげ》な理由じゃ」

「べべべべべべべ別にそんな理由じゃないわよ！　ないったらない！」

ルシ子は首筋まで真っ赤《まか》になって否定したが、これは語るに落ちたというやつだ。

なるほどなあ、とレヴィ山は相好を崩す。

この鼻持ちならない傲慢《ごうまん》娘にも、なるほど健気なところはあったかと。

「ま、そういうことならば、妾はルシ子に一票じゃな」

「だから違うってつってるでしょ⁉　それに仮にもし億が一そうだったとして、なんでアス美が賛成してくれるわけ⁉」

「実際、ぬしが正妃の座に収まれば、主殿も幸せになれると思うてのう」

「えっ／／／／／／」

「そしたら気をよくした主殿とぬしと、3P《さんぴー》もできそうじゃと思うてのう」

「だから、しないわよ！　バカじゃないの！」

「よし、オレちゃんもルシ子に一票で4P《よんぴー》な」

「レヴィ山まで⁉」

完全にジョークなのだが、面白《おもしろ》いくらい真に受けるルシ子がおかしくて仕方ない。

「ふむ……。六人中三人がルシ子に賛成か。ならば吾輩も折れぬわけにはいかぬな」

機を見るに敏なベル原が、すかさず柔軟な態度を見せた。

（やっぱおまえさんは見どころがある奴だぜ。オレちゃんの友だぜ）

さっきぶっ殺そうかと思ったのも忘れて、チャラ〜くウインクしておいた。

「これでルシ子が過半数とった。マモ代はどうする？」

「貸し一つだ。その条件なら小官も賛成する。これは絶対に譲らん」

「ハハ、まったく『強欲』なこって」

レヴィ山は肩を竦《すく》めつつ、了解の旨《むね》を態度で示す。

そして残る一人――一番強情なサ藤に、全員が向き直る。

「どうする？　五対一だぜ？」

「聞くまでもないことを、聞かないでください。怒りますよ？」

サ藤は忌々《いまいま》しげに答えた。でも、それ以上の不服は唱えなかった。

「決まりだ！　頼んだぞ、ルシ子！」

レヴィ山は手を打ち、快哉《かいさい》を叫ぶ。

「任っっっせなさいな！　このアタシを選んだあんたたちの目は節穴じゃなかったって、すぐに証明してきてあげるからっ」

ルシ子は早や調子に乗って、高笑いしながら出陣していく。

その背中を苦笑いで見送りながら、

（やっぱケンゴー陛下はすげえ。マジすげえな）

と、レヴィ山は心酔した。

「傲慢《ルシファー》」の魔将家の直系をして健気な娘にならずにいられないほど、惚《ほ》れさせたのが凄《すご》い。

そして、その一途な想いに打たれたからこそ、レヴィ山もアス美も応援したくなったわけで。

踊るだけで定まらなかった会議の流れが、一気に決したわけで。

（つまりはこれも、陛下の魅力の賜物《たまもの》ってことだろ？）

この場におらずして七大魔将を一枚岩に成さしむる、今上《きんじょう》陛下のカリスマにマジ嫉妬。

もし当の本人が聞いたらば、「持ち上げすぎだ。おまえの悪い癖《くせ》だ」と否定しただろうけど。

レヴィ山は心底からそう思った。

†

魔王城は魔法技術の粋《すい》を集め、さらに千年という歳月を普請《ふしん》に費やされた、史上空前の巨大建造物である。

当然、何もかもが常識外れにできている。

例えば建物のサイズや構造上、あり得ぬほどに広大な中庭が存在するなど、序の口も序の口。

中でも「星の川」と名づけられた一つは、のどかな草原に常時、満点の星空を眺められるという風光明媚《めいび》な趣向の庭園なのだが、同時に激しい戦闘をするにも広さといい、何かを壊す心配が要らないことといい、まさに打ってつけだ。

ルシ子はそこを戦場に選び、ア・キュアどもを待ち構えた。

無手、そして全くの普段着姿。ブラ同然のトップスに極ミニスカート。この程度の敵を相手に、殊更《ことさら》の重装備や戦装束《いくさしようぞく》など不要ッという「傲慢《プライド》」の表れだ。

腕組みし、ふんぞり返って仁王《におう》立ち。威風堂々、華奢《きやしや》なはずの体が大きく見える。

口元にはこれでもかと不敵な笑み。

ほどなくやってきた、ア・キュアの不気味な姿を蔑視《べつし》する。

勇者たち四人を引き連れた水天使は、やや高いところを浮遊していた。

貫頭衣の下からは無数の触手が伸びて、ウネウネと蠢動《しゆんどう》。

頭上に浮かぶ天使の象徴——光で描かれた菱形の線——が、まさに冠の如く存在感を放つ。

一方、傀儡に変えられた勇者らは、言葉にならない唸《うな》り声を垂れ流し、非人間的な体遣いでギクシャクとやってくる。

そんな侵入者どもに、ルシ子は格好つけてババッと右掌《みぎてのひら》を向け、

「来たわね、殺戮《さつりく》人形ども！　アタシはルシ子！　当代の『傲慢』の魔将よ！」

声高らかに名乗りを上げた。

ちなみに「魔王ケンゴーの留守を守る未来の妃よ！」と付け加えなかったのは、どうせ僚将たちが会議の間から観戦しているからだ。恥ずかしいからだ。

そんな名乗りに対し——

「障害を発見。速やかに排除せよ」

ア・キュアが色のない表情と声で、傀儡どもに命じた。

自らはルシ子から距離をとったまま空中に制止し、勇者一行をけしかけた。

女魔法使いだけはア・キュアの護りに残ると、勇者、女戦士、神官の順に突撃してくる。

かなりのスピードだ。ベル乃と交戦した時の比ではない。水天使の加護により、身体能力を無理やりに高められているのだ。

特に勇者のそれは水際立《みずぎわだ》っている。傀儡と化し、意識を喪失しているためか、赤き燐光《りんこう》こそまとっていなかったが、「破邪の力《ザ・パワー》」を発揮していたその時よりも今の方が速かった。

だが、ルシ子は動じない。

「あっそ！　いくさ場の作法も知らないわけね！」

上から目線でディスると、自らも戦闘体勢に入る。

「我は大地に降臨せし明けの明星《みょうじょう》！　天より光を奪い、唯我独尊《ゆいがどくそん》、輝けるもの！」

横柄に腕組みして詠唱。

ルシファー家を象徴し、当主のみに相伝される大魔法を用いる。

光が——彼女の細い背中に集まった。

それは六対十二枚の大きな翼を形どり、夜空の下、まさに地上の星の如く燦然《さんぜん》と煌《きら》めいた。

「かかってきなさい！」

その気炎に反応するように、右半分六枚の翼が一斉に動く。

鞭《むち》のように撓《しな》って伸び、槍《やり》のようにアレスらへ突きかかったのだ。

その迎撃の鋭さ、苛烈《かれつ》さに、アレスらも突撃を断念、対処に専念という判断を下す。

〝赤の勇者〟はさすがであった。己へ迫る二枚の翼を二枚とも、打ち払ってみせた。

女戦士は一枚を受け流すも、槍と化したもう一枚の翼に左腿《ひだりもも》を刺された。

神官の方は二枚とも対応できず、両腿を串刺しにされた。

ア・キュアの加護で身体能力が激増しても、やはり本来のスペック差が大きいらしい。

ルシ子的には敵前衛三人中、二人の移動力を削《そ》ぐことができて、上々の結果。

次いで、敵後衛の処理に移る。

女魔法使いは火力支援のつもりだろうか、《火炎弾《ファイアーボール》》を連発し、こちらへ半ば牽制、半ば砲撃をしかけてきた。

意思を奪われた操り人形のはずが、魔法のような複雑な技術を駆使できる不思議。

ア・キュアが女魔法使いに魔力を送り込むことで、あたかも「生ける火炎の杖《つえ》」として、無理やり魔導の媒体《ばいたい》に仕立て上げているというのが、その答え。

《火炎弾《ファイアーボール》》は所詮《しょせん》、魔界では低位に分類される攻撃魔法であるが、ア・キュアの加護を受けた女魔法使いは、人族とは思えぬ連発力を見せる。さすがに無視はできないレベルだ。

「でも、甘いわね！」

ルシ子は慌てず騒がず、腕組みしたまま胸を張る。

代わりに、勇者らの足止めには使わなかった左半分の翼が動く。迫る《火炎弾《ファイアーボール》》を叩き落とし、また盾《たて》となってルシ子を庇《かば》う。この光の翼は対物・対魔を問わず、絶対的な防御力も持つ。

「我が光輝溢《あふ》れる翼は、破軍の剣にして盤石《ばんじやく》の盾！」

腕組みしたまま高笑い。またその驕慢《きようまん》な台詞は、呪文《じゆもん》の詠唱も兼ねていた。

光の翼がますます煌めき、力を増す。

躍動するたびに夜闇《やあん》を裂いて、鮮やかな軌跡を曳《ひ》く。

右の六枚がアレスと斬り結んで接近を阻《はば》み、左の六枚が《火炎弾《ファイアーボール》》を尽《ことごと》く打ち払う。

攻防ともに隙なしとは、まさにこのこと！

「人族なんかに頼ってないで、あんたが降りてきてアタシの相手になったら？」

ルシ子は高笑いを続け、一番後方に控えたままのア・キュアを挑発する。

しかし、この感情が存在するのかしないのかわからない水天使は、

「――早く立て」

と冷酷に命じた。

それで女神官が治癒魔法を用い、傷ついた自身の両足と、仲間の戦士の右足を、たちどころに再生してしまう。光の翼が穿《うが》った痕《あと》を塞《ふさ》いでしまう。

魔法使い同様にア・キュアの魔力を注《そそ》ぎ込まれて、「生ける治癒の杖」として無理やり魔導の媒体にされ、道具のように扱われたのだ。

しかしその分、ただの人族には不可能な回復効果を発揮した。

「フン、小賢《こざか》しい」

ルシ子は鼻で笑った。

足の傷を癒した女戦士が再突撃してきても、腕組みしたまま動じなかった。

アレスを攻撃していた六枚の翼のうち、二枚を割いて阻むだけの話。

ルシ子の翼は変幻自在、剣となり槍となり鞭となり、四方八方から勇者と戦士を攻め続ける。

肉を割き、骨を砕き、内臓を穿つ。

女神官が後衛に回って仲間の治癒に専念するが、魔法で傷が癒える早さよりも、光の翼が与える傷量の方がわずかに勝る。

ルシ子は腕組みして胸を反り返したまま、光の翼の制圧・防衛能力に任せきりで、勇者一行を徐々に圧倒していく。

戦闘が始まってからこっち、一歩もその場を動いていない。仁王立ちのまま余裕風。

ただし、これは性格《プライド》の問題だけではない。この光の翼は、術者が両足をどっかり地面につけている時に最も真価を発揮し、空を飛ぶなどして高度をとればとるほど弱まっていくという性質があるからだ。初代ルシファーが天界より「最も貴重な光」を奪い、地上に持ち帰ったそれを核に使い、編み出した秘術だからという由来がある。

とはいえ実際、人族どもなど眼中にないのも事実だ。たとえ勇者といえど、天使に傀儡化されているようでは底が知れてる。

「そっちから来ないなら、アタシから行くわよ！」

ルシ子がにらみ据えるは、アレスらの後方――あたかも夜闇の奥に潜むア・キュアのみ。

腕組みしたまま新たな呪文を詠唱する。

「我が過去に一寸の瑕《きず》なし！　我が未来に一片の影なし！　約束されし勝利と栄光！　汝ら、我が輝かしき歴史を舗装《ほそう》す、石畳の一個となる名誉に奮《ふる》えよ！」

高らかに叫ぶ。

途端――満天の星の数が、さらにいや増した。

ただし、そう見えたのは一瞬のこと。増えた星の正体は、ア・キュアに向かって集中的に降り注ぐ光の雨だった。無数に刺すその一本一本が、それこそ《火炎弾《ファイアーボール》》の威力に匹敵《ひってき》しよう猛攻撃。これが魔族の将たる者の面目躍如《めんもくやくじょ》。同じ魔法でも人族が扱えるものとは次元が違う。

浴びたア・キュアが打ちのめされ、浮遊するその体を傾《かし》げる。

光の翼で取り巻き《アレス》たちをあしらい、魔法による遠距離攻撃で本命《ア・キュア》を直撃する――これがルシ子の描いた戦闘プランであった。王者の戦いであった。

ア・キュアに与えたダメージは、すぐに女神官が魔法で癒してしまうが、それも構わない。

人族と違って天使どもは、魔族同様に魔法を得意とする。

連中はいけすかなくも「神聖力」と称し、もったいぶって「秘跡」などと嘯《うそぶ》くが、要は魔力と同一のエネルギー、魔法と全く同じ原理のものだ。

勇者らを傀儡として使役し続けるのに、ア・キュアは神聖力《まりょく》を消費し続けている。

女神官らを魔法の杖代わりに酷使するたび、ア・キュアの神聖力《まりょく》はさらに費える。

戦闘が長引けば長引くほど、水天使は神聖力《まりょく》を枯渇させていき、いつかは尽きることだろう。

「世に、比喩《ひゆ》抜きに魔力無尽蔵の者なんていないわ！　それは魔王《ケンゴー》や魔将《アタシ》だって同じ！　さあ、あんたの魔力量はどれくらいでしょうね？　根競べと行きましょうよ！　アタシはあんた如きに負ける気なんてしないけれど！　アハハハハハハハハ‼」

ルシ子は腕組みしてふんぞり返り、高笑いして勝ち誇る、傲慢フルコンボをキメた。


――と。


それらルシ子の戦闘模様は当然、「御前会議の間」から観戦されている。

マモ代が器用に幻影魔法を使い分け、長机の天板半面に「ルシ子VSア・キュア」を映し出し、もう半面に未だくんずほぐれつ睦《むつ》み合っている（ようにしか見えない）ケンゴーとベル乃を映している。

そして、ルシ子の戦いぶりを見たサ藤が、

「温い」

と冷めきった表情で、痛烈に批判した。

しかし、誰も反論しない。「確かに」という台詞が、残る四将の口から漏《も》れる。

「いくらルシ子が器用貧乏といえど、もっと簡単に決着をつけられたのではないかのう?」

「飛翔の魔法で勇者どもが手の出せぬ高高度から、一方的に攻撃すればよいものをな」

「だがルシファー家の光の翼は、高度をとればとるほど弱まるんじゃなかったか?」

「だったら他の攻撃魔法を用いればよいと、小官は考えるが?」

「然様《さよう》。サ藤に遠く及ばぬとはいえ、ルシ子の魔法でも人族風情《ふぜい》を再生不可能レベルで木端微塵《こっぱみじん》にするくらいはできようさ」

「光の翼を展開するのはその後でよかったのですよ。白兵戦能力ではベル乃さんに遠く及ばないとはいえ、ア・キュアと一対一の状況に持ち込めば圧倒できたはずです」

「ルシ子はどうしてそうせんのだ?」

「ベル原にわからないのに、オレちゃんたちにわかるわけがないだろ?」

皆口々に疑問を唱え、首を傾げる。

一人、サ藤が冷淡に断言する。

「このままではルシ子さん、生き恥をかくことになりますよ」

やはり誰も反論しなかった。

全員の目が、天板の半面に映るア・キュアの姿に注がれる。

より正確には、その頭上に浮かぶ天冠に。

光で描かれた菱形の、その輝きが刻一刻と増していた。

神聖力《まりょく》を練り上げ、大きな秘跡《まほう》を準備している証左だ。

おぞましい企《たくら》みが水面下で進行している裏付けだ。


――と。


僚将たちに懸念されていることなど、ルシ子はつゆ知らなかった。

ただ、僚将たちの戦況分析は間違っていなかった。ルシ子がその気になれば、傀儡と化した勇者たちなど圧殺できた。その後、ア・キュアを料理するのも容易《たやす》かった。

しかし、しない。なぜか？

（べべべべべ別に人族を何万人虐殺《ぎゃくさつ》しようともアタシは気にも留めないけど！　操り人形にされて可哀想《かわいそう》だとか思わないけど！　でも殺しちゃったら、あのヘタレチキンが絶対泣くから。ずっと引きずるから。べべべ別にあいつが泣いても落ち込んでも、アタシは気にしないけど！　まあでも仮にも魔王陛下にジメジメした空気になられたら鬱陶《うっとう》しいし、勘弁してあげるわ！）

などと考えていた。さらには、

（第一、アタシは超強いんだから！　七大魔将でも最強だし！　天下一だし！　別に勇者たちを生かしたまま戦うハンデくらいあっても、ア・キュア如き余裕だし！）

などと考えていた。

「傲慢」の魔将の宿命《サガ》だった。

ケンゴーを心から想うがゆえの、健気な油断に他ならなかった。

そして、その代償は高くついた。


「――時は満ちた」

ア・キュアがのっぺりとした顔で、陰気に宣言する。

まるで勝利宣言の如き、勘に触る台詞だ。

「ハッ、まさかこれまでは時間稼ぎでもしてたっていうわけ？　つまらない強がりを！」

ルシ子はすぐには認めず、せせら笑った。

だが、強がっているのはどちらの方かと、すぐに思い知らされる。

四枚の翼を相手に斬り結び、防戦一方となっていたアレス。

その全身から突如として――赤燐光《せきりんこう》が立ち昇り始めたのだ。

〝赤の勇者〟と呼ばれる所以《ゆえん》、「神威の炎《ザ・フレイム》」をその身に顕現せしめたのだ。

ルシ子は瞠目《どうもく》させられる。

(ウソでしょ⁉　それアリなの⁉)

仮にも天帝から継承した「破邪の力」だ。地上に遣わされた奇跡の力だ。

女神官たちが杖代わりに酷使される魔法とは――ただの技術とは、わけが違う。だから、勇者の意識が喪失した状態では使えないし、事実使ってこなかったと判断していたのに。

勝手な思い込みだった。

この時のための切り札として、ア・キュアが温存させていただけだった。

「かかれ」

ア・キュアが色のない声で命じる。

ほとんど同時に、勇者がルシ子目掛けて突っ込んでくる。

「ちょ、調子に乗らないでよ！」

防御用の、左半分の翼を六枚全て、勇者の迎撃に放つルシ子。

だが、「神威の炎」を宿した剣の一振りで、まとめて弾《はじ》き返される。

「ちょっ、まっっっ」

ルシ子は思わず後退《あとずさ》って、距離を取ろうとした。

迫る勇者のプレッシャーにたじろいでしまった。

もうふんぞり返っても、エラソーに腕組みしてもいられなかった。

いいいいいいいいいいいい、
途端、十二枚の翼が全て、ガラス細工の如く砕け散った。

呪文の詠唱、魔法陣の構築、はたまた身振り手振りや、魔力の練り上げ等――

魔法を用いるために必要な諸々の手段や動作を、総称して「魔を導く大小の手続き」、一般には略して「魔導」と呼ぶ。

より高度な魔法ほど、必要な魔導は大掛かりなものとなる。

より巧《たく》みな術者ほど、必要な魔導を簡略できる。

一例を出そう。高等魔法である「瞬間移動」は、たとえ上級魔族が用いる場合でも、かなり長い呪文の詠唱を余儀なくされる。

しかし、ケンゴーなら短音節の呪文で済ますし、マモ代も一秒ほどで構築できる簡単な魔法陣により転移が可能。サ藤ほどの化物じみた術巧者になると、ほぼゼロにまで魔導を省略する。

対してルシ子の用いた「光の翼」は、「瞬間移動」の比にもならぬ至難の魔法だ。

にもかかわらず、簡単な呪文詠唱で発動できた。

なぜか？

実は呪文詠唱だけではなく、効果発動中ずっと腕組みをしていなければならない、しち面倒な魔導を必要とする――そういうカラクリだったのだ。

「あわわっ、あわわわわわわっ」

ルシファー家の正統にとって、光の翼はまさしく「傲慢《プライド》」の具現だった。

それを砕かれたルシ子は、あまりにも脆《もろ》かった。

迫り来るアレスから、泡を食って逃げ惑うことしかできなかった。

「あわわわわわわわわわわっ」

狼狽《ろうばい》も狼狽、もう全く周囲が見えていなかった。

結果、後退りを続けた先に、女戦士と神官が待ち構えていたことも気づけなかった。赤燐光をまとったアレスの剣から逃れるのに必死で、背後からあっさり捕まり、羽交い絞めにされた。

「いやああああああああああああっ」

見栄《みえ》も体面もなくし、あられもない悲鳴を上げてジタバタするルシ子。

しかし、振りほどけない。

相手は二人がかりで、しかも水天使の加護により膂力が増大していた。

詰みだ。

安全を確保したア・キュアが、すーっと飛来してくる。男性でも女性でもなく、表情も欠落した、のっぺりとした水天使の顔が、ルシ子のすぐ鼻先に突きつけられる。

「貴様の負けだ。当代の『傲慢』の魔将」

上から目線でア・キュアが告げた。

にこりともせず戦っていた水天使が、初めて笑った。

上と下の両の口を、これでもかと邪悪に歪《ゆが》めていた。

そして、戦闘開始からこっち、最高潮に輝きを増した天冠を、自らつかんで外す。

代わりに、身動きとれないルシ子の頭上へ押し戴く。

強烈な睡魔にも似た何かが、たちまちルシ子の精神を蝕《むしば》んでくる。

でも、おかげで落ち着くこともできた。

「アタシに勝ったからって、調子に乗らないでよ?」

ルシ子は最後の意地を振り絞って、目と鼻の先にあるア・キュアの顔を睨《ね》めつける。

「ケンゴーが来るわ！　必ずアタシの仇《かたき》をとってくれるわ！」

ア・キュアの顔へ向けて、ツバを吐きかける。

「覚悟しなさいよ?　魔王の力にヘタレチキンの人格を伴うのが、どれほど恐ろしいことか。ケンゴーは絶対に慢心しないんだからね?　勝つためならなんだってするんだから！」

決して負け犬の遠吠《とおぼ》えではない。厳然たる事実を突きつけてやる。

だが――もう、ア・キュアには届いていなかった。聞こえていなかった。

なぜなら目と鼻の先にある天使の顔は、既にただの抜け殻にすぎなかった。

ア・キュアの「本性」は、天冠とともにルシ子の頭上で輝いていた。

そう。

ルシ子の意識はほとんど塗り潰《つぶ》され、消えゆく最後の一欠片《ひとかけら》で悟る。

――今度は自分がア・キュアになって、大切な人と戦わされるのだと。

第七章 ケンゴーの答え

――と。

マモ代の報告を聞いて、ケンゴーは顔面蒼白《そうはく》にさせられた。

暴走したベル乃《の》を止めるために必死だった裏で、そんな大変な事態になっていた。

「……では、ルシ子《こ》は天使に肉体を乗っ取られ、余の城を侵略中であると……？」

信じられない想《おも》いで聞き返した。嘘《うそ》だと、冗談だと言って欲しかった。

「御意《ぎょい》。ああなってはもう助かりません。ルシファー家の名誉のためにも、一思いにしてやるのがせめてもの慈悲かと」

だがマモ代は、真面目《まじめ》腐って怖ろしいことを言った。冗談だと否定してくれなかった。

「……ごめんなさい。陛下」

横で聞いていたベル乃が、申し訳なさそうに目を伏せた。

元をただせば自分が手間をかけさせたせいだと、責任を感じている様子だった。

「……いや。……それは違う。……おまえのせいではない。……絶対に違う」

そう宥《なだ》める自分の声が、ケンゴーにはまるで他人の声のように聞こえた。

足元がふわふわして、地に足をついている実感がなかった。

震えていた。震えが止まらなかった。

乳兄妹《おさななじみ》を喪《うしな》ってしまったことが、こんなにも自分を動揺させていた。

たとえ今日が世界の終わりだと言われても、ここまでショックは受けないかもしれなかった。

そう、どれほどの間、茫然《ぼうぜん》自失となっていただろうか？

「ご決断ください、我が陛下《マインカイザー》」

マモ代が有無を言わせぬ口調で進言した。

「決断？　何を？」

「誰がルシ子を討つのか、我が陛下《マインカイザー》にご指名賜《たまわ》りたく存じます」

マモ代に請われ、ケンゴーは目を剝《む》いた。

何をバカなと、思わず怒鳴り返しそうになった。

でも、八つ当たりできる性分ではなかった。小胆で、衝動的になるより先に、頭が働いてしまう。マモ代は何も間違ったことを言ってはおらず、叱責するのは理不尽だとわかってしまう。

だから何も言えずにいると、マモ代はさらに畳みかけてくる。

「皆、覚悟の上です。ルシ子を討つことで、たとえ陛下に恨まれることになろうとも、本望です。無論、小官とて同じです」

「……わたしも。行ってもいいよ？」

ベル乃と左右から、悲壮な顔で志願される。

「…………ダメだ」

また震えながら、ケンゴーは首を左右にした。

「御身《おんみ》にとっては乳兄妹《ちきょうだい》です。ルシ子を大切に想うお気持ちは重々承知。ですが、誰かが討たねばならぬのです。聞き分けなさい、陛下！」

マモ代が強い語調で諫言《かんげん》した。

でも、ケンゴーはかぶりを振り続ける。

ダメだ、ダメだと、何度もくり返す。

そして告げる。

「ダメだ――俺《おれ》が行く」

体の震えが止まらない。足の震えはもっとひどい。

怖い。怖くて堪《たま》らない。

臣下の目も気にせず泣き出したい。

嗚呼《ああ》、やっぱり俺はヘタレチキンだ。

「でも――俺が行く」

体も足も声も震わせながら、しかしケンゴーはきっぱりと言った。

もう涙目になりながら、しかしケンゴーははっきりと言った。

「よろしいのですか⁉」

「……無理、しなくていいよ？」

マモ代とベル乃が心配してくれる。

だがケンゴーは左右に振っていた首を――一度――縦にした。

そして、二人の懸念の視線を引きちぎるように、背を向ける。

短音節の呪文《じゅもん》を唱える。

「装着《カモン》」

一瞬で召喚魔法を完成させ、真紅《しんく》の甲冑《かっちゅう》を装備する。

魔界に四鎧《しがい》ありと謳《うた》われるその一つにして最優、《朱雀《すざく》ナイアー・アル・ツァラク》だ。

城の宝物殿に安置された、歴代魔王の蒐集物《しゅうしゅうぶつ》だ。

「顕現《サモン》」

また召喚魔法を完成させ、金属とも鉱石とも植物とも人骨ともとれない、奇妙な材質でできた一本の霊槍《れいそう》を手にする。

雲を衝《つ》き、天界を貫き、天帝の心の臓を穿《うが》つ――その精神を象《かたち》にした、魔王の武具たる武具。

ただし、至宝目録《カタログ》上の分類は、強力な魔導の媒体《ばいたい》である「杖《つえ》」。

かつて〝暗黒絶対専制君主〟と畏《おそ》れられ、退位後には新たな魔将家を興した偉大な先祖がいた。その没後に彼の血と骨を素体に混ぜて鍛えた、魔遺物《レリキアエ》。

銘を、《王杖《おうじょう》ダークリヴァイアサン》。

ケンゴーはその感触を確かめるために二度、三度とにぎり直してから、
出陣のための呪文を唱えた。

「跳躍《リープ》」

これ以上ない、覚悟のこもった声音で。

†

かくして、ケンゴーは戦場に立つ。

昼なお幻想的な星明りが、夜天を満たす魔王城内庭。

遠い昔、造園職人の手と魔法で人為的に造り出された、非現実的空間。

そこに未《いま》だ激闘の気配の残滓《ざんし》が漂い、非日常的な空気を作り出している。

瞬間移動魔法で顕《あらわ》れた魔王に対し、侵入者は色のない十の眼差《まなざ》しを向けてくる。

傀儡《かいらい》にされたアレスとその仲間たち。

そして、ルシ子の体に憑依《ひょうい》したア・キュア。

乳兄妹の美しい、だが表情がすっかり欠落した顔を実際に見せつけられて、ケンゴーはひどくショックを受けた。

（ルシ子は笑うと可愛《かわい》いし、ツンツンしてても可愛いし、照れ顔とかぐぬぬ顔とか最高に可愛いし、子どもの時からずっとツルんでて、ずっと見飽きないくらい、くるくる表情が変わる奴《やつ》なのに……）

それが今やア・キュアに乗っ取られ、まるでルシ子らしくないのっぺりとした顔を、無神経にこちらへ向けてくる。

ケンゴーは無言で一度、ギリッと歯軋《はぎし》りした。

体も足も、いつの間にか震えが止まっていた。

自分でも不思議だった。恐怖がすっかり麻痺《まひ》しているかのようだった。

にもかかわらず、心は死んでいない。むしろ、煮え滾《たぎ》っている。


「余はケンゴー。魔王ケンゴーである」

身構えるア・キュアどもに、厳《おごそ》かに名乗る。

相手は心なき天使に、意思なき傀儡だ。言葉を交わす意味は皆無だ。

だが名乗らねばならぬ。

たとえ体を乗っ取られていても、ルシ子の心はそこにあると信じているから。

いくさ場の作法も知らないのかと、叱られたくないから。

果たして、ア・キュアは応《こた》えた。

「たとえ王とて、魔族は魔族。貴様らと交わす言葉は、持ち合わせておらぬ。そも主はまつろわぬ貴様らに、言葉を使う権利を認めてはいらっしゃらぬ。分《わきま》を弁えよ、魔族の王。貴様らは家畜のように鳴いておればよいのだ」

「承知した。さすらばそちらの流儀に合わせ、口をつぐむとしよう――――野蛮人」

「不敬ッ！」

透明だったア・キュアの声音に、苛立《いらだ》ちの色が混ざった。

その荒々しい叱声に、あたかも鞭《むち》打たれたかの如《ごと》く、アレスらが突進してきた。

勇者を先頭に、女戦士と神官で脇を固める、トライアングルの突撃陣。

「生ける火炎の杖」と化した女魔法使いは後方に残り、火力支援に徹す。

ケンゴーは右手で立てて構えた霊槍を、あたかも錫杖《しゃくじょう》と見立て、石突《いしづき》で地面を打ち鳴らす。

強力な魔導の媒体でもある《王杖ダークリヴァイアサン》は、ただそれだけでケンゴーの魔力を波紋のように周囲へ拡散させ、防御魔法の障壁を幾重にも張り巡らせる。

いくらア・キュアの加護を得ているとはいえ、人族の《火炎弾《ファイアーボール》》など尽《ことごと》くシールドする。

しかし、すかさずアレスが斬り込んできた。

魔力障壁を剣で断ち、道を拓《ひら》く。

刀身に帯びた赤燐光《せきりんこう》は、勇者の持つ「破邪の力《ザ・パワー》」の具現。

これもア・キュアの加護のおかげか、ベル乃と戦った時より輝きが強い。

女戦士と神官が、勢いづいたようにアレスへ続く。

彼らに、完全に接敵される前に、ケンゴーは次の魔法を用意する。

「そら王杖は、独りで躍る」

呪文を唱えて、アレスの方へと霊槍を放り投げる。くるくると激しく回転していたその柄《え》が、まるで見えない誰かに空中でキャッチされたようにピタリと止まる。

そのまま透明な誰かが槍《やり》をしごいて戦うかの如く、アレスの突撃を阻《はば》む。ハイレベルな接近戦を演じ、見事に足止めしてみせる。

武器に魔力を付与して自動で戦わせる《不可視の兵士《インヴィジブルソルジャー》》という魔法を、さらにケンゴーがアレンジしたもので、「ほぼ専守防衛になる代わりに、達人級の相手でも互角に戦う」よう大幅改良した、名づけて《不可視の近衛《インヴィジブルガード》》だ。

一方、女戦士と神官が、《ダークリヴァイアサン》と切り結ぶアレスの脇を駆け抜け、ケンゴーに迫らんとする。

ケンゴーは空けた両手を広げると、無言でグッとにぎり込む。

たちまち女戦士と神官の前方に、魔力の障壁が発生し、二人を正面衝突させる。

否《いな》、前方だけではない。さらに幾枚かが二人それぞれを包囲し、四方八方から押さえ込む。

当然、女戦士たちは閉じ込められまいと暴れるが、ケンゴーがググ……と両手をにぎり込むと、二人を囲む障壁がますます彼女らを締め上げる。身じろぎも許さない。

そのまま握りつぶすこともできたが――ケンゴーに殺意などあろうはずがない。

「ぬん」

ただにぎりしめたままの両拳《りょうこぶし》を、力を込めて掲げた。

すると女戦士と神官が、障壁に押さえ込まれたまま遥《はる》か上空まで持ち上げられる。強制的に戦場からご退場願う。

「戻れ」

続いて命じると、アレスと自動で戦っていた霊槍が、くるりと飛んで手元に返ってくる。

女戦士らを束縛する魔導のため、一旦《いったん》は空ける必要のあった両手で、得物を構え直す。

同時に、阻むもののなくなった〝赤の勇者〟が躍りかかってくる。その異名の源である燐光《りんこう》を、全身から焔《ほむら》群の如く立ち昇らせて！

応じ、ケンゴーは片手で構えた霊槍の穂先を、素早く且《か》つ巧《たく》みに走らせた。

闊達《かったつ》な魔法文字を一筆書きに。

途端、霊槍先端に直径三十センチほどの小さな魔力場が発生、肉薄する勇者に突きつける。

アレス――正確には、彼を操《あやつ》り人形にしたア・キュア――は委細《いさい》構わず、赤燐光を帯びた剣で魔力場を両断しようとした。

最初にケンゴーが張り巡らせた障壁を、切り開いたのと同じ要領で突破しようとした。

油断だった。あるいは、天使に心はないのならば、単なる場数不足か。

ケンゴーの罠《わな》とも知らず、魔力場を断とうとした勇者の剣が、触れた瞬間に折れて砕ける。

オリジナルの防御魔法、《砕刃牙《ソードブレイカー》》の仕業だった。

普通、どうせ魔法の腕を磨くならば、相手を打倒するための攻撃魔法を研鑽《けんさん》するだろう。

しかし。ケンゴーはヘタレチキンであるがゆえに、打倒するのではなく無力化することにこだわった。「相手を殺す」魔法を極めるのではなくて、例えば「相手の武器を折る」などの、迂遠《うえん》ともいえる魔法の数々を編み出すことに血道を上げた。

それが、これ。

しかもケンゴーの読み通りに、アレス相手には見事にハマった。

勇者の剣の恐ろしさは、帯びる「破邪の力」が本質であり、剣本体はつまらぬ代物《しろもの》。

そもそも人族は魔族に比べれば、魔法も苦手なら霊力も乏しいのだから。人界で鍛えられた剣如き、魔界に伝わる名剣業物《わざもの》に比べればナマクラに等しからん。

「ぬん!」

ケンゴーは槍を持たぬ左手を広げ、アレスに向けてからグッとにぎり込む。

たちまち魔力障壁が、四方八方から勇者を押さえつけ、拘束する。

アレスならば剣があれば、障壁を斬り裂いて簡単に脱出しただろう。

だが、失ったからにはそれは無理。全身から「神威の炎《ザ・フレイム》」を立ち昇らせて、何重もの障壁による拘束を全て、じりじりと焼き尽くす以外に方法はない。時間がかかる。

ケンゴーは左手をこれでもかと振り上げ、思いきり振り下ろす。

その動きを、アレスを封じた障壁がトレースし、勇者ごと地中深くへ埋没していく。

これなら障壁の拘束から脱出されたとしても、さらに這《は》い上がってくるまでの時間が稼げる。

残る女魔法使いは、障害にもならない。

ケンゴーの「眼」は既に、彼女の《火炎弾《ファイアーボール》》の術式を解読していた。

稚拙《ちせつ》な構造の魔法だ。解呪《ディスペル》のスペシャリストたる自分ならば、調整した魔力の波動をちょっと当ててやるだけで打ち消せる。

一度に何十発と撃ち込まれようとも、こちらへ肉薄する前に、片端から消失させる。

それがたとえ何万発でも同じこと。もはや歯牙《しが》にもかけない。

(これでア・キュアとの戦いに、専念できる)

ケンゴーは初めて、迎え撃つのではなく自ら前へ出た。

アレスらを傀儡にし、けしかけてきた張本人へと——霊槍を携え、全速力で駆けた。

「あまり調子に乗らぬことだ、魔族の王」

ア・キュアは威風堂々、腕組みをして待ち構える。

その細い背中に六対十二枚の、光の翼を展開する。

「貴様の強力な臣下が、まさに貴様を討つ牙《きば》になる――その皮肉に震えよ」

ルシ子の美しい顔を使っておきながら、デスマスクのような無表情でほざく。

その嘲弄《ちようろう》に、ケンゴーは応じなかった。

口を利《き》くなと先に言ったのは、あちら。

第一ケンゴーとて、天帝の家畜風情《ふぜい》と交わしてやる言葉はない。

「すぐに助けるからな。待っててくれ」

そこにルシ子の心が眠っていると信じて、乳兄妹《おさななじみ》に対して呼びかけた。

大地を強く蹴《け》るケンゴー。

同時に、鎧《よろい》の背に一対の炎の翼が展開する。《朱雀ナイアー・アル・ツァラク》の能力だ。

地面スレスレを低空飛行し、一気に加速。

穂先を突き出すように霊槍を両手で構え、ア・キュアとの間合いを詰める。

「おためごかしだな、魔族の王。まさか一思いに殺すことを、『救済』だとでも言い張るか？」

ルシ子の肉体を支配した天使が、再び嘲弄する。

右半分の翼を、光の武具に変えて迎撃に放ってくる。

「私に感謝するのだな。貴様は臣下を手にかけずにすむ。なぜならば、この私の手にかかって貴様が滅びるからだ」

同時に左半分の翼を、盾《たて》に変えて我が身を守る。

ルシファー家に伝わる奥義。「光の翼」。その動きは変幻自在にして神速絶捷《ぜつしょう》。

だが、ケンゴーの「眼」には見え見えだ。

「跳躍《リープ》」

高速飛行状態で肉薄しながら、ア・キュアが光の翼を動かす寸前に、短音節の呪文を唱える。

瞬間移動の魔法で、ア・キュアの背後に回り込む。

ア・キュアは咄嗟《とっさ》に反応できず、迎撃に放った右六枚の翼を盛大に空振りさせる。

逆にケンゴーは転移後の姿勢制御も完璧《かんぺき》で、高速飛行による突撃力はそのまま、槍を回転させて石突の方を無防備な背へ向ける。

自分でも意外に感じるほど、冷静に戦えていた。

（ああ、そうか――）

自分でも驚きを禁じ得ないほど、果敢に戦えていた。

（別に恐怖心が麻痺してるんじゃない――）

その意外さが、その驚きが、今この瞬間に腑《ふ》に落ちた。

（恐いって気持ちを忘れるくらいに、俺はこいつに怒ってるんだ）

本気で怒るとは、こういうことなのだとケンゴーは知った。

前世と今世を通じても初めての経験だった。

その怒りのままに、ア・キュアの背中へ石突をぶちかました。

†

ア・キュアはケンゴーの背面からの奇襲突撃に、全く反応できていなかった。

しかし、ルシファー家が誇る光の翼はさすが、自律的に作動し、左の六枚でケンゴーの杖撃《じょうげき》を受け止めた。が、衝撃の全ては食い止めきれず、ア・キュアはそのまま前方へぶっ飛ばされる。光の翼のあちこちにも、小さな亀裂が生まれる。

爽快《そうかい》な光景に――「御前会議の間」にいる魔将たちが沸き立った。

「決まったアアアアアアアアッ。これは痛いぞ！　痛すぎるっ！」

「勇者どもの処理もまあ、見事なものであらせられたしな。さすがじゃのう、主殿《あるじどの》は」

「然《しか》り、然り。ルシ子なんぞあれほど苦労をしていたというのに」

「さすゴー！」

「し、しかも、あんな人たち殺すまでもないって態度が、痺《しび》れますよねっ」

「有言実行であらせられるな。小官らも手本にせねば」

「COOOOOOOOOOOOOOOOOOOOL！」

「……お腹空《なかす》いた」

と、現地の様子が映る会議机を囲んで、大はしゃぎだった。

「イッケー、イケイケ！　イケイケ、陛下！」

「「「イッケー、イケイケ！　イケイケ、陛下！」」」

「イケイケ、陛下！」

「「「イケイケ、陛下！」」」

と、もはやお祭り騒ぎだった。

そんな魔将たちの期待に応えるように、ケンゴーの猛攻が続く。

自分で遠くへぶっ飛ばしたア・キュアを、魔法で瞬間移動して回り込み、上から叩《たた》いて撃墜。

地面へ叩きつけたところへ、さらに追撃。

よろめきながら立ち上がろうとしたア・キュアを、さらに叩く。

ア・キュアもただではやられておらず、光の翼の魔導条件である腕組みを維持し、左右十二枚を全て防御に回して、なんとかケンゴーの攻めを凌《しの》いでいる。

しかし、魔王の杖に打ち据えられるたび、ビシッ、ビシッと鋭い音が鳴り響き、光の翼に亀裂が刻まれていく。

「あの翼が！　ルシファー家の光の翼が！　陛下の手にかかればまるで砂糖細工じゃんか！」

「陛下の魔力は天上天下に双《なら》ぶもの無しであるし、また《王杖》が効率よく威力へ自動変換してくれるからな」

レヴィ山《やま》が手放しで、また自身も秘宝蒐集家《コレクター》のマモ代が解説混じりに称賛する。

『不敬なりッ――』

現地映像、ア・キュアが苛立ちを隠せぬ様子で、立てた膝《ひざ》に力を込めた。

『――天帝聖下の御使《みつか》いたる私が、貴様らを見下ろすことはあっても、逆は赦《ゆる》されない』

そのまま今度は立ち上がりざまに、右の翼六枚を攻撃に用いて牽制を図る。

だが、斬るのは虚空のみ。ケンゴーはまたも魔法で瞬間移動している。

同時にア・キュアの背後をとって、一撃入れる。

このワンパターンに、ア・キュアはしかし対応できず、面白《おもしろ》いようにやられる。

「カカ！　これは陛下が巧みであるな。相手の攻撃の『機』を読むのが巧い。魔法を素早く正確に発動させるのが巧い。転移後の姿勢制御が巧い。だから成立する」

「僕も避けるだけならできるでしょうけど、あんなに淀《よど》みなく攻撃に転じられるかは自信ないです。ましてスペシャリストのベル原《はら》さんまで唸《うな》らせるんですから、もうっ、もうっ！」

「キャー陛下抱いて！」

「待て、レヴィ山。主殿のお情けを授《さず》かるなら、妾《わらわ》が先じゃ」

やんややんや、かぶりつきになって観戦する魔将たち。

あのベル乃でさえ夢中になって、食事を摂《と》る手が止まりがちになる。

そして絶賛、絶賛、絶賛の雨。全員、ケンゴーのことが好きすぎた。

「イッケー、イケイケ！　イケイケ、陛下！」

「「イッケー、イケイケ！　イケイケ、陛下！」」

「イケイケ、陛下！」

「「イケイケ、陛下！」」

†

と――そんな臣下たちの重い愛情や声援は、さすがにケンゴーのところまでは届かない。

だが、応援してくれているだろうことを、疑ってはいなかった。

なればこそヘタレチキンの自分が、ルシ子を救うこの戦いに一層の活力を得る。

霊槍をしごいて突き、振り回して叩く。

十二枚の翼を操るア・キュアを相手に、杖一本、近接戦で圧倒する。

本来、武術の心得がなく、また転生してからもろくにそっちの修業はしていないケンゴーが、なぜこうも巧みに立ち会うことができるのか？

答えは彼の卓越した「眼」にあった。

通常の視覚で、相手の動きを見ているのではない。魔力を込めた――原始魔法とも呼ばれる――特殊な「眼」で、同じくルシ子の光の翼《ア・キュア》に流れる魔力の動きを〝視て〟、読み解いているのである。

これができなくては、解呪魔法の第一人者になどなれはしない。

尋常の剣の達人が、相手の筋肉の微細な動きを〝観て〟、太刀筋《たちすじ》を読むのと同様に――魔法を使った戦いをする限り、ケンゴーの「眼」にはあらゆる動きが、ガラス張りも同然だった。

(そうはいっても、魔力の流れを偽装するのも技術なんだけどな)

本来のルシ子ならそうする……かは性格《プライド》が邪魔するだろうし疑問だが、他《ほか》の魔将たちならきっとそうする。狡猾《こうかつ》に戦う。

こんなに素直に、ミエミエの魔力の込め方をしない。ボクサーがフェイントを織り混ぜるように、フェイクの魔力を右翼に流した上で、すかさず左で斬りかかったりする。

それをさらにケンゴーが「眼」で読み解けるか否かと、そういう勝負になる。

だが今、ルシ子の肉体を乗っ取ったア・キュアは、しない。

というか多分、できない。

もちろんルシ子のような、性格の問題ではない。

アレスという本来は優れた戦闘人形を、ただ「破邪の力」と加護による強化《バフ》任せで、稚拙に操っていたように。


ケンゴーにあっさり手玉にとられたように。

つまりは恐らく、修羅場をくぐった経験に乏しいのだろう。

ア・キュアというのは天使の中でも格が高いらしいが、その基礎スペックに驕《おご》り、勝つための努力や創意工夫を、殊更《ことさら》にしたことがないのだろう。

たとえ魔王に転生したって、基本ビビリの自分とは違うのだろう。


ケンゴーは霊槍の石突で、ア・キュアが頼む光の翼を滅多打ちに打ち据えた。

もし穂先の方を使っていたら、とっくに勝負はついていた。翼の守りごと心臓を刺し貫き、滅ぼしていた。

ただ、それはケンゴーの本意ではない。

「水の天使、貴様の実力はこの程度か？」

エラソーな表情と声音を作って、挑発する。

自分を大きく見せる芝居は、前世のころから得意中の得意だ。

「理解しているか？　その翼のおかげで、かろうじて保《も》っているだけだぞ？」

実際、あちこちに亀裂が走り、また砕けつつも、まだまだ翼のていをなしている。

さすがは魔界でも最高の家格を誇る、ルシファー家当主相伝の古代魔法だ。

ア・キュア自体より、よっぽど厄介《やっかい》な代物だ。

「我が忠臣の肉体を借りておいてその体たらくとは、主の御使いとやらもたかが知れておるな。ルシ子が泣いておるわ」

「……なんだと……ッ」

「もうよい、水の天使とやら。貴様と遊ぶのも飽きた。次の一撃で決着としよう」

吐き捨てるように宣言すると、《朱雀》の背中に炎の翼を展開する。

垂直飛翔し、ロケットめいた急加速で一気に上空まで到達する。

攻防一体、しかも対物・対魔問わず高い防護力を持つルシファーの翼の、しかし「高度をとればとるほど弱まる」という短所を衝いた安全地帯だ。

そこでケンゴーはこれ見よがしに魔力を高め、隙《すき》だらけで練り上げに専心する。

「魔族風情が、私を見下ろすなと警告したぞ?」

ア・キュアが嘯《うそぶ》いた。

表情はのっぺりとしたまま、しかし声からは憤りがにじみ出ていた。

そして神聖力《まりょく》を練り、自身の周囲に魔法陣を張り巡らせると、瞬間移動の秘跡《まほう》を用いる。

転移先は――ケンゴーのさらに遥か頭上だった。

「これが私と貴様の正しい位置関係だ」

つまらぬ矜持を満たして溜飲《りゅういん》が下がったか、また色のない声音で告げるア・キュア。

二本の足が地上を離れ、光の翼の煌《きら》めきが明らかに減退していた。

しかし、「まさか光の翼の強みを手放さないだろう」という思い込みの隙を衝き、瞬間移動でケンゴーの不意を衝き、十二枚全てを槍に変えて攻めることで、魔王を討ちとる算段だった。

まっ、まっ、まっ、まったくケンゴーの狙い通りである。

（※）


そう――ア・キュアが何を考えてそうしたのか、手にとるようにわかる。

光の翼は頼もしいが、さりとて敗北までの時間を引き延ばすだけと理解したのだろう。

ケンゴーがそのように、滅多打ちにしてやったのだから。

ならば光の翼に頼りきりになるのではなく、上空の敵を討つためには弱体化もやむなしと判断したのだろう。

ケンゴーがそのように、上空へと追ってこさせたのだから。

それら一連が罠だと、こちらの誘導だと、ア・キュアは疑う余裕もなかっただろう。

ケンゴーがそのように、天使の安いプライドを逆撫《さかな》でしてやったのだから。

何より、こちらが安全地帯から大魔法を準備する暇を、みすみす与えたくなかっただろう！

まさか魔王ともあろうものが、実は攻撃魔法がヘタクソなどと思いもしなかっただろう！

ケンゴーがそのように、一度も攻撃魔法を使ってみせなかったのだから！

（捨てたな？　ルシファーの翼の強みを）

対物・対魔両面に対する、圧倒的防護力を誇る相伝魔法を。厄介な代物を。

今なら〝視え〟る。「眼」を使って。

ルシ子に憑依した、ア・キュアの魔法術式を解読できる。

（そこだ！）

ケンゴーはカッと双眸《そうぼう》を見開いた。

本来は複雑な術式を大ざっぱに、手前勝手に解釈し、脳内変換し――ルシ子の左胸の辺りに潜む、ア・キュア本体の小さな姿を発見した。

もうその時には一瞬で「仮想領域《ゾーン》」に入っていた。

己《おのれ》の解呪魔法を媒介《ばいかい》に、意識をア・キュアの憑依術式へと侵入させた。


自己とそっくりの精神体となって、術式という「小宇宙」に潜り込むケンゴー。

上下左右、果ての見えない深い海。

そのさらに深淵に、ア・キュアが醜い正体をさらけ出していた。

上半身だけは美しい、ただし性徴の存在しない、男でも女でもない姿。

一方で下半身は、タコともイカともつかない、無数の触手を生やした異形。

何よりこの世界において、ア・キュアは巨人と見紛うサイズだった。

そして、ルシ子を――生まれたままの姿で、赤子のように体を丸めて眠る美少女を泡に閉じ込め、人質のように抱えていた。

「この女は渡さん。絶対に帰さん」

ア・キュアはさらに深い深い海の淵へと、高速で逃げ出していた。

ルシ子を引きずり込んでいた。

このまま見失ってしまえば、ルシ子の意識はもう二度と戻らないだろう。肉体を完全に、ア・キュアに乗っ取られてしまうだろう。

「ルシ子！」

ケンゴーは叫び、そうはさせじと全速でア・キュアを追う。

だが、この仮想の海の中では、水が邪魔して思うように進めない。

深く潜るほどに水圧も増す。

ア・キュアにじりじりと、離されていっているのがわかる。

（クソ……なんて手強《てごわ》い術式だっ。高位の天使だって、マモ代も言ってたもんな……）

戦闘能力こそケンゴーの敵ではなかったが。

しかし、この憑依の魔法は極めて危険な、ア・キュアの切り札なのだと再認識させられる。

七大魔将たるルシ子ですら、抵抗《レジスト》できなかったのもむべなるかなだ。

（クソ……。クソっ……・クソウ……！）

ケンゴーは歯を食いしばる。普段ならば絶対にできない、「男」の顔になる。

しかし、刻一刻と遠ざかっていくア・キュアの姿に、焦《あせ》りが募る。

もし取り逃がすことになれば——もはや打つ手なしだ。

助けるどころか逆に、ア・キュアに完全支配されたルシ子を、滅ぼすしかなくなる。

「ルシ子オオオオオオオオオオオオオオッ」

脳裏をよぎった最悪の想像に、思わず叫ぶケンゴー。

強すぎる感情で、頭と胸の中がグチャグチャになっていた。燃え盛っていた。

初めて知った本気の怒り。

それに加え、ルシ子を奪われる焦燥と恐怖。

何よりも、乳兄妹を助けたいという想い。

それらが混じり合い、融け合い、さらなる熱量を生んで、頭と胸の中が溶鉱炉と化していた。

「オオオオオオオオオオオオオオオオオオオッ」

ケンゴーは魔力をこれでもかと振り絞り、解呪魔法そのものである精神体《からだ》に漲らせる。

速く。

もっともっと速く。

もっともっともっともっと。

もっともっともっともっともっともっともっともっともっともっともっともっともっ

ともっともっともっともっともっともっともっともっともっともっともっと――

そして、限界《かべ》を突破したケンゴーの意識は、真っ白に染まった。


どれほど時間が経《た》ったんだろう？

俺は夢から覚めるように、意識を取り戻した。

同時に視界が開け、景色が飛び込んでくる。

バタバタと人が倒れていた。

全員、師実《もろざね》高校の不良学生《DQN》どもだ。

顔面をワンパンでノックアウトされていた。

まさに死屍累々《ししるいるい》の様相を呈すそいつらの真ん中で、俺はへたり込んでいた。

魔王ケンゴーではなく。乾健剛《いぬいけんごう》の姿で。

鏡なんて見なくてもわかる。だってこれは、遠い昔の出来事だから。

思い出すのも嫌だった前世の記憶が、俺の脳内で蘇《よみがえ》っているのだから。

「……どうしてこんなひどい真似《まね》が、できるんだよ？　何人殴れば、気がすむんだよ？」

あの時も俺は、そう口にした。批難混じりに、拗《す》ねるように訊《たず》ねた。

相手はこの場で唯一人、威風堂々と立っていた。

俺と同じ高校の、男子制服姿。

実際以上に大きく見えるその背中を、こっちに向けていた。

「どうしてだと？　そんなこともわからないのか、健剛？」

そいつは俺に背を向けたまま、呆《あき》れたように訊ね返した。

「オレと違っておまえは本ばかり読んでいるし、学校のオベンキョーもできるんだろ？　なのにわからないのか？　本当に？」

「………」

皮肉られ、ますます不貞腐れた俺は、唇を嚙《か》んで黙りこくった。

背を向けたままのそいつは、やれやれと肩を竦《すく》めて、

「おまえがボコられてたからだよ。だからオレが代わりに殴り返した。当たり前だろう？」

軽口でも、おためごかしでもなく、いたって真面目腐ってそう答えた。

そう――この時の俺は顔中を腫《は》らして、体中が青痣《あおあざ》まみれだった。

DQNどもによってたかってボコボコにされて、骨折がなかったのが不思議なくらいだった。

いつもみたいにエリートヤンキーのクソ兄貴と間違われて、インネンつけられて、でもいつもと違って誤魔化《ごまか》すのに失敗したのが発端だ。

そいつが助けに入ってくれなかったら、いったいどうなっていたことか。

「なあ、健剛」

背中を向けたまま、そいつが切り出した。

「おまえはヘタレでもいいよ。チキンでもいいよ。人なんか殴れなくていいよ。それは優しいおまえの、良いところの裏返しだって、オレは知ってるからな」

真面目腐ったまま、そう言ってくれた。

だから、俺だけずっと不貞腐れているのが、急に子どもっぽく思えて仕方なかった。

「だけどさ、健剛。これだけは憶えていてくれ」

「……何？」

俺が訊ねると、そいつはようやくこっちを向いた。

「もし家族《オレ》がボコられてたら、せめてその時くらいは、おまえが代わりに殴ってくれるよな？」

そいつの顔は、俺と瓜《うり》二つだった。


そこで魔王《ケンゴー》は、はたと我に返った。


意識が飛んでいたのも、わずかのこと。

限界を超えて精神体《からだ》を加速させ、もう目の前までア・キュアに追いついていた。

近づくとますます、その巨体が目に付いた。

それこそ頭の部分だけで、三メートルは下るまい。

「不埒《ふらち》な魔族の王め。分を知れ。御使いたる我に唾吐《つば》くは、これすなわち天帝聖下に――」

相変わらずの、のっぺりとした無表情で、ア・キュアは何かをほざいた。

ケンゴーは相手にせず、無言で拳をにぎりしめた。

皆まで言わせないし、こいつ相手に言葉など要らない。

いや、今まで我慢した分、一言だけは言わせてもらうか。

「ルシ子を返せ、こののっぺり野郎おおおおおおおおおオオオオオオッッッ‼」

拳とともにお見舞いする。

ア・キュアの巨大な顔面に、体ごと飛び込むように思いっきり叩き込む。

究めた解呪魔法の具現であるその拳が、ムカつくのっぺり顔を吹き飛ばす。

一撃だ。

粉砕だ。

もう会うこともないクソ兄貴が、どこかで――

満足そうに微笑《ほほえ》んでいる気がした。

あの時は答えることができなかったヘタレチキンが、今ようやく出せた答えに。

エピローグ

ア・キュアの魂は、応報を以《も》って天に還《かえ》った。

その支配から解放されたルシ子《こ》を、ケンゴーは抱きかかえた。

腕の中の乳兄妹《ちきょうだい》が、いつものように憎まれ口を叩《たた》く。

「バカケンゴー。アタシごとア・キュアを始末してたら、もっと楽に勝てたでしょう？」

「やだよ。俺《おれ》はルシ子を失いたくないよ」

「フン、ほんっとバカ。ヘタレ。史上一番情けない魔王様！」

「なんとでも言えよ」

ツンツン素直じゃない口ぶりに、ルシ子はこうでないととうれしくなる。

それにルシ子はさっきから、牡蠣《かき》のようにべったりへばりついて離れないので、どんなに悪態ついても形無しである。

そりゃルシ子だって怖い想《おも》いをしたのだろうし、助かって喜んでいるのだろう。

指摘すれば怒るし暴れるし大変なので、ケンゴーは黙っておくが。

珍しくしおらしい、頬《ほお》ずりせんばかりに抱きついてくるルシ子の可愛《かわい》さを、観賞しておく。

ところが――

「あなたに礼を言うべきだろうか？　二度も助けられたと考えていいのだろうか？　そして、あなたが魔王ケンゴーか？」

傀儡《かいらい》化の秘跡から解放されたアレスが、仲間たちとともにやってきた。

たちまちルシ子が「いいところを邪魔された」とばかりに、むっとなる。

言っとくけどこの場、魔将たちに観られてるからな？

ケンゴーはルシ子を抱えたまま口調を改め、

「ファファファ、『貴様』ではなく『あなた』か。随分と殊勝な態度よな？」

魔王然と振る舞いながらも、敢《あ》えてアレスらには背を向けたま応答する。

「どうせなら質問も、一度に一つずつにしてもらいたいものだな、〝赤の勇者〟よ」

「ならば、質問だ。魔王であるあなたが、どうして僕たちを助けてくれた？」

アレスたちは心底不思議そうにしていた。

遅かれ早かれ当然、こういう話の流れになると読んでいた。

ゆえにケンゴーは答えた。ルシ子以外の魔将らに聞き耳を立てられぬよう声をひそめて、同時にそれを「とっておきの内緒話だぞ」とばかりの演出に変えて、

「余は人族との講和を――恒久的な不可侵条約の締結を望み、またその糸口を探しておる」

そこで初めてアレスを振り返り、彼の目を真摯《しんし》に見つめた。

自分でも芝居がかっていると思うが、ここは魔王風をびゅんびゅん吹かすのがマストだ。

腕の中でルシ子が「ぷくく」と失笑を堪《こら》えているがスルーだ、スルー！

「こいつ、なんか頼りなさそうだな？」「こんなこと言ってるけど、他《ほか》の魔族を承服させられるのか？」『講和とか絵に描いた餅だろ」とか思われてはならないのだ！

果たして——

アレスは感極まったように一度、ぶるりと奮《ふる》えた。

「それは本気で言っているのか!?」

と、前のめり気味に訊《たず》ねてきた。

ケンゴーは「もっと小声で！」『頼むから小声で！」と内心ビビりまくりつつ、

「無論、魔王に二言などない」

全力の威厳を持って答えた（ただし超ミニマムボイス）。

「すごい！　素晴らしい！　あなたにさえその気があるなら、講和はできる！　きっとできる！　ああっ……世界に平和が来るぞ！」

まさに望外の極みとばかり、アレスはこれでもかと喜色満面になると快哉《かいさい》を叫ぶ。

ケンゴーはもう「だから小声でえええええ」と内心真っ青《まさお》になりながら、

「手伝ってくれるか、〝赤の勇者〟よ？　貴公が人族との橋渡しになってくれるか？」

「当たり前だとも！」

アレスは力強く請け負ってくれた。

ケンゴーもこれには喜びを禁じ得ず、破顔しそうになるのを必死に堪えた。

（やっと……やっと頼りになる協力者を見つけたぞおおおおおおおおっ）

と拳《こぶし》を突き上げて、世界中に叫んで回りたい気分だった。

（よかったじゃん、ケンゴー）

とルシ子も目配せで祝ってくれた。


でも、幸福絶頂は全く長続きしなかった。


「――なあんて仰《おつしや》ると思ったか⁉　バアアアアカ、陛下一流のからかいテクだよ！」

と魔王城から転移してきたレヴィ山《やま》が、中指をおっ立てながらアレスを嘲弄《ちようろう》したのだ。

人の苦労も知らずに。

「ちょっと考えればわかるだろう？　貴様らが無条件降伏するというならまだしも、いと穹《たか》きケンゴー魔王陛下の方から、まるで人族《サル》のところまで降りてゆかれるが如《ごと》き真似《まね》をなされるはずがない」

と転移してきたベル原《はら》が、M字髭《ひげ》をしごきながら得意顔で語ったのだ。

人の苦労も知らずに。

「さ、人族《サル》の分際で、身の程を理解してくれます？　お、怒りますよっ」

と転移してきたサ藤《とう》が、キョドキョドしてるくせにヒドいことを言ったのだ。

人の苦労も知らずに。

（オマエラいきなり現れてナニ言ってんのオオオオオ⁉）

と、ケンゴーは心の中で悲鳴を上げる。

実際、アレスも顔面蒼白《そうはく》だ。

「そんな……嘘《うそ》だったのか……」

「マテマテマテ待ちたまえアレス君！」

「黙れ、魔王！　よくも謀《はか》ってくれたな！」

「いやおまえもちょっとは人の言うこと疑えよ⁉　全部、真に受けるなよ⁉」

「ああ、そうすべきだったと痛感しているさ、この嘘つき魔王め！」

「だあああああっ、ややこしいいいいいいっ」

ケンゴーは頭を抱えようにも、ルシ子を抱いているのでできない。

「なんじゃ、主殿《あるじどの》？　まさか本当に講和を望んでおられるのかや？」

と転移してきたアス美《み》が、不思議そうに訊ねてきた。

こんな時だけ無邪気に小首を傾《かし》げる仕種《しぐさ》が、ロリ顔に似合ってやたら可愛い。

だがケンゴーは、「イエス、レディ」とまさか本心を答えるわけにもいかず、冷や汗をかく。

「ハハハ、まったくアス美も冗談が上手だな！　我が陛下《マインカイザー》に限って、そんなわけがなかろう！」

と転移してきたマモ代が、男勝りに呵々大笑《かかたいしょう》した。

「ああ、嫉妬《しっと》するほどのセンスだぜ」『でも休み休み言《よ》おうな？』『ほ、本気で怒りますよ？』

などとレヴィ山たちも釣られて腹を抱える。

でも気のせいか、こちらを見る目が笑ってないように思えて、額《ひたい》がもう嫌な汗にまみれる。

（アタシ知ーらない）

腕の中のルシ子が、ツンとそっぽを向いたままこっちを見てくれない。

「……お腹空《なかす》いた」

転移してきたベル乃《の》には、端から期待していない。

ケンゴーはもう額どころか全身、冷や汗でダラダラになる。

「………………………………………………………………余の望みは世界征服ダヨ」

そして苦渋の果て、めちゃくちゃ小声で答えた。

「デースーヨーネー！」

「聞いたか、勇者！　ぬか喜びだったな、バアアアカ！」

「上げてから落とす、これが魔界流な？」

「うむ。人族の落胆は、妾《わらわ》らにとって蜜の味」

「……蜜？　要る要るお腹空いた」

「まったく畏《おそ》ろしいお方だ、あなた様は！」

「さ、さすゴーですっ」

（もうやめて……やべて……）

ケンゴーはもう人目も気にせず、ボロボロ泣き出したかった。

「覚えていろ、魔王！　僕はこの仕打ちを忘れないからな！」

（やめてえええええ待ってえええええええええええ）

仲間三人とダッシュで逃げ帰っていくアレスに、追いすがりたかった。

（ああ……世界平和がまた、遠のく……）

打ちひしがれ、うずくまりたかった。

でも七大魔将たちが、傷心に浸らせてはくれない。

人の気も知らずにバカ騒ぎを始める。

「戦勝おめでとうございまする、我が君！」

「誠に見事な益荒男《ますらお》ぶり、惚れ惚れいたしたぞ、主殿」

「しかもまさか、ルシ子を生かしたまま救出するとは……このマモ代、脱帽いたしました」

「いったい何食って育ったらそんなに強くなるんですか？　嫉妬を禁じ得ませんよ」

「……お腹空いた」

「ぼ、僕たち居ても立ってもいられず、こうしてお祝いに参上したんですっ」

（そんなしょーもない理由で来たのかよ⁉　せっかくの勇者との会談、潰《つぶ》したのかよ⁉）

「そうだ！　皆で陛下を胴上げしようぜ」

「名案だな、レヴィ山」

「そーら、ワーーーーッショイ！」

「「「ワーーーーッショイ！」」」

「ちょまっ危ない今ルシ子抱いてるから落ちたらアブナイイッッッ」

「きゃー、こんなにあぶなかったらケンゴーにだきつくのもやむをえないわー」

「ワーーーーッショイ！」

「「「ワーーーーッショイ！」」」

「人の話を聞けえええええええええぇぇぇぇぇぇえええええぇぇ！」


星空の下、ケンゴーの悲鳴が響き渡る。

しかし、七大魔将たちは胴上げをやめない。

むしろ楽しそうに、心底うれしそうに、ボルテージは上がる一方。

この基本、人の話を聞かない連中に、ケンゴーは今後もずっと担ぎ上げられていくのだろう。

強さも性根も凶悪無比の、魔王の中の魔王だと誤解され続けるのだろう。

そして、自分もまたクーデターを恐れ、その誤解を放置（どころか助長）するのだろう。

（神様……俺、何か悪いことしましたか……？）

振り落とさないようルシ子をしっかり抱いて、ケンゴーは渋面《じゅうめん》で己《おのれ》が運命を呪《のろ》う。

その時、ルシ子がそっと耳元に唇を寄せて、ささやいた。

「でも、そろそろあんたも楽しくなってきたんじゃない？」

「な、なるわけねえだろっ」


しぶしぶ世界征服続けます……。

あとがき

魔王に転生して連戦連勝のヘタレチキンは、強さも名声も臣下の重すぎる愛も持て余す！

という作品が書きたくなって本になりました。

皆様、はじめまして。あるいはお久しぶりです、あわむら赤光《あかみつ》です。

今作「転生魔王の大誤算」をお手にとってくださり、ありがとうございます。

魔王になってしまったヘタチキの一喜一憂ぶりと、憎めない臣下たちのはしゃぎっぷり、そして俺ＴＵＥＥＥを楽しんでいただけますと幸いです！


それでは謝辞に参ります。

まずは、度肝を抜かれる熱量でケンゴー軍団を描いてくださいました、イラストレーターのkakao様。登場人物が非常に多い作品ですので、「こんなにお願いしたら無茶かな……」と毎度、担当編集さんと相談して、恐る恐るお願いするたび、こっちの要求と想像を遥かに超えた凄まじいイラストの数々を描いてくださり、本当に頭が下がる想いです。

担当編集のまいぞーさん。山籠もり修行の成果が続々と出ておりますが、今後ともご指導のほどよろしくお願いいたします。

ＧＡ文庫編集部と営業部の皆様には、久々に難航したタイトル決めで、様々なアイデアを出していただき、ありがとうございます。

同期の鳥羽徹さんには、企画作りで何度も相談に乗っていただいて助かりました。めっちゃ売れてる「天才王子の赤字国家再生術　～そうだ、売国しよう～」が、きっとアニメ化してくれるはずだと、世界平和と一緒に祈願しております。


そして、勿論、この本を手にとってくださった、読者の皆様、一人一人に。

広島から最大級の愛を込めて。

ありがとうございます！


2巻でもしぶしぶ世界征服を続けるケンゴーの、誤算だらけのサクセスストーリー、乞うご期待であります。もちろん、七大魔将たちのドタバタと活躍も！

ファンレター、作品の
ご感想をお待ちしています

〈あて先〉

〒106－0032
東京都港区六本木2－4－5
ＳＢクリエイティブ（株）
GA文庫編集部 気付

「あわむら赤光先生」係
「kakao先生」係

本書に関するご意見・ご感想は
右の QR コードよりお寄せください。

※アクセスの際や登録時に発生する通信費等はご負担ください。

https://ga.sbcr.jp/

転生魔王の大誤算
～有能魔王軍の世界征服最短ルート～

発 行　2020年9月30日　初版第一刷発行
著 者　あわむら赤光
発行人　小川 淳

発行所　SBクリエイティブ株式会社
〒106－0032
東京都港区六本木2－4－5
電話　03－5549－1201
03－5549－1167(編集)

装 丁　AFTERGLOW

印刷・製本　中央精版印刷株式会社

ISBN978-4-8156-0745-6
Printed in Japan　GA文庫